血の報復

―「在満」中国人作家短篇集

岡田英樹＝訳編

ゆまに書房

事故的書
柯訏

臭霧中
（上）

在牧場上
磊磊生

山丁花
疑遲

目次

序　7

血の報復　王秋蛍　13

本のはなし　舒柯（王秋蛍）　51

ユスラウメの花　疑遅　75

山海外経　古丁　109

臭い排気ガスのなかで　山丁　143

荒野を開拓した人たち　山丁　165

掌篇小説三篇　但娣　197

風――わが母にささげる　199／柴を刈る女――愛する楚珊にささげる　205／忽瑪河の夜　214

放牧地にて　磊磊生　223
十日間　袁犀　241
ある街の一夜　関沫南　267
河面の秋　田兵　289
香妃　爵青　321

訳者あとがき　351
【附録】「在満」中国人作家の日訳作品目録　378

血の報復——「在満」中国人作家短篇集

序

日本の近代化の過程で生まれた占領地・植民地の文化を、現代の視点から再検証することを目的として、二〇〇一年秋に植民地文化研究会（その後、植民地文化学会と改称）が発足した。その機関誌『植民地文化研究』を刊行するにあたり、研究と資料を重視するとともに、当時の作品を発掘して順次掲載していくことも確認された。わたしの専門領域からいえば「「満洲国」時代の中国人作家の創作」という特設欄がそれにあたる。二〇〇二年六月の創刊以来、非力なわたしがその欄を担当して、中国語の作品を選んで翻訳してきた。別の研究者に交代をお願いすることもあったが、研究誌も一四号までつづき、わたしの翻訳作品も一定の量となった。寄る年波で、体力・知力の衰えも感じるようになり、上記の翻訳欄も若い人にお願いしようと思っている。そこで、これまで発表してきた作品を中心に、一冊の本にまとめておこうと考えた。

研究誌に掲載されるものであり、紙幅を多く占領するわけにはいかない。さらに年刊雑誌であるだけに連載の形は避けたいと思った。それゆえ、作品を選択するにも字数の制約があり、翻訳したいが長すぎて断念することがしばしばであった。それ以外には、初出版をテキストにすること、初訳であること、多くの作家を紹介するため一人一作品とすること、などを考慮した。原則に沿わない作品選択もあったが、一〇人ほどの作家を取りあげることができた。

「初訳」にこだわると言ったが、じつは、「満洲国」にあって中国語の作品は、当時かなりの数が翻訳されていたのだ。もちろん、大内隆雄個人の精力的な翻訳に負うところが大きいが、当時の「国策」として「日満協和」が叫ばれ、出版・編集の分野でも翻訳には大きな力が注がれていたことが分かる（附録「日訳作品目録」参照）。当時の翻訳者は、日本人に都合のよい、「国策」に沿った作品のみを選んだわけではなく、中国人の内面の真実をくみ取ろうと努力しており、その誠実な翻訳姿勢は大筋評価されてよいと、わたしは考えている。しかし今なお「満洲建国」の夢と理想が語られ、植民地・傀儡国家としての「満洲国」を認めようとしない言説が許される現在――竹内好の言葉を借りれば「「満洲国」をでっちあげた日本国家は、「満洲国」の葬式を出していない」①――にあっては、異民族の支配下で、憤怒と苦悩を呑みこみながら生活を送っていた中国人作家の目線から、もう一度「満洲国」を検証する必要は認められるであろう。

とは言え、作家たちに自由な言説が許されていたわけではない。この作品集にも取りあげた磊磊生（李季風）は、次のような言葉を残している。

人は、言うべきことがあれば必ず言うべきであるし、言い得ることは必ず言うべきである。しかし、言うべきことが「時として言い得ないことがあり」、その辛さは、「無言」の士などには、到底理解できないものである。

人が、他人の言うべきことを押さえつければ、そいつは悪漢であり、言い得ないことを無理に言わせるのであれば、そいつは愚劣漢である。②

「言うべきこと」が「言い得ない」、「言い得ないことを無理に言わせる」――これが「在満」作家を取り囲む厳しい言語環境であった。したがって中国人作家は、「言い得る」範囲のなかで、ぎりぎりの表現を駆使して、「言うべきこと」を筆に託さざるを得なかった。それゆえ文章は複雑であり、表現は曖昧であった。李季風、関沫南、王光逖ら三人の作家は、左翼地下活動が発覚し、思想犯として逮捕されるが、一九四三年夏に首都警察の拘置所に集められ、文芸雑誌のなかから「危険思想」を含んだ作品を点検する作業を命じられた。三人は個別作品のなかから「危険思想」のあらわれを抽出するとともに、左翼作家が目指すであろう今後の表現傾向を分析して、報告書にまとめている。

上述左翼作家等の表現の曖昧さに加えて、彼れ等は今後恐らく理論上の専門用語等を捨て、専ら満洲民族文化人の持つ感情的なる語句を使用して検閲者を誤魔化さんとするからである。

更に以上述べたる外に、更に表面政府に協力する如く装ひ、反国家思想を啓発せんとする、以下各項に述べるが如き表現方法が想像される。併し此の表現方法及び内容は、更に頗る複雑であり、曖昧なる為め、満洲事情就中満洲風習、文化人の感情等を解さないと意識把握に頗る困難を伴ふ。③

作家としてのみずからの実践経験をもとに、真意を隠蔽する表現方法、創作技巧はそう簡単には見抜けないだろうと挑発しているようにも受け取れる文章である。本著「作品解説」において、初出から単行本への

「書き換え」問題について少し詳しく紹介しているのも、作家たちを取り巻く言語環境の厳しさと、かれらの慎重な態度とを知ってもらいたいと考えたからである。拙い翻訳ではあるが、言葉を慎重に選択しながら執筆した作家の姿と、その文字の裏にこめられた思いをくみ取ってほしい。

「満洲国」は一四年に満たない短い期間で幕を下ろした。「建国」前から執筆していた幾人かの熟練作家は、そのほとんどが通俗文学の専門家であり、「五四文学」の流れを引き継ぐ新文学の作家たちは、「建国」後に創作を始めた人ばかりである。そして年齢も若い。ここに取りあげた作家についてみても、一九四五年「満洲国」崩壊の時点で、もっとも若い袁犀、関沫南が二六歳前後、もっとも年長である王秋蛍、疑遅、田兵ですら三二歳前後であった。こうした創作経験の浅さや、生活体験の若さは、当然作品の未熟さをもたらすことになったであろう。しかし見方を変えれば、これら作品はすべて二〇歳代の若者が、身の危険も顧みずに、屈辱に耐える鬱屈した胸のうちを筆に託した、青春時代の栄光ある記念品とも言えるものであった。

「満洲国」崩壊後、中国東北地方は国共内戦に勝利した共産党によって統一され、一九四九年の中華人民共和国の成立を迎えることになる。国民党との指導権をめぐる国共内戦時期、また建国後の新国家建設の過程で、共産党の政策から異端とみなされた人びとは「整風運動」という名の批判運動に、繰り返し晒されることになる。一九四八年八月から本格化する「蕭軍文化報事件」、一九五七年から五八年にかけて展開された「反右派闘争」、一九六五年末に始まる「文化大革命」などにおいては、「満洲国」で筆を執ったことそれ自体が批判の対象とされ、かれらの青春時代の「記念品」が罪証の一つとして持ちだされたのである。「偽満作家」、「文化漢奸」といった理不尽な汚名が取り除かれ、「満洲国」時代の文学にたいする再検討が始まるのは、八〇年代に入ってからのことであった。

かれらの青春時代の「記念品」を日本語に移し変えながら、「満洲国」を生きた中国人作家の苛酷な人生に思いを致し、わたしの筆もしばし滞ることもあった。日本においても、また中国においても、これら「在満」作家の生きた証として、その作品を埋もれさせたままであってはならないと思う。この「翻訳作品集」が、その役割の一端を担えればと願っている。

［注］

① 竹内好「満洲国研究の意義」『内なる中国』筑摩書房（一九八七年二月、一六一頁）。これは、『週刊読書人』（一九六三年一〇月二一日）に発表されたものであり、竹内の警告からすでに半世紀が過ぎている。

② 李季風「言與不言」『雑感之感』益智書店（一九四〇年一二月、八、九頁）

③「首警特秘発三六五〇号」康徳十年十一月廿九日（岡田英樹『続　文学にみる「満洲国」の位相』研文出版、二〇一三年八月、四二四頁）

血の報復

王秋蛍

王秋蛍（おう・しゅうけい／ワン・チウイン）

一九一三年一二月～九四年八月。遼寧省旅順の生まれ。本名は王之平。筆名に蘇克、舒柯、邱蛍、林緩、谷実、牛何之、孫育などがある。本作の原題は「血債」。初出は『華文大阪毎日』（第六巻第一一号、一九四一年六月一日）。

一

「ねえ！　もう夜が明けるわよ、早く起きて刈り取りに出かけるんだよ、この役立たず、どうしてまだ寝てるんだよ！　起きるのよ、さあ、起きなさい！」

黒ずんだ障子がほの白い朝の光に染まり、蒲団から起きだした黄金生の女房は、かすれた苦しげな声で、傍らで死んだ犬のようによく眠っている亭主を揺すった。

力仕事で痛めつけられ、疲れきった黄金生は、昨晩、オンドルに横になり早めに眠りについたのだが、今なおぐっすり眠って夢のなか。女房が側で揺さぶり、声をかけるに身をまかせ、どうしても目を覚ますことはできなかった。

部屋のなかはまだぼんやりと薄暗く、雑然とした輪郭が何とか見分けられる状態であった。空気は冷えびえとして、夜明け前の秋風が、ぴったり閉まっていないドアや窓から入りこみ、彼女は刺すような秋の寒さを感じ、思わずブルッと身震いした。

一本のマッチをすると、黄色い炎が真っ黒な竈《かまど》を明るく照らしだし、竈の柴に火がついて、ほどなくして鍋の蓋からは、乳白色の湯気が立ちのぼり、冷たい気流と熱い気流が、たちまちこのほの暗い部屋一杯に立ちこめた。それは灰色の霧の網を掛けたかのようで、おかげで部屋は一層ぼんやりとしてきた。

昨夜用意しておいた米を、鍋で沸騰している湯のなかへあけてから、また部屋に入り、まだ熟睡している亭主を揺さぶった。

「起きるんだよ！　ご飯はすぐにできあがるんだから！」

ぐっすり眠りこんでいた男は、今度はもうさっきのように不精して動かない、というわけにはいかなかった。ごつごつとした黒い腕と、鎌の柄に擦れて皮の厚くなった両手を蒲団の外に伸ばした。同時にちょっと背伸びをして、あいまいな言葉を口のなかでつぶやき、身体を回転させると、再び甘い夢を見続けようとした。しかしオンドルの側に立っている女房が、ここを先途《せんど》と身体を揺さぶり、声を高めて叫んだ。

「この役立たずめ！　もう遅いんだよ、お天道様が出るまで寝ようって言うんかい？　起きるんだよ！起きなさいったら！」

また寝返りをうって、目脂にふさがれた寝ぼけ眼を開け、白い障子を驚きの眼でながめ、そこではじめて遅れてしまったことに気づき、今度はためらうことなくオンドルから起きだした。

汗と埃で汚れた綿入れを身につけると、顔も洗わずに、女房が作ってくれたばかりの熱い飯を、あわただしくかきこんだ。

家を出ると、空の色はすっかり明るくなり、東の地平線には、灰色の雲のなかから朝焼けの赤味が射していた。北満の秋の朝は氷のような寒風が流れ、寒さが早く来るこの地帯では、無限の荒れ野が広がり、秋の野道は色あせた灰色の帯のように曲がりくねって、はるか遠くまで伸びていた。

この寒村を取り囲む高い山、両側に広がる草原はすでに緑色から黄色に衣替えし、遠くの山は早くも濃い紫色となり、踏みにじられた枯葉は、白い霜の降りた地上に悲しげに散らばっていた。

　黄金生が田の端にやってくると、すでに多くの人が野良に散らばり、忙しく稲を刈り取っているのが目に入った。乾燥した稲は、白く輝く鎌の下で揺さぶられ、呻き声をあげ始めていた。刈り終わった野良では、青ねずみ色と緑がかった空き地がきらきら輝き、まだ刈り取られていない所では、朝の風に吹かれて稲穂が落ち着きなく波立ち、同時にサラサラとした響きを立てていた。

「黄金生！　貴様また遅れたな！」誰かは知らぬが、こんな言葉をかれに投げかけた。

「朝寝坊して、ずいぶん長寝をしてしもうた。もし女房が起こしてくれんかったら、今もまだ眠っていたかもしれん！」かれは申し訳なさそうに、手にした鎌を振るいながら、口のなかでぼそっとまわりの仲間につぶやいた。それと同時に作り笑いを浮かべ、少し離れたところに立っている、ここに移ってきた一人の開拓民に目をやった。

「むかし、自分のために働いていた時とは変わってきたみたいだな。どうしてこんなに寝坊するようになったんだ?」傍らの男はとがめるように、また戒めるように言いながら、刈る手は休めなかった。

　今に残る慣習では、春の種まき、秋の収穫は決まったことではあったが、現在の収穫は以前とはまるっきり違ってしまっていた。あのころの収穫は刈り取った穀物を自分の家に運こんでいたのだが、今や幾人かの地主[1]は完全に小作人に変わってしまい、自分の労力を使って他人《ひと》さまのために収穫をし、それを手間賃に代えて生活を維持していくようになったのだ。

歴史的には、荒涼としていたこの僻村は、環境の変化とともに面目を一新した。製油工場、精米工場、なんとか協同組合[2]といった名前は、この土地の人びとにとって、すべてなじみもなく、理解を超えたものであった。と同時に消費組合に並べられたいくつかの新奇な品物も、ここの住民には名前さえ口にできないものであった。

かつてここでは、かなりの騒乱時期を経験し、そのころは民と匪[3]の区別がまったくつかない状態であった。現在は武装した移民団[4]が移ってきたことによって、治安の面ではかなり平静となり、その治安の平静さとともに村民の生活方式も変わってきた。

「黄やんは、近頃また女房と喧嘩ばっかりしとるんじゃろう?」かれの近くで刈り取りをしている、綽名を藪にらみの魯[①]と呼ばれている魯占一が、顔を振りむけ不用意な質問をした。

「喧嘩が何だってんだ? 藪にらみ、おまえは喧嘩しないって言うんか?」黄金生も無愛想に反論した。

黄金生と女房の喧嘩は、もう周知の事実となっていた。雇い人の生活に変わってからは、何が原因か分からぬが、性格的にいつもいらいらし、それでちょっと意に添わぬことがあると、すぐに女房に突っかからねばおさまらず、喧嘩の後はいつも、自分が間違っていたと後悔し、誰にでも辛そうに語りかけるのであった。

秋の朝の太陽はすでに高くのぼり、黄金色の温かい光を放ち、同時に黄金色の草原に溶けた霜も輝く露の珠となった。

陽の光が温かさをそそぐと、力仕事をしている人びとは身体が熱くなってきたので、多くの人は厚くて重い綿入れを脱ぎ捨てた。黄金生も綿入れを脱いでから、隙を見て自分とはそう離れていない、かつては自分のものであった土地に目をやり、心中思わず、言葉にならない失意と落胆の感情を味わった。

かれはこれまで、もともとは分をわきまえた一人の百姓であったのだが、いまや完全に性格が変わってしまった。あのころは一銭の無駄金も使ったりしなかったのに、現在では一日働いて得た金を手にすると、村に新しく開店した小さな酒場にかけつけては、酒を飲みだすのであった。かれは康国亮の言葉を信じていた。一日働き疲れて、ちょっとは楽しまなければ、何の意味があるというのか？　どのみち、稼いだ小銭を貯めこむなんてできないんだから、何とかその日を送り、チャンスがあれば、その日その日を楽しめばいいんだ。

昼どき、昼飯を食べ終わった後は、みんなが最も活発に、のびのびとおしゃべりをする時である。こうした人たちは、この時間を使って面白い話を探しだしては、無駄口をたたき、あたかもそのことで、半日の疲れを取りさることができるかのようであった。

「わ……わしゃ……わしゃきのう……」どもりの張②はどもり癖をもっていたが、この男はこれまでも口をきくのが難儀だとは思わず、みんなが一同に会するや、いつもまっ先に口をはさみ、しかもその話に際限がなかった。

「お前、どうしたんだ？　また、ほらを吹こうてんじゃないだろうな？」康国亮は、かれが話をするのに難渋して、真っ赤にしている顔を見やりながら、かれの話が終わるのを待たずにからかった。

「よせ、康やん、かれにしゃべらせてやれよ。」藪にらみの魯は、康国亮が邪魔するのが面白くなかった。

というのも、どもりの張はずっとかれらの話の笑いの種であったからである。

「ほ……ほらを吹くだと、き……きのう……わしゃきのう……佳、佳、佳木斯……へ行った……んだ。半……半日かけて……」

「どっかの料理屋へ飯を食いに行った？　そういうことじゃろう？」またある男が引き取ってたずねた。

どもりの張は相手の軽蔑やからかいの目つきには何も気づかず、まだ話をつづけた。

「食った、た……たくさんの、大きな……、そ、それ言うだろう……、三……三鮮餡餃子③……、な、何の……具かだって？……お、教えてやる、……豚肉……に、韮……にわとり……」

「ばかばかしい！　誰かに教えてもらったんだろう！」康国亮は罵声をあげると、すぐに大声で笑った。

その笑い声はどもりの張の最後の言葉を押さえつけたが、相手は相変わらず何の恥辱も感じることなく、食べた食事の豪華さを説明していた。

「どもり！　貴様はまだ何を馬鹿なことをしゃべってるんだ。きのう貴様が家で寝ているのを見た奴がいるんだぞ。貴様なんかが三鮮餃子を食えるなんて、貴様が一日にどんだけの金を稼いでいるのかを、忘れちゃいかんよ！」面白そうに聞いていた黄金生も最後にかれを馬鹿にする言葉をつづけた。

これにはどもりの張もいささか慌ててしまい、おかげで話は一層しどろもどろとなった。

「ち……ちくしょう、信じない？……わしゃ、き、きのう……あ、あ……逢ったんだ、李親方④と……わしらは……か、買っ……女郎を買ったんだ……」

みんなの今度の爆笑は、春の雷鳴のように田野一杯に響きわたった。

しかし、ここに笑っていないものがいた。黄金生である。李親方という三文字がかれの心に突き刺さると同時に、大きなショックを与えたからである。

李親方、本名は李久安、この村に来て一年以上と時間は経っていないのに、片言の外国語ができることから、少しの資産もなく、毎日何の働きもしないのに、あれら新しくやってきた移民に替わって、仕事を一手に請け負うことで、日々あり余る金を稼いでいるのである。

この春、黄金生が仕事を探すにあたり、移ってきた住民に直接労働を売りこむことはできなかった。そのことで李親方と知り合いになった。同時にこの時期、この男は、かれの若い女房にいろいろと誘惑の手を伸ばすことがあった。途中で一度あきらめたことはあったが、近頃はかれらの仲違いに乗じて、ちょっかいをかけることがよくあった。

二

西北からの風が何度か吹きぬけると、気候は寒くなってきた。

枯れ枝は、すでにすっかり葉を落とし、刈り入れが終わった田野は、どこまでもつづく黒ずんだ黄土色に変わり、時として陽の光が射すこともあるが、冷たい風がこの寒村を吹きすぎると、あちこちで人びとは来たるべき冬への怯えを感じるのであった。

　空は鉛色となり、わら束の山は、地に這いつくばった背の低い茅屋より高く積みあげられる。収穫が終わったころから村人の多くは仕事もなく、暇になってくる。村のなかもまたしんと静まりかえる。

　村の東側にあるアヘン管理所では、アヘンの妖気が立ちこめるなか、濁った黄色い顔色をした多くのやせた男どもがぶらぶらしている。長い板張りのオンドルには、薄黄色のアヘンあぶりランプが置かれ、豆粒大の黄色い光を放っていた。この部屋の汚さはまるで犬の棲み家そのままであったが、アヘン客たちはここを人間の楽園と考えていた。

　ここにとり憑かれた人たちは、多くが近くの鉱山の労働者であり、同時にまた穀物の収穫を終えた村人たちである。しかしかれらは必ずしもアヘンを吸うのではない。かれらがやってくる目的は、ここで請負業の親方を探して、何か仕事を見つけようというのであった。

「李の旦那、ここ二日間は佳木斯へ遊びにおいでにはならなかったので?」李親方の傍らで横になっている一人が、アヘンを一口吸い終わり、また近くに置いてあるお茶を一口すすり、元気になって李親方に声をかけた。

　李親方は人が準備してくれたアヘンを吸うのに忙しく、しばらくは応答しなかった。ジュッ、ジュッと吸い終わり、最後のアヘンを鼻の穴から気持ちよさそうに吐きだすと、何かを思案するようにしばし間をおいて、やっとゆっくりと話しだした。

「いいや、本当は二日ほど遊びに行かなけりゃならんところじゃが。畜生め、やっぱりあっちは面白い、アヘンを吸うにも娘っ子が世話してくれるんじゃ——そりゃあ、翠紅という娘っ子などは、アヘンをつけるのがじつにうまいんじゃ。」

「もう病み付きになっておられるんじゃないかと、たずねていますんで。」その男はまたつづけた。

「病み付きじゃと。仕事もなく暇じゃというのに、外に何をせよと言うんじゃ？」

李親方の向こう側で横になっていたランプ世話係が、アヘンを詰めたキセルを目の前にまた差しだしたので、かれは受け取り、火にかざして一口吸いこみ、半身をひねり、両目を薄く開けて薄汚れた低い天井をながめながら、ゆっくりと独り言を言った。

「先月、わしがあちらに行った時は、本当に面白かった！　湯船に女と一緒に入ったが、あの淫売[5]は本当にきれいじゃった。全身真っ白で、はじめて試してみて、面白かった。あの若い娘っ子は……」

このように独り言をもらした後、黄色い大きな歯を見せて、また馬のような長っ面にぞっとさせる笑いを浮かべた。

笑い声や話し声が刺激的な煙のなかを行き交い、誰もがみな外の冷たい風を忘れていた。

この時、ぼろの短い綿入れを着た男たちが、頃合いを見計らって李親方の前に来て、こうたずねた。

「李親方、ここ二日ほど、何か仕事の声はかかりゃしませんかね？」

薄く目を開けた李親方は、今しがた話していた甘い思い出にふけっているところであったが、この質問を聞いて、両目を大きく見開き、前に立っている人を見やり、うるさそうな表情を浮かべ、しばらく黙っていたが、問い返すように言った。

「この二日、何か仕事があるかじゃと！」

しかし話し終わらないうちに、ゆらゆらした煙のなかにいる眼の前の男が、黄金生の隣に住む魯占一だと気づいた。新たに何か思いついたように、声を少し穏やかにして、声をかけた。

「藪にらみ、まあ腰を下ろせよ。」

藪にらみの魯と呼ばれている魯占一は、よく聞こえるようにかれの足元に座り、李親方の長面を眺めながら、口は出さなかった。

「黄金生は、近頃よく女房と喧嘩はするんかい？」

「しょっちゅうやるわけじゃありやせん。」

「何、しょっちゅう喧嘩しないじゃと、あるもんがわしに言うには、ほとんど毎日やっていると聞いとるぞ。」

李親方は、藪にらみの魯の話を聞いて、ちょっと不愉快になってきた。

「喧嘩はまあ、やるのはやりよりますが、毎日やってるわけじゃありやせん。」藪にらみの魯は、相手の不愉快そうな顔つきを見て、ちょっと言葉を改めた。

「どうしてしょっちゅう喧嘩しないんじゃ？」

「誰も理由ははっきりとは言えやせんが、大の男が暇で仕事もないとなれば、どうしてもむしゃくしゃしやすからね。」

「あの女は、彼奴を恨んどらんのか?」

「恨むなんてことはごぜえやせん。黄の女は、よく辛抱していやすよ。」

李親方はまた両目をとじたが、もう口は聞かず、胸のなかで思いをこらした。かれの閉じた眼のなかに、黄金生の女房の垢抜けた姿がぱっと現われた。大きな眼、長いまつげ、額にかかるあの黒く生えそろった前髪……

「藪にらみ、ここを出よう、酒をおごってやる。」李親方は突然パッと身を起こすと、側に座っている魯占一にむかって親しげに声をかけた。と同時に、いましがた火をつけたばかりのアヘン代金をポケットから取りだし、アヘン道具をそろえた盆の上に置いた。このことは逆に相手がたに、身に余る寵愛を受けて驚いてしまう、といった不安な気持を起こさせた。

アヘン管理所[6]の外に出ると、魯占一はやっと、アヘンに刺激されてぼんやりと重たかった頭が、外気の冷風にさらされて少しすっきりし、それとともに李親方のねらいも明らかになった。

ごく短い泥道を歩いて、李親方はかれを近くの小さな料理屋に引きいれた。

料理屋には一人の食事客もおらず、赤く光ったいくつかのテーブルが、ガラーンとしたなかでつやつやとした光を放ち、室内の静寂さは一層の満足感を与えた。料理屋のボーイは、李親方が入ってくるのを目にすると、誠意のこもった挨拶をした。

二人は室内の静かな一角に腰を下ろすと、野菜炒め二皿と、酒を一本つけるように命じ、ゆっくりと飲み始めた。ボーイは遠くからぼんやりとながめていた。

二杯の酒を腹におさめてから、李親方はいつものようににこにこしながら、魯占一に低い声で言った。

「藪にらみ、わしの考えは分かっとるじゃろうな?」

魯占一という男は、生まれつき悪賢い人間で、相手が下心を言いださぬうちに、すべて理解していた。それでもう先ほどのような不安はなくなり、態度にもたちまち余裕が出てきた。

「すっかり分かっておりやすよ。」

「分かるか? 分かっておれば、うまくやれよ。以前どもりの張に言いつけたことがあるんじゃが、あの馬鹿は、だめじゃ。あれは女に近づきもせず、ただほらを吹くだけで、まともなことは何にもできやせん。さあ、あの女をうまく引っ掛けられるかどうかじゃ!」興奮からか、酒が回ってきたためか、李親方の顔は、だんだん赤く輝き、眼はしっかりと魯占一の斜視の眼を見つめていた。

魯占一はしばらく黙っていたが、ゆっくりと答えた。

「いっぺんにはかなり難しいから、適当なチャンスを探さねばなりやせん。」

「どんなチャンスじゃ?」

「最もいいのは、あいつが家にいないことなんじゃが、そうはいかんとすりゃあ、」魯占一はまたしばし考え、そしてつづけた。「これはあなたもお分かりになりやすでしょうが、もしあいつがいつも暇で、やる仕事がなけりゃ、家庭はすぐに苦しくなってしまいやす。仕事があれば、あいつはしょっちゅう金を持ちだして酒を飲む。酒で金をはたいてしまうと、二人はまた喧嘩だ。喧嘩が増えりゃ、女もまた胸を痛めるでしょう。そこに乗じてゆっくりやれば、やってのけられるかもしれやせん。」

李親方は少し考えにふけったあと、相手の話に納得し、ちょっとうなずいて、杯に残った酒を一気に腹におさめた。最後にまた藪にらみの魯に言った。「要するに、チャンスを見てわしがやるのをおまえが助けるんじゃ。わしはただで要求しているわけじゃないんだぞ。」

小さな徳利の酒を飲み終わり、肉絲麵⑤二杯を注文した時、外から短い上着⑥を着た三人の食事客が入ってきたので、かれらの話もつづかなかった。この三人は飯と料理を言いつけたあと、入ってくる時話し合っていたことをつづける形で、かれらとここの開拓民との何かの事件を話しているようであった。これら新しく来た移民のことを、かれらはいつも「小隊子」（小さな軍隊）と呼んでいたが、李親方はそんな話を聞く気はなく、ただ皿に残った料理をつまむことに気をとられ、注文した二杯の麵を待っていた。

麵がやっと運ばれてきた時、また二人の食事客が入ってきた。一人は濃紺の洋服を身につけ、もう一人は協和服⑦を着ており、歳はいずれも中年で、革カバンを手にし、入ってくるとまずオーバーを脱いだ。

この二人が着ているものは、この村ではめったに見かけない服装ではあったが、かれらはすっかり見慣れており、魯占一でさえ、これははるか遠くから視察にやってきた人だということを知っていた。というのも、ここには服をきっちりと着こなした人が、よく旅行にやってくるからであった。

この二人の来意は、決して食事をとることではなかったから、わずか二杯の麺を注文しただけで、興味ぶかげに小さな料理屋の飾り付けをながめていた。東側のオンドルとその上の小型テーブル、壁の財神画像を見やりながら、かれらはすべてに興味をそそられているようであった。

二人はタバコに火をつけ、先に来ていたあの三人と話し始めた。こちらでのあらゆる生活状況について質問し、同時にまたここの住民と開拓民相互の交流についてたずねた。

「あっしらは、別に何の行き来もありやせん。話がよく分からないもんだで。」一人が短く答えた。

「あんたたち、普段は一緒じゃないのかい？　気に入らないことで言い争ったりすることはないのかい？」洋服を着た人はタバコを吸い、青い煙を吐きだしながら、つづけてこのようにたずねた。

「あってもしょっちゅうじゃありやせん。」

「そんな時、最終的にはどのようにして解決をはかるのかね？」

三人の短い上着を着た男たちは、この質問の言葉になじまぬものを感じたが、何とか理解した。

「わしらんとこの村長[7]は、時にはあっしらに本当によくしてくれやすよ。あっしらと小隊子に諍いがあると、村長はよく言うんでがす。あっちの方が間違っとる。しかし、誰か小隊子とやり合えるもんがおるんかね？と。」

つづけて話はまた、こちらの人びとの生活状況のことに広がっていった。しかし李親方と魯占一は、かれらのおしゃべりを詳しく聞こうという気もなく、早々に勘定を済ませ、李親方が金を払い、前後して出てきたが、この二人の食事客の側を通り過ぎる時、二人がちょうど興味ぶかげに一人から手渡された居住証明書と大同仏教会会員証書をじっと見ているのが目に入った。

外の太陽はすでに西に傾き、長くつづく泥道は静かで、通行人はなく、たまたま変わったぶ厚い布のモンぺをはいた女たち[8]が目に入ったが、かれらに何の興味も起こさせなかった。

別れる時、李親方は魯占一をもう「藪にらみ」とは呼ばずに、親しげに「魯どん」と声をかけた。

「魯どん、明日仕事の声がかかったら、おまえを訪ねてゆくよ。」

魯占一は嬉しそうに家路をたどっていたが、冷たい風が黒い顔を撫で、家に入ろうとした時、男と女の言い争う声が聞こえてきた。また黄金生夫婦が口争いを始めたんだなと知って、よいチャンスが得られたとばかり、自宅の敷居をまたぐとすぐに、自分の女房に声をかけた。

「黄やんの二人がまた喧嘩だ、本当に、いつもなんじゃから。おまえ急いで行って、嫁さんをわしのうちに引っ張ってこい。すこし言いきかせてやろう！」

三

村役場から一つの命令が伝えられた。牌長[8]は各家を回りこのように伝えた。

「この度、村役場では、山に入り木を伐って道を開き、匪賊がふたたび山に籠もることがないようにすることとした。誰が願いでても、一日の手間賃は三元、行きたくないものはその手間賃を分担すること。」

もともとが暇で仕事がないのに、誰が金を出せようか、それとともに、この一日三元という手間賃の魅惑、かれらにとってこれは見るべき額であった。そこで多くのものが軍隊とともに、山に入ることを希望した。暇で仕事のない黄金生も願いでた一人であった。

翌日の早朝、ぼろをまとった村人の集団が、村役場の門前に集まり、出発に備えた。この日の天候は陰鬱で、まだ晩秋とはいえ、冷たい空気は、厳寒の冬のものと変わりなかった。

凍りついたような雲が、鉛を張りつめたように空の果てまで広がり、少しも太陽の姿は望めず、ただはるか遠く、東の地平線上の鉛色の雲のなかに、黄色い暈《かさ》が溶けだして、まるで灰色の紙のうえに黄色い滲《にじ》みを塗りつけたようであった。西北からの風は吹きつづけ、雲のなかの黄色い暈は、すぐに鉛色に変わった。

「雪になりそうじゃ。」一人が首をすくめ、震えながら言い、暗く冷たい空をながめた。

地上にはすでに白い薄氷が張り、誰の足にも痺れがきていた。しかし、長いあいだこの凍原に生活してきた人びとは、この寒さを試練とは感じなかった。

カーキ色の服を着た兵士たちと山にむけ出発する時には、暗雲も少しずつ薄くなってきた。冷たい風は、だんだんと厳しさを加え、荒涼とした草原をなぎはらい、灰色の雲も、駿馬のように空を駆け、厚い雲を突き破った太陽が、薄黄色い冷たい顔を何度かのぞかせた。

天候が快方にむかうことで、一人ひとりの心も、陰気なものから爽やかなものへと変わっていった。しかし相変わらず一点の温もりも感じられなかった。大きな隊列は、ばらばらで統一がとれず、冷たい風の襲撃を受けて、誰も口をきこうとせず、凍った地面を踏みしめながら、ただ黙々と山にむかって歩きつづけた。

冷たく荒々しい山からの風は、氷粒を投げつけるように山から吹き降ろし、この隊列は、一本の黒い線のように、起伏ある山道で蠢《うごめ》いていた。

樹木が密集した樹海は、まだ原始の体躯を有しており、裸になった枝を傲岸そうに天空に伸ばし、いまだ斧が入ったことがない密林は、非常に陰気で奥深いものに思われ、風は樹木の上を旋回しながら、悲壮な雄叫びを上げていた。

人間と自然との奮戦が、この奥深い山の密林のなかで開始されたのである。

暮色が徐々にこの連山にたちこめるころ、力仕事による疲労も体内に沈潜していき、仕事が終わるとすぐに食事が始まった。しかし、携帯食を準備していない人たちは、兵士たちが鍋を掛け自分で飯を炊いて食べるのを見て、食糧を持参しなかった過ちにやっと気づいたが、今さら後悔してもすでに遅く、ただ飢えの苦しみに耐えるだけであった。疲労感と飢餓感が各人の心身を貫いた。兵隊たちが食い残した残飯を、食糧を持ってこなかった飢えた人びとに与え、同時に心ある人も自分が準備した携帯食を少しずつ分けてやって、かれらは何とかひもじさを解消した。

夜の帳《とばり》が下りると、荒れはてた山林は一層冷え込み、冷たい半月が東にのぼり、ぼんやりと照らす白い光は、山々の黒い輪郭を浮き彫りにし、長く繋がった曲線を描きだした。空気は固まった氷が流れるようで、骨身にこたえる寒風は、残酷にも一人ひとりの皮膚にまで染みとおった。向こうの兵士たちが、テントを張って眠りにつくのを見て、こちらの苦力たちは、横になって眠り、一日の疲れを休めようとするのだが、地面が氷の塊のようで、どうしても眠りに入れなかった。

黄金生は自分の家のことを思った。家はぼろではあるが、荒涼として冷たい山林に比べれば、間違いなくもっと温かであると。

黄金生の家は、今、間違いなく温かであるのだろうか?

薄黄色い一本の灯りが、女の垢抜けた姿を照らしだしている。この女は一人寂しく灯りのもとに座り、冬に備えて亭主のために古い綿入れを繕っていたのだが、心のなかでは複雑な問題を考えていた。気持ちが集中しないので、手にした針は何度も刺し違えた。

家庭の暮らしに思いをいたすと、心はさらに暗澹としてくる。亭主の性格が徐々に変わっていくことが、彼女を苦しみに陥れているのだ。よく喧嘩をするが、それはまだ我慢できる。しかし、一日の手間賃の大半を、酒屋で使ってしまい、手元に一銭の金も残らない時に、どうしてその日を維持していけというのか?誰にも分からない。

暗澹とした悲しみが、この静かな夜に、際限なく広がっていった。

この寒村での冷え込む夜、空気は死んだように静寂で、ただ窓の外の冷たい風が、はたはたと障子をたたき、静かな夜の悲しみを浮きたたせていた。時折、遠く近くの犬の鳴き声が、もの寂しく長く尾をひき、悲しみの遠吠えのように聞こえた。

部屋の空気は冷たく、この女の両手は、感覚がなくなりこわばっていた。この時、何故かは分からないが、心のなかに別の男の面影が浮かんできた。テラテラした長い顔、黄色い大きな歯……

彼女はペッとつばを吐き、心でみずからを軽蔑した。どうしてあの男のことを思い出したりしたんだろう、おかしなことではないか?

しかし彼女の心に、この男は確実に一つの位置を占めていた。以前は、折あるごとに幾度となく彼女の家にやってきていたが、最近はまた隣の藪にらみの魯の家で二回見かけた。この男は思い出すと憎らしくなるのだが、しかし、二度ほどちょっと交わした会話のなかで、この人は悪い人ではないと思える時もあり、同時に藪にらみの魯夫婦も、以前どもりの張がそうであったように、このお方は心根が立派だといつも大袈裟に誉めそやしている。

その上、彼女には忘れられないことで、亭主をさえ騙していることがある。それは四日前、この男が魯占一の女房に託して、着物の布地をことづけてきたのである。家が困っているのがかわいそうだと言って。

——これはどういう意味だろう?

その時、彼女は受け取ることに不安を覚えたが、しかしどういう心境であったのか、受け取ってしまったのだ。

ここまで考えてくると、彼女は今ここで布地を取りだし、亭主の留守を幸いに、あの艶やかな花柄をじっくり見てみようと思った。しかし風呂敷のなかから紙包みを取りだしたとたん、突然外からゆっくりとした足音が聞こえてきた。

彼女が首を伸ばして、障子にはめこんだ小さなガラスから、不安げに外をのぞくと、心は激しく震えだした。

銀色の月光の下、一人の男の影が動いていた。

――まさしくあいつだわ！　神さま！　これはどういうことなの！

ドアに軽いノックの音がした。

この女は、少し愚かなところがあったが、しかしこの時は、この訪問の意図はよく分かっていた。彼女は腹をくくってたずねた。

「どなた？……何をしているの？……ドアは開けられないわ、さっさと向こうに行きなさいよ！」

「…………」依然として軽くたたいている。

「帰ってよ、早く帰りなさいよ！」

「ちょっと開けてくれないか？　分からないか？　おまえさんにちょっと話があるんだよ。心配しなくていい、でなきゃあずっとたたいているぞ。他人さまに聞かれて、噂が広がるのを心配しなくていいのか？」

外でノックしている男はそっと答えた。

不安な思いに締めつけられ、夢見心地で彼女はドアを開けた。

入ってきた男は、まさに彼女が今しがた考えていた李親方であった！

馬面に、にたりとした笑いを浮かべ、同時にオンドルの上の紙包みからはみだした花柄に目をやり、笑いながらたずねた。

「姐さん、まだ眠らないのかい？　おまえさんにやったこの布地、どう思う？」

この最後の一言は、憤りからくる女の勇気をたちまち萎えさせて、赤くなって頭を下げてしまった。

李親方はかさにかかってこの獲物を懐に抱きすくめようとしたが、今度は意外にも女のほうが一発食らわした。パチンと澄んだ音が響いたあと、李親方の顔に、赤い印がついた。

そのことで李親方の笑顔は、たちまち凶悪なものへと変わり、同時に腰から一振りの鋭利なナイフを取りだした。

沈黙、部屋のなかはただちに死んだように静まりかえった。

夜、それはゆっくりと流れ、長くつづく。薄黄色い灯りはすぐに吹き消され、真っ暗な夜の色が、醜態を覆い隠した。

男の粗野な高笑い、女の涙を含んだ忍従、この世の最大の罪悪が、この暗い夜のなかで演じられた。

夜の気配が少しずつ薄れていったころ、ほのかな淡い光が、障子を白く染めてはいるが、まだ薄暗くぼんやりとしていた。間もなく夜が明けるだろう。

「早くここを出て行ってよ！」女はこのいかつい男の傍らに身を横たえ、かすれた声で哀願した。心のなかは悲しみと怒り、そして焦りで一杯だった。

女の顔を眺め、李親方はもう一度顔を押しつけようとしたが、触れたのは、枕の近くに広がる氷のような涙の跡であった。かれは満足げに笑い、急いで服を身につけ、出ていく時に十元紙幣を一枚置き、笑いながら言いつけた。

「置いておくから何か買えばいい！　今夜のことは人に言ってはならんぞ。」

外に出ると、夜明け前の冷たい風が袖から吹きこみ、かれをブルッと身震いさせた。

村は相変わらず暗い静寂のなかに沈んでいた。

空は青白く、地上にはまだ厚い氷が張っていた。

ガラーンとした道には、まだ通行人の姿はない。空はすでに明るくなってきたというのに。かれは温かいねぐらから抜けでたばかりの身体を引きずりながら、自分の棲み家に帰って、今一度温かな夢のおさらいをしようと考えていた。しかしこの時、ねずみ色の朝の光のなかを、一つの黒い人影が向こうからやってきた。まっすぐにかれの前に近づいてきて、やっとこれが康国亮だと見分けられた。

「李親方、こんなに早く、何をなさっているんで？」康国亮は、すでに見とおしていたのだが、わざと質問した。

「わしは！　す、すこし……用が……あってな。」お茶を濁して答え、足をとめずに歩きながら、同時に心のなかで考えた。かれは黄金生の親友だ、帰ってきたら大変なことにならないだろうか？

しかしこうした考えは、すぐにかれの心から振り落とされ、強い自信に変わった。

「知られたからって、どうだというんじゃ？」

四

昼に夜がつづき、力仕事に疲労がまといつく。奥深い山の原始林、その樹海のなか、黄金生ら一団の男たちは、相変わらず飢えに耐えながら、大自然と闘っていた。

大きな部隊の山野でのつらい移動は、ひと所の木を伐り倒すこと以外に、重い器具や兵士たちの食糧を背負い、いくつもの山のなかを、苦しく困難な跋渉をつづけることであった。腹一杯食べられず、充分な睡眠を取れない人びとは、みんな壮健な男であったのだが、最後にはこれ以上持ちこたえられず、二名のものが過重な負担から、口から真っ赤な血を吐き、衰弱して氷のように冷たい山道に昏倒した。

跋渉と力仕事は、朝から晩までずっとつづき、休止や停滞が生じることはなかった。

天は、かれら一団にわざと残酷な刑を執行するかのように、山に入った三日目の朝、地上で目覚めたばかりのところへ、無情な風と雪が猛烈に吹き降ろしてきた。

かれらが如何様に身体を丸め、破れて古い綿がはみだした、ぶ厚い綿入れにちぢこまってみても、身体はブルブルと震え、歯はガチガチと鳴った。

風がやむと、大きな雪がヒラヒラと降ってきて、一面の雪が遠く近くの山野を埋め尽くしてしまった。白い雪原はかれらの眼を眩ませるほどまばゆく輝いていた。

雪は、すべてを埋め尽くしたが、しかし山裾のほうを望めば、まだ広い道が見分けられる。この曲がりくねった荒れた道は、かれらみんなが家路につく道なのだが、かれらの思いどおりにはいかない。

「こん畜生！　一日三元のためによう、こんな罰を受けるんか。あと二日家に帰れなけりゃ、ここで凍え死んでしまうぞ！」

誰かは知らぬが、そっと震え声でこんなことを口にする。それにつづくのは長い長いため息！

「もしちょっとでも酒が飲めたらなあ！」黄金生はこのとき郷里の酒場を思い、喉の渇きを禁じえなかった。

「帰ったら、きっと酒場に行って、まず一杯やるんじゃ。」

傍らの仲間も同じような気持ちを抱いていて、そう言った。

三日間の力仕事と熟睡できていない眼には、赤い血筋がびっしり走り、驚くほど真っ赤だった。

口に出せぬ苦痛が、一人ひとりの胸のなかで煮詰められていく。人間はこのように多いのに、互いに温もりを伝えあうことはできない。仕事が始まるとやっと、氷のような冷たさの襲撃をなんとか撃退できるが、外に出した両手は、木のようにこわばってくる。このこわばった手を使って、未完の工事をつづけるのだ。

六日という時間が、苦しみのなかで過ぎていった。山から家に帰る道中では、この六日間が六か月に相当するかのごとく、この一団の人びとには長く感じられた。

痛々しく疲れた身体を引きずりながら、帰り道でのおしゃべりはかえって元気であった。かれらは間違いなく地獄から解放されたのであり、死の淵から生を得た喜びをみんな抱いていた。

「おい！　初めての雪なのに、よう降ったな！」

地上に積もった雪を踏みしめながら、会話にはリラックスした気分があった。

「畜生、何日も死ぬようなひどい目にあって、わしは何日も寝込まねばならんじゃろうよ！」

「まずは酒場へ行って、一杯やろうや！」これはまた、黄金生の提案であった。

村に入ると、黄金生はまず村役場へ行ったのだが、実際タイミングがよかったのか？　それともかれらの数日間の苦しみを慰労してやろうというのか？　かれらの賃金は、その場で支給されたのだ！

苦しいなかから得た賃金を持って、村役場から出てくると、うまい具合にばったりと康国亮と出会った。

「おう！　黄やん、今日帰ってきたんか？」康国亮はかれを見ると、気がかりそうにたずねた。「ここ数日の間、山ではどうじゃった？」

「おい！　もう言うな、行こう、料理屋で酒を飲ましてやるよ！」黄金生はそれ以上相手に言わせず、かれの腕を引っ張って、まっすぐ酒屋にむかった。

かれは今回は、二、三品の料理を注文した。以前のようなみみっちい酒の飲み方ではなかった。

「康やん、飲めよ！　俺たちが酒を飲んでいると、いつも誰かが割りこんできて、どこで稼いできた金かなどと聞いてきやがるが、[9]今日の俺の金は、ちゃんと証明されているんじゃから。」かれは興奮しながら、友人に勧めた。

しかし相手は、終始沈黙しあまり口をきかず、黒光りする屈強な眼で、友人の黒く痩せた顔と充血した眼を見つめていた。

「康やん、どうして楽しまないんだ？」

「何も楽しまないわけじゃない！――お前、家に帰ったんか？」

「まだ帰ってないが、どうした、家に何かあったんか？」

相手はちょっと考え、また沈んだ声で言った。

「何にもないよ！」

康国亮は、何日も辛い思いをしてきたこの友人に、胸の内の話をすぐに伝えようとは思わなかった。だがこの率直な男は、二人の酒がかなり進んだ時、話さねばならないことを、隠しておくことがもうできなくなった。そこで、あの早朝の李親方との出来事を、すべて告白した。しかし、かれは声を抑えて他人に聞かれないようにすべきことは知っていた。

「本当にそんなことがあったんか？」酒の酔いと怒りの炎とで、黄金生の言葉は、かえって震え始めていた。

「俺がお前を騙すかい？」

「よしっ！　きっと彼奴を探しだして――」高ぶる怒りが血管を破裂させそうになり、ガブッと杯をあおり、身を翻して出ていこうとした。

康国亮は終始かれより冷静であった。グイッとかれをつかまえて、

「気が狂ったんか？　今ここで彼奴を見つけたって、あいつが認めると思うんか？」

「どうしろと言うんだ？」

「ゆっくりと打つ手を考えられないんか？」

「今の俺にゃ、何の手もありゃしない！」

康国亮はまた声を低くして小さな声で言った。

「まず今は、まだ家に帰るな、俺の家に隠れていて、夜になったら俺と一緒に、お前たちの家の外の目立たぬ所で、そっと待ち伏せして、彼奴がまたやって来るかどうかを見張っていて、その時こそは――」

「よし！　それでいこう！」

二人はまた黙ってぐいぐいと酒をあおり、酔っ払った身体で酒場から出てきた。

灰色の暮れ方のなかを、二人の友人の影は、徐々にほの暗いかなたに消えてゆき、路上でかれらの酔態を眼にしたものは誰もいなかった。

酔いと怒りが、二つの酔った心を燃えあがらせた。

五

翌日、ぼんやり明るくなったころ、火をたきつけようと、黄金生の女房がドアを開けると、淡い朝の光のなかに、一個の肉体が、表門の前にはっきりとした形で横たわっていた。彼女はいぶかしげに歩み寄った。その馬のように長い顔は、よく知っているものだが、もうせせら笑いは戻らず、死んだ魚のような、人を威嚇するような眼を見開いていた。同時にその身体の周り一帯に凍りついた鮮血を眼にした時、彼女は鋭い驚きの声をあげ、そのまま冷たい雪の上にくらくらと倒れこんだ。

太陽が出たばかりだというのに、驚くべきニュースが、この山村を飛び交った。

「李親方が、黄金生の家の前で殺されたぞー!」

この事件の発生とともに、村から黄金生と康国亮の姿は消えてしまっていた。

しかしその後、かれらが殺人事件発生の夜、夜の闇を踏みしめて、村はずれの山にむかう道を歩いていったのを目にしたものがいるらしい、と言うものがいた。

しかし、この事実をあえて実証しようとするものは誰もいなかった。そのため、誰がかれらの行動を実際に目にしたのか、結局誰にも分からなかった。

一九四一、三、九　午後

【原　注】（『東北文学研究史料』第四輯、一九八六年一一月）

1　ここに言う「地主」とは、階級区分ではなく、現地に住んでいた原住民を指す。かれらは、わずかな土地を有しており、当時、日本から移ってきたいわゆる「開拓団」によって無理やり土地をとりあげられた。

2　製油、精米（製米）や協同組合、これらはすべて日本の「開拓団」が創設した工場や商店である。

3　ここの「匪」とは、日偽統治時期の、東北人民の抗日武装軍にたいする蔑称である。

4　「新しく移ってきた住民」とは日本の「開拓団」であり、かれらは農作業に従事する以外に、銃や弾薬を支給され、わが抗日武装闘争を鎮圧した。現地の農民たちもかれらを「小隊子」と呼び、日本の正式な軍隊と区別した。

5　当時北満のいわゆる「国境」地帯にある、比較的大きな都市（たとえば牡丹江）では、アヘン館を開設してアヘンを供し吸わせる以外、ある浴場では男女混浴が可能で、これが「洗対盆」である。さらに専ら入浴に付き添う女がおり、俗に「水鴨子」と称したが、形を変えた売春婦であった。これらはいずれも、特務機関のメンバーが、かれらの特権を盾にしてこれらの仕事を経営し、利益をあげて金を稼いでいたと言われている。

6　日偽時期、アヘンは、役所が開設したアヘン館（「管煙所」）で専門的に売られていた。

7　ここの「村長」とは、日本開拓団の隊長といった人物を指す（この注は誤りであろう。ここは中国人の村長と解すべきである）。

8　当時日本女性は、多くがだぶだぶの綿入りズボンをはいていたが、これも戦時防空服であった（「もんぺ」を指すかと思われる）。

9　この「開拓団」部落のなかのわが国住民は、酒場で酒を飲んでいると、時として特務たちによって「どこで稼いできた金だ」と尋問されることがあったと言われている。

【訳　注】

① 原文は「魯斜眼」。斜視の魯という意味だが、ここは綽名であり相手を馬鹿にしたニュアンスをもつ。訳語では「藪にらみの魯」とした。
② 原文は「張咯叭」。注①と同じ理由から「どもりの張」と訳した。身体障害者・機能障害者が不快感や侮辱を感じる言葉は避けるべきで、人権尊重の立場からは不適切な訳語と言えるが、原文のニュアンスを伝えるため、あえてこの訳語を選択した。
③ 原文は「三鮮餡餃子」。えび、なまこ、しいたけ、竹の子など高級な具三種を入れて作った餃子。料理名はそのまま使用する。
④ 原文は「李把頭」。把頭制度といわれる労務者請負業の差配師を言う。仕事を請け負い、労働者を指名する権力をもつ。
⑤ 原文は「肉絲麵」。豚肉の細切りを具とした麵。肉うどん
⑥ 原文は「短衣」。短い上着という意味だが、「長衣」、「長衫」と対比して、主に肉体労働者の服装を指す。
⑦ 原文は「協和服」。「満洲国」で考案された国民服。日本人、それも主に役人・官吏が着用した。ここからも「視察人」の身分に一定の推測がつく。
⑧ 原文は「牌長」。居住民の連帯責任組織である「保甲制度」の「保長」を言う。

作品解説

　王秋蛍（一九一三年一二月〜一九九四年八月）は遼寧省旅順の生まれ。本名は王之平で、筆名に蘇克、舒柯、邱蛍、林緩、谷実、牛何之、孫育などがある。八〇年代には黄玄という名前で回想録や評論を発表している。一九三一年に高等学校を卒業した後、一九三三年三月に文学同人団体「飄零社」（同人に孟素、曼秋、陳因らがいた）を結成。一九三四年、奉天（現・瀋陽）『民声晩報』、一九三七年、新京（現長春）『大同報』、一九三八年、奉天『盛京時報』など、主に新聞文芸欄の編集者として活躍した。新京において、古丁らを中心とした「芸文志派」と呼ばれるグループが脚光を浴びているのに対抗して、奉天の地で陳因、袁犀、孟素らを糾合して、一九三九年「文選刊行会」を結成した。文芸雑誌『文選』第一輯（一九三九年一二月）、第二輯（一九四〇年一〇月）、文選毎月叢編『文最』（一九四〇年一一月）、『文頴』（一九四一年一月）を刊行したほか、秋蛍『小工車』（一九四一年九月）、袁犀『泥沼』（一九四一年一〇月）といった短篇小説集を出版して、奉天文壇を支えてきた。秋蛍には上記のほかに、短篇小説集『去故集』（文叢刊行会、一九四一年一月）、長篇小説『河流的底層』（大連実業洋行、一九四二年五月）が残されている。

「血の報復」の原題は「血債」で、①『華文大阪毎日』第六巻第一一号（一九四一年六月一日）に発表された後、上記②『小工車』に収録された。八〇年代に入って、「満洲国」時期の文学が再評価される流れのなかで、『小工車』所収の作品が、③『東北文学研究史料』（第四輯　一九八六年一一月）に再録される。【原注】として訳出したものは、この③に付けられたもので、当時は踏みこめなかった表現を作者が補強したもので、注⑦の解説などには疑問が残るが、参考となろう。なお、わたしがテキストとした『華文大阪毎日』所収の初出からは、書き換え、削除がなされている（後述）。

　さて、「血債」には、二つの自作解説が残されている。

一つは『小工車』が出版された時に、王秋蛍が編集していた『盛京時報・文学欄』に掲載されたものである。もう一つは、③『東北文学研究史料』に再掲された時、改めて作者によって添えられた解説である。作品「血債」執筆にかかわる部分を訳出しておく。

今でも覚えているが、昨年の晩秋、わたしは、はるか遠い北満の農村開拓地を訪ねたことがある。小料理屋で顔を合わせた数人の土地の農民、かれらの言葉とあの充血した眼は、ずっと今日に至るまで、まだわたしの記憶のなかで燃えつづけている。

あの「血債」を読み直した後、かれらの姿がわたしの目の前にはっきりと立ちあらわれた。

事実は事実としても、どうすれば粉飾した筆を使って、かれらの生活と声を覆い隠すことができるのか？（中略）

わたしは筆を手放したくないということに、ずっとこだわってきた。しかし、わたしはこの落ちこんだ空気のなかで筆を執りながら、石棺の蓋のような圧力が徐々に加わり、わたしを圧迫し窒息させるような感覚をずっと抱いてきた。

執筆の道は、日一日と狭められるのかもしれない。しかし、わたしはこの窮屈な道で模索し、一個の求道者になりたいと思っている。

一九四一、十、廿七日①

言葉足らずで、作者の真意はとらえにくいが、初出の「血債」を単行本に収めるにあたり、農民の「生活と声」を、「粉飾した筆を使って」「覆い隠」さざるを得なかった苦渋は読み取れるだろう。さらには、八〇年代の「解説」を読むことで、「土地の農民」、「言葉と充血した眼」の意味するもの、さらには「覆い隠」さざるを得なかった真実が見えてくる。

この年（一九四〇年）の晩秋、わたしたちは、またこの会（満洲文話会）が送ってくれた旅費を受け取ることになったが、自分で場所を選び、どこを「視察」してもいい、ということであった。このチャンスをもらって、わたしたちは吉林から図們へ行き、哈爾濱を経て牡丹江、佳木斯まで、ぐるりと一巡した。最後の二か所は、いわゆる「国境」地帯に近く、禁止地区ではないとはいえ、一般の人は勝手に行き来できないところであった。

その時、わたしたちは最も大きな日本の武装移民地区を通過した。そこの小さな駅に降り立って、村にむかう路を歩いていた。ほどなくすると、一本の杭に生首がつるされており、その下に書かれた日本語の説明書きが目に入った。わたしたちは日本語を解さないとはいえ、漢字のなかから、これは山を捜索して捉えた「匪賊」の首を斬って、見せしめにしたのだということは分かった。この生首はずっとわたしに深刻な印象を残し、これは間違いなく抗聯の遊撃隊員（共産党が指導する抗日パルチザン）であると考えた。

そのころの「文話会」は、その後に成立する偽文芸家協会とは異なり、各地を「視察」した会員にたいし、作品提出の任務は課さなかった。しかし帰ってからは、ざっと見て回っただけであるが、あの生首だけは時折、目の前に浮かびあがってきた。ある強い創作意欲が湧き起こり、この移民地区を背景として、抗聯活動にかかわる短篇を描けるのではないか、とわたしをせっついた。当然、こうした考えはいささか荒唐無稽であり、わたしは抗聯の状況を熟知していないし、この移民地区にしても二時間ばかりとどまっただけである。こんなわずかな印象だけで、どうして生活の真の状況が反映できるだろうか。

しかし、この旅行を記念するために、また日偽統治者が苦難に喘ぐ人民にもたらした災難を暴露するために、とうとうこの「血債」を書きあげた。たとえ人物は、すべて虚構であったとしても、やはりある種の現実の反映ではあるだろう。ただ芸術作品として鑑賞すべく、四〇数年前の旧作を再読すれば、汗顔の極みである。

今持ちだす価値があるとすれば、この作品の発表後、間もなくして偽芸文要綱が公布され、こうした難解で含みのある作品は、次第に禁止されるようになり、簡単には発表できなくなったことであろう。[2]

後者を踏まえて前者を読めば、当時の作者が自作解説で言いたくとも言えなかったこと、その「石棺の蓋のような圧力」、「執筆の道は、一日一日狭められる」という、呻きにも似た声の実態は察せられるだろう。

秋蛍は『小工車』の「題記」のなかで、このように述べている。「この小説集の八篇の作品には、苦しんだ後、削除した箇所がたくさんある！　そのため、構成や表現の面でいろいろと曖昧なところがあるかもしれないが、作者を咎めることはできないはずだ。[3]」

一九四一年三月「芸文指導要綱」の発表、同年七月「満洲文芸家協会」設立、八月「満洲芸文聯盟」発足といった国家統制が強化される時期に、雑誌掲載の作品①から、単行本②への収録作業が行なわれ、苦しみながらの書き換えや削除を余儀なくされたのである。以下に、いくつかの項目に整理して、書き換え・削除の実相を示しておく。

①　小説の舞台となった開拓団入植地を曖昧にして、場所を特定できないようにする。

北満の秋の朝（一六頁）→北方の秋の朝

「佳、佳、佳木斯……へ行った」（二〇頁）→「ま、ま、街……へ行った」

「佳木斯へ遊びにおいでにはならなかったので？」（二二頁）→「街へ遊びにおいでにはならなかったので？」

②　入植した日本武装開拓団の性格を曖昧にする。

ここに移ってきた一人の開拓民（一七頁）→ここに新しく移ってきた住民

現在は武装した移民団が移ってきたことによって（一八頁）→現在は新しく住民が移ってきたこと

によって
ここの住民と開拓民相互の交流（二八頁）↓ここの住民との相互の交流
「あっしらと小隊子に諍いがあると」（二八頁）↓「あっしらとかれらに諍いがあると」
「誰か小隊子とやり合えるもんがおるんかね」（二八頁）↓「誰かかれらとやり合えるもんがおるんかね」

③　原始林を伐採し、道路建設に従事する軍隊の姿を後退させる。
カーキ色の服を着た兵士たち（三〇頁）↓あの軍隊の人たち
兵士たち（三一頁）↓あれら勇士たち

④　視察に訪れた日本人の任務や目的を曖昧にする。
はるか遠くから視察にやってきた人（二七頁）↓はるか遠くから旅行にやってきた人
服をきっちりと着こなした人が、よく旅行にやってくる（二七頁）↓服をきっちりと着こなした人が、よく観光にやってくる

⑤　李親方と日本人開拓団の結びつきを薄める。
片言の外国語ができることから（会幾句外国語）（二一頁）↓全文削除

誤字、脱字の修正や、文章表現推敲のための改定ももちろんあるのだが、ここに書きだしたものは、すべて作品の「ヨミ」にかかわる書き換え、削除である。作者が検閲の何を恐れていたのかがよく分かるであろう。これを裏返しにすれば、作者が読者に伝えたいものが何であったのかを浮き彫りにしている。

初出において、作者はギリギリの表現を使って、日本武装移民団の出現によって変化していく「北満」のある寒村の姿を描こうとした。そして李親方への復讐劇をとおして、その背後にあった日本人による「開拓」の一つの実相を描き出そうとした。さらに言えば、親方を殺めた二人の男は村を去っていく――それは匪賊の集団に身を投じることを意味しており、生首を晒された「抗聯の

遊撃隊員」への顕彰であり、弔意を示すことであった。それは一応成功しているように、わたしには思われる。しかし、単行本に収めるにあたり、一層厳しくなる検閲の目を意識して、「構成や表現の面で、いろいろと曖昧なところが」出ることを承知しながら、修正を余儀なくされたのである。

中国人であれば、タイトルとされた「血債」を見れば、魯迅の「血債はかならず同一物で返済されねばならない」という「花なき薔薇の二」④の有名な一節を思い浮かべるであろう。段祺瑞政府の軍隊に、教え子を含む学生たちが虐殺された報を聞き、魯迅が書きつけた報復の言葉である。作者王秋蛍は、この文言を踏まえ、血の復讐劇を描いたのであった。この作品を巻頭に据え、『作品集』の題名に選んだのも、それを意識してのことである。

【注】

① 「我的『小工車』」（『盛京時報』、一九四一年一〇月二九日）

② 「血債・附記」（前掲『東北文学研究史料』第四輯、二八頁）

③ 「題記」（『小工車』文選刊行会、一九四一年九月、三頁）

④ 「無花的薔薇之二」（『語絲』第七二号、一九二六年三月二九日）

〈参考文献〉

岡田英樹「王秋蛍の作品世界と表現技巧」（『文学にみる「満洲国」の位相』研文出版、二〇〇〇年三月　＊以下『位相』）

本のはなし

舒　柯（王　秋蛍）

舒　柯（じょ・か／シュー・コー）
舒柯は、王秋蛍（一九一三年一二月〜九四年八月）のもう一つの筆名である。本作の原題は「書的故事」。初出『華文大阪毎日』第五巻第七期（一九四〇年一〇月一日）。

一

一九三五年の秋、仕事の関係で、わたしは故郷からこの古い街P城へやってきた。この都市はよく知ったところで、以前ここで三年間学んだことがあり、多くの友人と知り合いとなった。ところがこのたび、かつての地を再訪して、なじめないものを感じた。

この古い街は相変わらず、当時の年老いた姿（あるいは一層老いが目立ってきた）をさらし、街に何ら変わったところはないのだが、三年前の友人は、大半がばらばらになってしまっていた。

この年老いた街、見知らぬ人の群れは、わたしに寂寞感を抱かせた。毎日職場が退けたあと、わたしは外出したいとは思わず、小さな宿の一室にいつも自分を閉じこめ、本を手にし、手紙を書いて余暇の時間をつぶしていた。

しかし、宿の空気は、心静かに仕事に打ちこむにはふさわしくなかった。わたしの隣室に、どこか知らない会社の社員が二人住んでいて、しょっちゅう言い争いをしたり、大声で京劇をうなったりするのだ。このうるさい声が、わたしをいらいらさせ、かれらが街に出かけている時以外は、落ち着けず、そのため転居することばかり考えていた。

しかし、転居のことは考えてみただけのことである。一人の独身者が民間の住宅など見つけられるはずもないことが分かっていたので、このうるさい空気をただ我慢するしかなかった。

秋は徐々に深まり、この古い街の風景はますます陰鬱なものになっていった。日も短くなり、仕事が終わって宿に戻り食事を終えると、もう空の色は薄暗い黄昏のなかに溶けこんでいった。

わたしは季節の移ろいに、風雅の士のごとく、春の逝くを悼み、秋の悲しみに浸るといった感傷は持ちあわせてはいないが、このころ、ある種の寂寥感を抱いていた。わたしはこの古い街に、寂寞と倦怠を感じ始めていたのだ。

寂しい生活と灰色の都市は、憎悪も愛情も感じない人生へとわたしを導いていった。友人に宛てた手紙のなかで、このように書いたことがある。「わたしの生活は、すでに川の流れの底に沈んでしまった。ふたたび、動きだすことはなくなった」と。

肌寒いある日曜日の夕方、寂寞の重圧にこれ以上耐えきれなくなって、たった一人で外出した。秋の日のアスファルト道路は、わたしの目の前に平坦に伸びており、舗装道路を行く秋の人、その顔には秋の色が浮かんでいた。

街路樹の葉は力なく舞い落ち、どちらの方へむかえばいいのか、わたしは黙って考えていた。乾いた風が時として砂ぼこりを巻きあげ、わたしの思いを乱し、戸惑わせた。

沈みゆく太陽は、深紅のボールのようで、その最後の残光で、道路両側の大きな建物のてっぺんを染めあげ、これら建物の大きな影が、道路上の陽の光をさえぎっていた。夕陽が沈みゆく黄昏のこの景色には、限りなく凋落してゆくような寂寥感が漂っていた。あたかも人類の生命における最後の反射光を象徴するかのようである。

この風景はわたしの魂を苦悩させ、過去の多くの古い場面を思いおこさせ、この世は虚無だとの感慨を抱かざるを得なかった。わたしはかつての旧跡を訪ね回ってみようと思ったが、昔日の痕跡は何も残っていなくて、当時学んだ学校さえ、今はもう兵士たちの兵営に変わってしまっていた。

もともとわたしは、この重苦しい寂寞を取り除くことができる場所を訪ねてみようとしたのだが、出歩いてみると、独りぼっちで考えにふける散歩者となってしまった。秋風の街を行く一人ひとりの見知らぬ顔をながめながら、昔ここにいた情熱的な友人たちを思いおこしていた。あのころ、わたしたちはみんな熱い思いを抱き、崇高な憧憬を抱いていたのだが、この溢れんばかりの情熱は、発散することが少しも許されないままに、みんなちりぢりになったしまった。

わたしが今回、この古い街にやってきたのは、一羽の孤独な燕が、昔の古い巣を弔うために来たようなものだが、しかしこの古い巣はすでに壊れてしまっていたのだ。しかし、飯のためには、この仕事をつづけ、この熟知しながらなじめない異郷の地にとどまり、孤独な生活を味わわなければならないのだ。

いくつかの賑やかな通りを歩き、また目的もなく戻ってきたが、暮れ始めた夜の気配が、すでにこの街に忍び寄ってきていた。街灯も黄色いほのかな光を発して、秋の夜を行く人びとを寂しく見つめていた。夜風と街灯の灯りは、街の荒涼感を一層強く醸しだしていた。

わたしは、これ以上夜の街をさすらう気もなくなったので、宿へ戻る道の方へ足をむけた。

宿屋の二階へ進むと、ボーイの張さんがわたしに笑いかけた。

「舒先生、今度はあの人たちのうるさい騒ぎを、厭わしく思うこともなくなりますよ。」

「誰のことだい？」意味が分からず、わたしはたずねた。

「ご覧なさい。」隣室のあの二人の会社員の部屋を指さしながら言った。「二人とも引っ越して行きましたよ。」

なんとその部屋はすでに空っぽで、床には破れた紙屑と灰皿が残されていて、張さんは箒を手にしているが、おそらくその部屋を掃除して、また新しくやってくるお客を迎える準備をしているのであろう。

自分の部屋に入り電灯のスイッチをひねってから、わたしは黙って書き物机の前に腰を下ろした。隣が引っ越したためか、あるいは泊まり客がみんな遊びに出払ってしまったためか、宿の空気は異常に静まりかえっていた。わたしがちょうどベッドで一休みしようと考えた時、下の階で番頭さんが外にむかって叫んでいる声が、突然耳に入った。

「張どん、二十七号室は引っ越して行ったのかい？」

「引っ越して行きました。」

「こっちにきて、このお方の荷物を運びあげておくれ。」

二十七号室とはいましがた引っ越して行ったばかりの部屋だと分かっていたし、わたしが泊まっているのは二十八号室だ。かれらの引っ越しを喜んでいたところに、また新しい隣人があらわれようとは考えもしなかった。好奇心に駆られて、わたしはすぐさま起ちあがった。ドアを開けて、この新しくきた隣人とはどんな人間なのか、見てみたいと思ったのだ。

しかしドアを開けると、その人はすでに二十七号の部屋に入ってしまい、ただ背の低い後ろ姿と、あまり立派とはいえない洋服が目にとまっただけであった。

所在なげにまた戻り、ベッドに横になると、もう考えないことにした。

限りない幻想ととりとめない回想がわたしの頭を一杯にしたが、何時とは知らず眠りに落ちた。目覚めると、恐らく真夜中はもう過ぎているのだろう、宿全体は完全な静寂の空気のなかに沈んでいた。

わたしが小便から帰って二十七号室のドアの前を通り過ぎると、その部屋の灯りが明るい光を放ち、ドアにかかった暖簾に黒い影が映っているのが目に入った。この新しくきた隣人は、まだ眠りにつかず、床に座って何か書きものをしているらしい。かれを見てみたいという好奇心が、一層強くなってきた。新しくやってきた旅行者が、疲れも忘れて、なぜこんな時刻まで休まないのか、わたしには不思議に思えた。

秋の夜は終わりがないように長い。自分の部屋に戻ってから、どうしても眠りにつけなくなった。わたしは早く空が明るくなることを期待した。この長々しい夜が煩わしく感じられたから。

夜、それは際限もなく長くつづく。わたしの焦燥もますます大きくなる。わたしは黙って考えつづけた。この宿屋のなかで、わたしと新しくきた隣の客人だけが、まだ眠っていないであろうことを。

二

翌日目が覚めると、秋の朝の太陽はすでに高くのぼって、わたしのガラス窓を照らしていた。眠りに入ろうとする時、外はもうほの白い朝の光が射していたことを覚えている。

寝返りを打って体を起こし、板敷きの床を踏んで、書き物机の置き時計を見ると、すでに九時近くなっていた。出勤時間が迫り、ぐずぐずしていられなかったので、急いで張さんを呼びつけ、洗顔の水を持ってこさせて、飯も食わずにそのまま外へ飛びだした。

役所に着いて、何年かかっても終わりそうにない機械的な仕事を、いつもどおりにやっていたのだが、仕事中はすべてのことを忘れさせてくれた。

一日の仕事を終えて、疲れた身体を引きずりながら、また宿屋へ戻ってきた。この時、二十七号室の旅客のことはすでに忘れていたのだが、ちょうど折良く、わたしが張さんにドアを開けるよう言いつけていた時に、かれが首をのばしてわたしの方を見た。こうしてわたしたちの視線が一つにぶつかり、かれの顔をはっきりと見る機会がめぐってきた。若々しいが削げおちた顔、俊敏な眼光、ある冷静な表情がそのやせた顔に漂っていた。張さんがまだドアを開けないうちに、かれはすぐに首を引っこめた。

「新しくきたあの旅行者は何をしているんだい?」張さんが二度目に水を持ってきてくれた時に、このようにたずねた。同時に、二十七号の部屋の方を指さし、答えを待った。「はっきりとは言えませんが、たぶん短期間で出ていかれることはないでしょう。こちらへきて仕事を探されているのかもしれませんね。」張さんは推し測るような口ぶりで話してから、最後にわたしに笑いかけて言った。「今度はもうあなたも、うるさい騒ぎを恨めしく思うこともないでしょう。見ていると、あの方の性格はあなたと似ていて、いつもあまり話したがらないようですよ。」

張さんの話は嘘ではなく、かれの声は少しも聞こえてこなかった。この時間であれば、あの会社員二人がとっくに帰ってきていて、いつもどおり歌って騒ぎだし、このような静けさはありえないのだが。

夕食後、わたしは外出しようとは思わず、黙って窓枠の一角に腰を下ろして、暗闇に沈みこもうとする外の夕暮れの風景をながめていた。退屈を覚えたので、電灯のスイッチをひねり、乱雑な本の山のなかから一冊の本を取りだしてきた。

しかしこの本は、わたしにある友人のことを思いおこさせるとともに、自分のいい加減さと忘れっぽさを気付かせることとなった。

それはもう三年前のことになる。そのころわたしは、ちょうどT市で小学校の教員をしていたのだが、T市のあるアパートに剛という名の友人が一緒に住んでいた。かれの勤めは、全国の古い文献を整理する機関の職員であったが、ある日わたしが疲れてだらしなくベッドに横になっているところへ、一つの紙包みを抱えて、嬉しそうに駆けこんできた。そしてわたしの前まで来るとこっそりと言った。

「舒くん、君は本が好きじゃなかったかな？」

「どんな本なの？」

わたしは身体のむきを変え、身を起こした。わたしには本当に嬉しいことだった。そのころ、ちょうど読むべき本がなくて難儀しており、その上わたしは新刊書を読みたがる性分であった。そこで、かれが本を持って帰ってきてくれたと聞くと、すっかり興奮してしまったのだ。

「見てみるかい？」

かれは新聞紙の包みを開いて見せてくれた。

この瞬間、わたしは驚喜して跳びあがった。あわせて五冊の本は、いずれもわたしが早くから読みたいと思っていながら購入する術がなかった訳本であり、××××××の××、××××の××などであったのだ。

「こんなもの、どこから持ってきたんだい？」

「どこから持ってきたのかって？」

かれは微笑みながら言った。

「これは今日僕が、古い文献を整理していて探しだしたものなんだ。君が新刊書を読むのが好きだというのを思いだしたので、こっそり持ってきたんだよ。」

「古い文献と言ったって、公文書のなかにどうしてこんな本があったんだい？」

「そのことで君に言わなければならないんだが、読んでもいいが、しかしこの本には注意しなければいけないんだ！」

かれの笑みを浮かべた顔は、急に厳粛なものになった。そして声を低めてつづけた。

「これは禁制品なんだ！　君はそこにある番号に気付いていないだろう？　今日、古い文献を整理していて、C省××庁の文献のなかからこれを発見したんだが、文献を読み終わってようやく、これはある女性の本であることが分かったんだ。その本に書かれている女性の署名を見ていないだろう？」

わたしがその本の扉を仔細に見てみると、果たしてそこには女性の秀麗な筆跡で、「梅玲」とあった。

「女の人がどうしてこんなものを？」

かれの話はわたしの好奇心をかきたて、つづけてたずねた。

「恐らくこの女性は、ある集団活動に参加していたんだろうね。公文書の言うところによれば、彼女にかけられた嫌疑は非常に重大で、彼女の家からはこんな書物が出てきただけでなく、その他の禁制の証拠物件もあったと言うんだ。彼女には夫がいたようだが、夫の方はすでに逃走してしまっている。」

「そうだったのか。」

かれの話を聞き終わり、すっかり心を動かされ、ベッドの端におかれた五冊の本をながめやった。わたしに何が言えるのだろう？

「その女の人は、その後結局どうなったんだろう？」

長い沈黙のあと、突然わたしはたずねた。

「それは全く分からんよ。公文書は、彼女を検挙したばかりの段階での報告なんだから。その後のことは、誰だって分からんよ。」

わたしの心のなかには、言いようのない気分が残された。

それ以降、わたしはこの五冊の本にたいして、書物の内容以上の愛着を覚えるようになった。それとともに、一層厳密にそれをしまいこんで、再び取りだそうとはしなかった。

しかし、この古い街にやってきてからは、また読むべき本を持たない苦悩に落ちこみ、その寂寞のなかで、しばしばこの本を取りだしてみた。しかし、読み終えれば、もとどおりきっちりと柳行李のなかに収めていたのだが、なんとしたことか、今日は無意識のうちに本を取りだして、驚くべきことに、いつの間にかそのまま、しまうのを忘れてしまっていたのだ。

その時、誰かが一人の少女を連れて、隣の二十七号室にやってきたのを耳にした。隣の二十七号室とはわずかに板壁一枚隔てただけであったので、話し声がはっきりと聞きとれた。その少女が、二十七号室の主を父さんと呼んでいるように聞こえたが、わたしにはいぶかしく思われた。どうしてかれに子どもがいるのだろう？　子どもがいるのにどうしてこの宿屋に一人で泊まっているんだろう？

この時ドアの音がして、その少女が飛びだしてきたようで、それとともに二十七号室の主が声をかけるのが聞こえた。

「小玲、駆け回っちゃだめだよ！」

わたしがその子を見にでようかなと考えていた時、思いがけず、ドアがパッと開き、一人の少女がドアの前に立ち、愛らしく、何も分からない様子で、わたしを見つめて笑いかけてきた。

その子は四つか五つくらい、とても綺麗で愛くるしい姿で、白くぽっちゃりとした丸い顔と黒い大きな目をしていた。いたずらっぽく、わざとドアを広く押し開けるのを目にしたので、わたしも遠慮なくその子の手をとって、部屋のなかに引きいれた。

「なんて言う苗字なの？」

「徐よ。」

彼女は少しも臆するところなく答えた。

「名前はなんて言うの？」

「小玲って言うのよ。」

「あの部屋の人はだあれ？」

「父さんよ。」

「母さんは？」

「母さん？」彼女はちょっと考えて答えた。「知らないわ。」

しかしこの時、突然男がわたしのドアの前に立ち、声をかけた。

「小玲、どうして他人さまの部屋に入って騒ぐんだい！　さあ、早く帰っておいで！」

わたしはドアを開けて、丁寧にかれに言った。

「どうぞお入りになってお掛けください。ちっとも構いませんよ。このお子さんは本当にお可愛いですね。」

かれの方も礼儀正しく頭を下げた。もともと入ってくる気はなかったようだが、その子どもが出てこないので、連れだすつもりで足を踏みいれたが、思いがけず、机の上に置かれていたあの書物にかれの視線が行った。顔色が少し変わり、かれは子どもの手を放し、無遠慮にその本を開いて、扉に書かれた文字を見た。

かれはしばし呆然としていた。

この態度には、少し怪訝な思いをさせられたが、わたしは腰を下ろすように勧めただけであった。しかし、かれは何も言わずに、そのまま子どもを連れて出ていった。出る時に一言「失礼しました！」と声をかけ、すぐに自分の部屋に入ってしまった。

かれが部屋に戻ってからは、何の話し声も聞こえず、まもなく、連れてきた子どもと一緒にわたしのドアの前を通り過ぎていった。

この日、かれは一晩帰ってこなかった。

三

次の日、仕事が退けて戻ると、張さんが伝えてくれた。

「舒先生、二十七号室の徐先生が、今日お昼にお帰りになって、あなたは何をなさっておられるのかなど、あれこれ長い間お聞きになるので、わたしがすべてお教えすると、夜帰ってきてからお話をしたいので、もし用事がなければ、街に出かけないでくださいと、おっしゃっていましたよ。」

果たして、程なくしてわたしは、足音がドアの前を通り過ぎるのを聞いた。同時に、ボーイの張さんが外から声をかけるのが耳に入った。

「徐先生、舒先生はお戻りですよ。」

「そう、ちょっとしてから伺います。」と、かれは言った。

少しして、わたしのドアをノックする音がした。

「どうぞお入りください。」

ドアが開き、かれが入ってきた。

「お掛けください。」

わたしは席を勧めながら、張さんにお茶を入れるように言いつけた。

かれは何か用があるようにみえたが、何も言わなかった。

「タバコはいかがですか。」

かれは遠慮することなく、一本受けとった。

空気はひっそりとし、タバコの煙だけが揺らいでいた。

「徐先生はどちらからお越しですか?」

この沈んだ空気を打ち破り、わたしの方からかれにたずねかけた。

「B市からです。」

「こちらには、何かご用事でも？」

「ちょっとしたことで。」

「昨日のお子さんは、徐先生のお嬢さんですか？」

最初かれは否定しようと思ったらしいが、少し間をおいて頷いた。

「それじゃ、あのお子さんはどこに住んでいるんですか？」

「あの子？　あれは祖母の家に住んでいます。母親が数年前に亡くなりまして、それで、妻の母親の家に預かってもらっています。わたしが独身生活で、あちこちに出歩くものですから、あれを連れているといろいろと不便なものでしてね。」

妻の母親がこの街にいるのなら、どうしてその家に住まずに宿に泊まるのかと、この時わたしは聞いてみたい気がしたが、たずねなかった。かれは、その疑問を見透かしたように、言葉をつづけた。

「このたびわたしが帰ってきたのは、小玲に逢うためでして、仕事がらいつもここにいるわけにいかず、小玲の祖母の家もまた不便なところにあり、わたしは静かなところが好きで、一人でこの宿屋に泊まることにしたのです。」

一度喋りだすと、かれはよく喋った。かれの話しぶりをみると、大変率直な青年であった。話している間に、かれの目はしょっちゅう山積みの本にむけられた。あれこれ話していたが、突然かれは言った。

「お手持ちの本を、何かわたしに見せてくれませんか？」

「お好きなものを選んでくださって結構ですよ！」

わたしは本の山を指して言った。

しかしかれは、具合悪そうに本を触っていたが、口を開いた。

「昨日お目にかかったとき、××という本をお持ちでしたが、お手元にございますか？」

これには困った。もともとかれにたいして少し疑惑を感じていたし、その上あの本は他人には貸すまいと決めていたので、わたしは断りを言った。

「ああ！　あの本。昨日言ってくだされば良かったのに。今日、友だちに貸してしまったので、かれが読み終わるのを待ってもらわないと。」

かれがこのように名指しでこの書物を借りたいと言ったことは、わたしを不安にさせ、しばらくは本を手にすまいと考えた。

会話は急に途切れ、しばし沈黙が訪れた。かれはそっと言った。

「すみません、お邪魔しました！」

「どういたしまして、もう少しお話しなさいませんか？」

「今度またお話ししましょう。幸いなことに、わたしどもはごく近くなんですから。」

かれはちょっと笑って出ていった。その表情を見ると、とても失望した様子だった。

四

それ以降、かれはたびたびわたしの部屋に話しにやってきたので、わたしたちの感情も、日を追うに従い少しずつ深まり、親密さが増していった。初めて逢ったときのお互いの疑惑も消えていた。

この間、あの小さな女の子も、かれの所へよくやってきたが、わたしもしょっちゅうその子を部屋に連れてきて話をした。その子はとても利口で愛らしく、厭なところは少しもなかった。

気候は日に日に寒くなり、晩秋の寒風は、すでに初冬の厳しい寒さを帯びていた。寒風が道路上を吹きすさび、通行人も少なくなっていった。

宿の暖房は、朝晩にも温かい空気を送りだし、毎日わたしは仕事が終わると、外出したいとは思わず、いつも一人で暖かい部屋に縮こまっていた。

二十七号室の隣人がここに泊まって、何時しか一か月以上の時間がたってしまったが、移る考えはないようで、何か仕事があるらしく、いつも朝早く出て夜遅く帰ってきた。ある日わたしは、貸してくれと頼んだあの本について、あの日以来、かれはずっと口に出していないことに、突然気がついた。今度は貸してやろうとわたしは心に決めた。

しかしその日の夜、かれは帰ってこなかった。次の日も依然として戻らず、ボーイの張さんにたずねると、かれも分からないという。

三日つづけてかれの姿はなく、そのことが、わたしを不審な思いに駆りたてた。四日目になって、偶然わたしは、本市の朝刊に載った、一号活字の見出しを使った新聞記事を見つけた。おおよそ次のような内容であった。

「林致平はC省の人。数年来ある不穏な動きあり。その妻徐梅玲は四年前、すでに逮捕済み。かれはひそかに地下に潜って逃走し、あろうことか、かくも長き年月を経た今日、本市に潜伏し、××宿屋に住まいして、名を徐貴春と改めり。一に妻の遺せし愛娘（現在その遺児は友人宅に預けおる）に逢わんがため、加えて他の活動あるやに思われる。しかし機密は漏れ、早くに当局の目をひくところとなる。かくて過日、迅速な手段をとりて逮捕せり。現在その他の活動につき、調査中と言う。」

この新聞を読み終わって、何もかもが明らかになった。長い間わたしは一言も口をきかず、胸のなかでは言葉にならない感情が渦巻いていた。

その日、わたしは出勤しなかった。

かれの泊まっていた部屋は、すべてのものをひっくり返して捜索されてしまっていた。そしてわたしはあの本のことを長い間考えた。かれにはひどく申し訳ないことをしてしまった。わたしはなんと残酷なんだろう？　なぜあの時、渡してやらなかったんだろう？

わたしは、苦しみながら自分を責めた。

緊張した空気のなか、わたしはあの五冊の本を焼き捨てた。それと同時に、まだ二か月もたたないというのに、上司から異動を命じられ、わたしは他の地方へ転勤となった。

五

事件から長い年月がたった。今年の春、わたしはM市へ行くため、途中にまたこの灰色の古い街を通りかかった。わたしはわざわざ××宿屋に泊まってみたが、ボーイはすでに人が代わり、老眼鏡をかけたあの年寄りの番頭さんも、わたしのことをすっかり忘れてしまっていた。

わたしが泊まったのは二十九号室であったが、また過去の想い出が思い返され、二十七号室の前を通りかかった時は、かれが黙って、部屋のなかに座っているかのように感じられた。

いくつかのとりとめもない幻想が、一度にどっとわき出してきた。わたしは思った。偶然街でかれに出逢うことはないだろうか？　あるいはあの愛らしい子どもを見かけることはないだろうか？

しかし、これはどう考えても現実に合わない幻想なんだ。かれはまだ、この世に生きているんだろうか？

もしそうだとすれば、なんと大きな奇跡ではないか？

しかし、あの子は生きているに違いないと思う。今はもう、十歳を過ぎているはずだ。そこでまたわたしは、あの子の運命に心を寄せた。父もなく、母もないあの孤児は今もまだ、ちゃんとやっているだろうか？

一晩中熟睡できないで、翌日わたしはぼんやりとした頭のまま、この地を離れた。わたしの記憶に残るのは、あの父と娘二人の面影だけだが、この心に焼きついた映像は永遠に消えることがないだろうと信じている。

作品解説

舒柯は、前掲王秋蛍のもう一つの筆名であり、作家紹介については前記解説を参照願いたい。

初出は、『華文大阪毎日』第五巻第七期（一九四〇年一〇月一日）に掲載。原題は「書的故事」である。この翻訳で、わたしは自分なりに定めていた翻訳の原則を二つ破ることになった。原則とは、一、かならず作品の初出にあたり、作品集に収めたものや、再版ものは参考にとどめること、二、過去に翻訳されたものは採用しないこと、三、同じ作者の翻訳は避けること、といった点であった。王秋蛍の作品は、すでに「血債」を翻訳している。しかし、かつてわたしは王秋蛍を論じるなかで、「反日の叫びも、英雄的な行動も（正面から）描かれているわけではないが、中国抗日文学の優れた遺産として評価されて良い作品だと、わたしは考える[1]」として、この作品に高い評価を下している。今もその評価は変わらず、みずからの手で翻訳して日本人読者の手に届けたいと考え、『作品集』に収めることとした。

青木實が「書的故事」の題名で、この作品を『新天地』第二二年二月号（一九四二年二月）に翻訳していることは知られている。青木は当時のことをこのように回想している。「新京の古丁、爵青といった人たちの作品が翻訳されて評判になっているとき、奉天には、日本語を覚えようとしない、日本人と親しもうとしない作家たちがいて、その一人の作品を、私が荒訳をして、李君が原文と対照して誤ち《ママ》を正してくれて、大連発行の日本語の雑誌に発表したこともあった[2]」。新京に対抗して、奉天の文壇を活気づけようとの思惑からであったろうが、翻訳の誤りや、粗さが目立つこと、そして検閲への配慮が働いたと思われるが、原文の伏字部分（禁書の書名）が削除されるなど、問題があると思われるので、あえて禁を犯して翻訳した次第である。ただし、この作品は王秋蛍の短篇小説集『去故集』（未見）に収められているという。青木訳はここから翻訳された可能性はある。だとすれば、初出からの翻訳ということで、お許しいただけるかもしれない。

【注】

① 岡田英樹「王秋蛍の作品世界と表現技巧」（『位相』一四七頁）

② 青木實『旅順・私の南京』（作文社、一九八二年一二月、一八頁）

ユスラウメの花

疑遅

疑遅（ぎち／イーチー）

一九一三年一一月～二〇〇四年。本名・劉玉璋、遼寧省鉄嶺県の生まれで、夷馳、劉郎という筆名もある。本作の原題は「山丁花」。初出は『明明』（第一巻第三号、一九三七年五月）。

一

八月がこっそりと東山里にやってくると、秋風が吹き始めた。空に浮かぶ淡い雲、陽の光もずいぶん弱くなった。

山に入る道は、歩きだすと実に難渋する。ゴツゴツとした石ころ、その上には黄ばんだ落ち葉がかぶさっている。山ナツメと野ブドウの蔓が、情け容赦なく荒れ果てた小径に絡み合っていて、山に登る人たちをわざと阻害しようとしているかのようだ。

とりわけ黄昏どきともなれば、ぼんやりとして道筋も見分けにくい。先方にある村の旅籠で、今晩は快い安息を得ようと考えても、あるいは酒の力で身についた汗ばみを忘れようとしても、東山里への道のりは、どこまでも剣呑である。颪はピューピューと絶えず正面から吹きつけ、落ち葉が顔を打つ。おかげで険しい山道は、さらに歩きづらくなる。

ここ二日というもの、東山里へむかうものは、日に数人で、こうした時期に、夕暮れになろうという時刻、もうひと山超えようというのは、張徳禄と趙永順の二人だけであろう。

二人の家は、同じ施家堡の旧い家で、数年来の混乱と二度にわたる略奪[1]に遭い、張徳禄の父親は、匪賊が村を襲ったあの年の冬、病気で亡くなった。母と妹が残され、張徳禄が作男となって養ってきた。ここ二年間、村での仕事は少なく、ぶらぶらするものが多かったが、どこへ行けば仕事にありつけるというのか。何もせずに半年が過ぎたが、このまま母親が生きながら餓死するのを見ておられようか！

「向かいの趙兄さんは、東山里で仕事をしていたんじゃないかね？」何か当てがあったわけではないが、母親が思いついたように言った。

「そうだ、趙兄貴を訪ねてみよう。」かれは向かいの趙永順を探しにでかけた。

その趙永順の経歴には、ちょっとした謂われがあった。かれの祖先には、道台[1]になったものがいたそうで、村の西にある廟の入口に立つ石の狛犬一対は、かれの祖先が残したものだと言われている。しかし趙さんは少しも気にかけることなく、廟の入口に来ても眼をむけようとさえしなかった。こんなに貧乏になって、ご先祖さまに申し訳ないと思っているのかもしれない。

かれは字を知らないとはいえ、大工としての立派な腕を持っていた。しかしこの時節、どこにも家を建てるものなどなく、街にも誰も知り合いはいなくて、その腕も役に立つことにはならなかった。女房がよそ様の着物を洗い張りし、忙しく針仕事をすることで、何とかやっているというありさまであった！

「自分の女房に養われているなんて、畜生にも及ばぬわ！」

「趙どんのご先祖はなかなかのもんじゃった。道台になられたことがおありなんじゃ。信じないんなら、廟の入口にある石の狛犬さまが証拠じゃよ。」

こうした話を耳にすると趙さんは心苦しく、ご先祖さまは偉い役人になられたのに、自分は字さえ不案内なのだ。かれはまるい眼を見開き、黒光りする顔を赤らめるのだった。

「東山里へ木の伐採に出かけるか？　いつまでもぶらぶらしているわけにはいかんからな！」これは何度となく考えたことで、なんとか女房の同意をとりつけた。

去年の秋、かれは東山里へ出かけることになり、今年の春にやっと帰ってきたばかりなのだ。

「この半年はどうじゃった？」

「ふん、冗談じゃねえ、なんとか食っていけただけじゃ。」これはこの春の話だった。その当時かれは考えていた。村に少しでも仕事があれば、なんと言われようがもう東山里には行くもんか、と。しかし、収穫が終わってからは、ずっとなんの仕事にもありつけなかったのだ。

その日の昼前、裏の張徳禄がやってきた。高い背丈、痩せた顔、きらきらした眼には、なにがしか期待が込められているようだった。

「趙兄貴！　東山里での仕事は、結局どうだったんです？」

「ふん、冗談じゃねえ。なんとか食っていけただけのことさ……本来ならば、毎年少しは残せるんじゃが。運悪く去年は下流の水が枯れて、材木を河に降ろせなくて、会社の方はしょっちゅう損をした、損をしたと言うし……結局は、ただ働きみたいになってしもうたのさ！」かれはじっと張を見つめていたが、その赤黒い顔には失望の色があらわれていた。

「このご時世じゃあ、飯が食えればまだましでしょう。二十歳を超えたいい大人が、いくらも稼げないんじゃ、みんなに笑われてしまいやすよ。」

「それもそうじゃが、お前さんはまだましじゃ。いくつか字を知っとるし。俺みたいなもんは、この腕力以外になんの値打ちがあるんじゃ?」かれはこぶしをにぎり、またつづけて言った。

「どうしようもないんじゃ。出かけんで何をするんじゃ。俺は十五日を過ぎたら出かけるつもりじゃ。お前も行くと言うんなら、急いで支度をするんじゃな!」

八月十七日というこの日、張は母親に頼んで、十斤の蕎麦饅頭を蒸しあげ、漬け物を袋に包んで、半月以上の長旅にでる準備を整えてもらった。


この半月以上の長旅は、今日までに半ばを過ぎたが、靴も靴下もとっくにすり切れ、身体は蚊に咬まれ、まともなところは残っていなかった。道中泊まった木賃宿には虱がどうしてこんなに多いのだろう? 夜、どんなに寝返りを打っても寝つけなかった。十斤の蕎麦饅頭は、半分を食べてしまった。後ろからついて来る張は、絶えず難渋そうな表情を顔に浮かべていた。こんな険しい山道を初めて辿ることになり、かれは心のなかで腹をたてざるを得なかった!

「おい、動けんようになったんかい?」趙さんは振り返ってたずねた。

「いいや、趙兄貴! あんたは少しも疲れんのかい?」かれは無理をしながら答えた。

「どんなに疲れようともどうしようもないんじゃ。冬の山中で木を伐るのは、これよりもっと疲れることなんじゃ。」趙さんは半ば嘲り、半ば励ますように言葉をつづけた。「世の中に易しいことなんかどこにもないんじゃ。苦力[2]は、疲れを恐れては駄目なんじゃ……どのみちお天道さまはめくらじゃねえ。ご時世が良くなりゃ、俺たちもひと冬で、三十元や五十元は稼げるかもしれないんじゃ……」

後ろにつく張は、「うん、うん。」と答えながら、思いをめぐらしていた。もし万一年を越して、春に三十元から五十元残して家に帰れたら、母親はどんなに喜ぶことだろう。自分たちの村でも少しは信用され、みんなから馬鹿にされることも少なくなるかもしれない……環ちゃん、あの娘っ子も、俺をもっと好きになってくれるかもしれない。金がありさえすれば、嫁取りもたやすいことだ。かれは黙って未来の美しい世界を夢見ながら、趙永順のあとについて、土埃の舞う前方へむかって、力を振り絞って歩いていった。

二

九月、東山里ではもう寒気を覚えた。

朝早く起きると、外はもう薄く霜が降りていた。張徳禄は三丁の鋸を背負い、薄霜を踏みしめ、荷車車庫から人夫小屋のほうへ歩いていった。この小屋は二つの山にはさまれた谷間に位置し、背後には高くそびえる樹木が生い茂っていた。天気のいい日には、名も知らぬ多くの小鳥たちがさえずっている。前方の坂道に沿った空き地で、ジャガイモやダイコンを掘っているものがいるが、これは小屋の番人が、夏の間に植えたもので、一袋ずつ小屋に運びこまれ、これが冬の間、かれらの唯一の野菜となるのである。

この小屋近く五尺ばかりの所に、柳の枝で編んだ柵が設けられ、その外にはハシバミやユスラウメがびっしり生えていて、このころには、ハシバミは実を結び、山からの風に吹かれて実を地上に落とすものもあり、ユスラウメも木一杯に真っ赤な実をつけ、霜に打たれたものはいっそうおいしくなると言われている。

張は、ここを通って柵のなかに入り、鋸を置いてから、腰をかがめて小屋に入り、中にいた劉親方に声をかけた。

「劉親方！　荷車車庫の元締めが、話があるから来るようにって。」

「俺に来いだと？　何だと言うんだろう？」劉親方は顔を洗っているところだったが、広い顔にいぶかしげな表情を浮かべた。急いで顔を拭い、上着をはおると小屋を出ていった。

朝食が終わると、外は少し暖かくなり、みんなは柵のなかで仕事をしていた。鋸を研ぐものは研ぎ、斧を手入れするものは手入れし、キーキーというヤスリの音、バサッバサッという斧の音、騒がしい音が辺り一杯に広がっているが、仕事に使う道具に関しては、誰もが他人には負けたくないというかのようである。これらの道具は、あるものは個人持ちであり、あるものはここのものであるが、かれらは区別することなく心を込めて手入れしていた。

趙永順はベテランということになるが、自分の鋸は持たなかったが、両刃の斧は二本持っていた。かれは二本の斧をピカピカに磨き、柄もしっかりと取りつけた。かれは斧を側に置くと、ごく自然に双鶴タバコに火をつけ、深く吸いこんでからゆっくりと煙を吐きだした。

傍らにいた太っちょの李老四も斧を磨き終わり、ワハハハと笑い、趙さんを見やりながら、大きな口を開けて唄をうなりだした。

「おいら李逵[2]さまが、ことをなせば……あまりにも……無鉄砲……」

「なんとまあ、のんきな奴だな？　親方が戻って来たぞ。」これは痘痕《あばた》の呉二の声である。

言葉どおり、劉親方は帰ってきた。酒で目を真っ赤にしながら、胸をはだけたまま柵のなかに入り、小屋の窓枠に尻をおろした。

「元締めは、本当に友だち甲斐のあるお方だ。俺が行けばいつでも酒を飲ましてくれる。ほかの奴ならこうはいくまい？　ふん！……」

「お前さんを呼んでおいて、結局何事だったんですかい？　劉親方！」趙さんはせき込んで尋ねた。

「何事だって？　お前らのことだよ！　元締めはこうおっしゃった。今年の山開き[3]で、会社からお話がある。ここの工具を使っている奴は、別途金を出さねばならん。鋸一丁は、ひと冬四元、斧は一丁一元、ヤスリと縄からは銭は取らん。自分持ちの奴は、それにこしたことはないが、何も持たんでここに来た奴は、来年の春、精算の時に差し引かれるんだ。」劉親方はゆっくり喋りながら、真っ赤な目でみんなの態度を見やった。

「鋸一丁買えばいくらになるんだい？　ええっ……」誰からともなく声がかかった。

「ふん、一丁買えばだと？　最も幅広い奴で二十元ちょっとだ！　買いなよ！」劉親方はうるさそうに起ちあがり、小屋のなかへ入っていった。

みんなは呆然として、一言も口をきかなかった。本来、こんな規程があるのなら、誰が山に入って木を伐採したりするだろう！　しかし今さらやらないと言ってみても、どうしようもない。

午後は何もなかった。張は小屋の外で陽にあたりながら、黒々とした樹木に覆われた前方の山を見やり、ぼんやりしていた。山に登って木を伐るのに、なんとこんな厄介ごとがあったのか！——かれは思いにふけっていた。

「張、何をしておる。また家のことを考えとるんじゃろう?」よく知った趙永順の声がした。

「いいや、趙兄貴……」かれはできるだけ心を静めて、胸のつらさを隠そうとした。

「張！　俺たちはもう山に来てしまったんじゃ。ひたすら仕事をしっかりやらねばならん。神さまも、貧乏人に損をさせまいて。年を越して春になり、このユスラウメの花が咲くころには、金を精算して山を下りることになるんじゃよ。」趙永順は、柵の外にあるユスラウメを指さしながら、慰めるように言った。

三

ここは人夫小屋から五里ばかり遠ざかった真っ暗な森であった。森のなかに決まった道はなく、樹木を避けて進むよりほかなかった。灌木一本一本はまっすぐに直立し、上方は枝が密集し、森のなかで太陽はまったく望めなかった。木の根っこには長い年月、あるいはここ数年間の落ち葉が堆積し、腐乱してヘドロのようになっていて、軟らかい、湿った落ち葉を踏むと、足はかじかんで、麻痺したようになるのであった。

　森のなかでは時間の区別がつかず、いつまでもどんよりとした天気のなかに置かれているような感じである。初めて仕事にやってきたものは、陰鬱な恐怖を覚えるだけである。

　これは仕事を始めて二日目の朝、太陽はまだ出ていない。

　張徳禄と李老四は、趙永順について薄霜を踏みながら森に入り、しばらく値踏みしていたが、二抱えもある[4]ハコヤナギを、趙さんに指定してもらった。李老四が素速くよじ登って縄をかけ、もう一方の端を趙さんが側のチョウセンハモミにつないだ。李老四が飛び降りるのをまって、趙さんと張はすぐにギーギーと鋸を動かし始めた。

「ギーギー……ザザー、ギーギー……ザザー」調和のとれた響き、規則的な動き。十分後、ハコヤナギの幹は揺らぎだし、鋸の抽送にいっそう力がこもった。張の汗は額一杯に広がり、李老四がすぐに鋸を引き継いだ。

　三分後、「ガバーッ!」という音とともに、このハコヤナギはついに伐り倒された。三人は期せずして同じように汗が流れる顔に、勝利の微笑みを浮かべた。

「これは、何の材料になるんですかい?　趙兄貴!」張は、好奇心一杯にたずねた。

「電信柱さ。」趙さんの答えには、何でも教えておいてやろうという気持がこめられていた。

しばらく休息して、またかれらは仕事にとりかかった。張はこの新しい仕事に、少し興味を覚えたようで、力一杯鋸を挽き、知らないうちにたっぷりの汗をかいていた。かれは倒された木に眼をやると、ある種名状しがたい快感を感じるのであった。木がもうすぐ伐り倒されそうなのを見て、趙さんにたずねた。

「これが終われば、どの木をやるんです?」

「やっぱりこれと同じものを選ぶさ。ここのハコヤナギは最も伐りやすいんじゃ。二日たったら、カバの木を伐り、もっと寒さが厳しくなったらマツの木を伐り倒すんじゃ。」

昼までには、順調に九本のハコヤナギを伐り倒した。真っ暗な森にも少し陽の光が射しこんできた。かれらは倒された木の幹に腰をおろし、袋を開けて、持ってきた乾飯を食った。

「この九本のハコヤナギは、どれくらいの金になるんですかい?」李老四が、趙さんに聞いた。

「この手のハコヤナギは、材木が最も長持ちするんじゃ。長いものは電柱に、短いものはマッチ会社に売るんじゃ。二抱えのものは、悪くいっても一本十五元には売れるじゃろうな。」趙さんは乾飯を食いながら答えた。

「へエーッ、てえしたもんだ……」

乾飯を食い終わって、またつづけて仕事にかかった。

こうして暗くなりだすころまで働き、三人であわせて十五本のハコヤナギを伐り倒し、後片づけをしてから、鋸を背負い、山腹にむかって歩いていった。

この樹林を抜けると、徐々に空は暗くなり、草むらの青々とした草は、背丈の半分くらいまで伸び、湿っぽくて気持ちが悪かった。張が足をおろすと、グニャッと力が入らず、「シュー」という音がして、かれはギョッと驚いた。

「わぁ！　蛇だ、蛇だ！」李老四は、びっくりして叫んだ。

草むらの「シューシュー」という音は遠ざかり、張はまだ身体にふるえを感じていた。蛇という奴は、人を驚かせるものだが、前を行く趙さんは、何もなかったかのようであった。しばらくして振り返り、かれらを見やって、ゆっくりと語った。

「山で仕事をするのは、そんなに生やさしいことじゃなかろう？　蛇という奴は人を恐れることを知っとるから、大したことではないんじゃ。前の年の冬、わしは一人で夾皮溝へ、樹木を調査してチェックするために出かけたのじゃが、戻り際に熊に出合い、もう少しで命を落とすところじゃった。この斧が、肝腎の時に役に立ってくれた……ふん！　狼や虎など山にはなんでもおる。何もかもにビクついていたんじゃどうしようもねえ……」

この草むら地帯を過ぎると、前方は山道で、また樹林帯となり、真っ暗で何も見えなかった。近くまで来ると、趙さんは斧を取りだし、近くの木から皮を剥ぎとり、根本に矢の形をした印を斧で切り刻み、ようやく林のなかに足を踏みいれた。

林のなかは、湿っぽい冷気が重っ苦しくたちこめ、カモシカの鳴き声は、悲しみを伝える声のように感じられた。木の葉が「サラサラ」と頭に降りかかり、かれらの激しい疲労はいっそうひどく感じられた。この林を抜けると、麓のまばらな灯りがいくつか眼に入り、小屋から遠くないことが分かった。

四

小屋のなかは暖かで、向かいのオンドルには、テーブルが並べられ、ジャガイモスープ、高粱乾飯から熱い湯気が立ちのぼっている。人夫たちのあるものはオンドルに坐って飯を食っており、また手を洗いながら無駄話をしているものもいる。劉親方は一人でオンドルに坐り、下をむいて、落花生をかじりながら焼酎を飲んでいた。

趙さんたちが入っていくと、身体はぐんと温まり、オンドルに上がって飯を食った。今日、かれらは帰りが少し遅くなったので、乾飯は腹一杯食うに充分であったが、スープはあまり残っていなかった。この小屋に住んでいるのは七十人余りだが、外で仕事をするのに、遠くのものもおれば近場のものもいる。グループごとに、それぞれが独立していた。

趙さんは茶碗を抱えながら、みんなの態度と親方の表情を見渡したが、どちらも少し異様であった。かれは傍らに坐っている王小六に小声でたずねた。

「今日、親方がまた何か言ってきたのかい？」

「ふん、こん畜生！　趙さん、見てくれよ！」王小六はこっそり答えながら、扉近くの木板に新しく貼りだされた告示を指さし、「どっちみち人さまのおっしゃることに、このご時世、苦力なんぞが文句をつけられるもんかい？」と、つづけた。

飯が終わって、趙さんは張に読んでもらい、自分は側で目を開けて、静かに聞いていた。張はまず眼で読んで、眉をしかめ、それからゆっくりと声に出して読みあげた。

茂祥林業有限株式会社布告第十四号

布告の件。秋分の山開き以降、曇天、雨天の日多く、又昼は短く、夜は長い、仕事を始めてもすぐに中止となり、各地への搬出にかなりの影響が見られる。下流一帯からは材木を求めるウナ電にて、督促受けること日に数十通。それ故に、本社第三回会議の決議案第六項に基づき、霜降の日より、毎月一日、十五日の公休を取りやめることとする。その他、雨や雪の日の仕事も普段どおりとし、材木を大量出産し、必要量に対応することとする。本社は各持ち場、各グループ、荷車車庫、人夫小屋、親方、人夫等々全体に周知し、これを遵守させる。誤りなく承知されたい。右布告する。

代表取締役　傅　永　泰　印

支配人　関　振　声　印

年　月　日

「畜生め……一日、十五日までも、休めなくなっちまったか。」趙さんは憤慨しながら言った。みんなもぶつぶつ言っていた。

その時、側からどなり声があがった。それはあの劉親方の乱暴な声であった。

「貴様が働きたくないというのなら話は別だが、差しださなければ、元締めは、お前を訴えることになるんだぞ。とぼけやがって……」

「劉親方！　お前さんのその話は、何にも分かっちゃいねえもんの言いぐさだ。俺はものを盗んだりしていないのに、なんで元締めに訴えられるんだ？」それは朱得勝の河間府訛りの声であった。

誰も口を出さなかった。劉親方は本当に腹を立てているようにみえたが、その言葉を聞いてあたふたと傍に行って説得にあたった。劉親方の話はやはり汚いものであった。

夜、張徳禄は下へ降りて小便をして、帰りに朱さんがまだ眠らず、横になって考えにふけっているのを眼にして、張は、そっとかれの側に行った。かれは振り返って張を見た。

「なんだよ？　お若いの！」

「今日、親方とは結局どうだったんですかい？」

「あいつも俺を馬鹿にしているんだ。そもそもがあいつとは関係ないことなのに。きのう[5]俺は山で仕事をしていて、朝鮮人参[6]を何本か見つけて、根っこを植えておき、今朝、掘りだしたところ、どうしてかあの元締め野郎に知られちまって、昼過ぎになって、無理に分け前を出せとぬかしやがるんだ。折角うまく手にいれたものを、どうしてあいつなんかに……こんなこと、お前だって腹が立つだろう？　お若えの！」かれはゆっくりと話し終わると、枕元から双鶴タバコを取りだして張に聞いた。

「お前は吸うかね？」

「いいえ、やりません。」

「お若えの！　見たところ真面目そうじゃが、この山で木を伐るには、いじめも多い。このご時世に一人で何ほどのことができるじゃろうか。元手もなく、苦力に雇われ、その上、弱いもんいじめに合う、辛いと思わんか？」朱さんはフーッと煙を吐きだした。

「しかしどうしようもありませんねえ。このご時世じゃ、貧乏人は難儀に遭うことになっているんですかねえ……」張は頷きながら、かれに同情するように言った。

ぼんやりとした大豆油の灯りのもと、疲れて眠そうな四つの眼は、分かりあったように見つめ合った。張は、そっと自分の場所に戻っていった。

オンドルに横になると、窓紙が風に吹かれてヒューヒューと音をたて、遠くの山から獣たちの悲しげな鳴き声が伝わってきた。小屋のなかでは、誰かしらぬが「グウグウ」といびきをかいている。左手の趙永順はぐっすり眠っている。かれは枕を直して、寝返りを打ち、今日は随分と疲れているのを感じた。

五

ひとしきり大雪が降り、またぐんと冷えこんだ。空はどんよりと曇り、北からの風には雪が混じり、砂粒のように顔に吹きつけた。もしこの朝、高粱粥を腹に流しこんでおかなかったら、どうしてこの時間をもちこたえられるであろう？　李老四は、毛皮地の裏をつけたボロの袷を身につけていたが、それでもずっと震えていた。張といえば、古い綿入れのつなぎの上に、起きてからさらに綿入れの古上着をはおったが、まだしきりに寒気を覚えた。

「今日は随分冷えこみますね。」

「寒くても頑張らなくっちゃあ。」凍えて震えている李さんは、それでも笑みを浮かべて言った。

今日趙さんは、王小六の仲間と馬蜂溝へ樹木をチェックしに出かけた。ここへ来るのは、張と李老四、残された二人だけであった。

朝早くから、ここまで二人はどうにかして山を登ってきた。太股まで埋まる雪が、李さんの長靴のなかまで入ってきた。身体を払い払いしながら森に入り、ちょうどうまく風が遮られる場所で、身につけていた鋸、縄、斧をおろし、三抱えあるマツを選んで、鋸を挽き始めた。

鋸が半ばまで進んだところで、早くも二人とも背中に汗をかき、皮の手袋[7]をはめた手は凍えて、猫に咬まれたように痛んできた。鋸を放して、手をズボンのなかにつっこみ、温かくなってからまた鋸を挽いた。三抱えのマツは、なかに松ヤニが多く含まれているので、鋸を挽いてみると、実に力がいる。どうにか伐り倒すと、もう昼近くになっていた。

二人は酷寒の森のなかにうずくまり、冷えた饅頭をいくつかそそくさと呑みこむと、また仕事をつづけた。三本のマツと五本のカバの木をたてつづけに伐り倒すと、二人の凍えた唇はすっかり麻痺し、身体の震えも止まらない。午前中よりもいっそう冷えこんできたようだ。

「張やん！　二人で焚き火をして、温まろうや……」李さんは、寒さに抗しきれず、震える喉から小さな声を出した。

「やってもいいが、ここで火をつけても、いいんだろうか？」張は、かれにたずねた。

「いいも悪いも、ちょっと注意をすればいいんだ！　俺たちの着物は薄くて、本当にやってられんよ……」

張は、斧で乾いたマツの枝を払って、小山に積みあげ、李さんは、うずくまってマッチを取りだし、シューとすって火をつけた。乾いたマツには油分が多く、瞬く間に真っ赤な炎が燃えあがり、二人は焚き火の側に腰を落とし、手を伸ばしてあぶった。苦しそうだった顔に、穏やかな笑いが浮かんできた。

よく喋りよく笑う李老四に、かれ本来の態度が戻ってきた。かれは眼を細めて張にたずねた。

「お前さんのような若いもんは、嫁さんのことを思い出すじゃろう？」

「ええ加減なことを言いなさんな。俺はまだ嫁をもらってないんだ……」張も微笑んでいた。

「ええっ、嫁をもらってないのか。……山に入って二、三か月もたつと、夢精[8]も起こるじゃろ？」

「あんたみたいな人は、どうしようもないな。俺にはそんなことはないさ……」かれは顔を赤らめながら言ったのだが、実のところは、夜、環ちゃんの夢を見たことは、一度に止まらなかった。

「ズバリじゃろう、お前さん。しらばっくれる[9]ことはねえ。何を恐れとる？　若いもんは、表は真面目そうでも、心の内にはいろいろあるんじゃ。」李さんは笑いながら、かれをからかった。

このころ、焚き火の炎はようやく小さくなり、パチパチと炭がはぜた。張は起ちあがって、斧で何本か太い枝を切り落とし、バラバラに火のなかに投げこんだ。すると焚き火はすぐに白い煙をあげ始めた。かれは李さんのほうに眼をやって、

「仕事にかかりやしょうぜ！」と言った。

李さんは素速く起ちあがり、腰を曲げて鋸を取りあげると、二人はまた三抱えのチョウセンハモミを鋸で挽きだした。

この木を伐り倒すと、空はもう暗くなろうとしていた。二人は鋸を拭い、斧を包んで下山する帰り支度にかかった。傍らの焚き火に火の気はなく、細い一筋の青い煙だけで、火は消えているようだった。

二人は山を出て、来たときの足跡を辿りながら小屋に戻ったが、空はとっぷり暮れていた。晩飯を食い、張が手を洗っているところへ、趙さんも帰ってきて、「ふん、今日の冷えこみはきつかったな！」と声をかけた。張はかれに湯をかけてやり、趙さんは急いで手を洗った。

趙さんが飯を食い終わるころには、小屋のものはみんな帰ってきていた。飯を終わったものたちは、熱い

オンドルの上に固まり、おしゃべりをしていた。そこへ突然劉親方が、ぷりぷりと腹を立てながら、外から入ってきて、まっすぐこちらへやってきた。

「趙どん、北山の斜面は、お前のグループだったな。見にいってみろ！……まだ北風で助かった。もし南風なら、山林はおじゃんだぞ？　山林を焼いたら、お前たちは当然、俺までが責任を取らされるはめになるんだぞ……」荒っぽい声には、焦りと怒りがはっきりあらわれていた。

趙さんが急いで小屋を出て、北を望むと、どうしたことだろう、北山の一角から白い煙と、真っ赤な炎が立ちのぼっていた。

六

朧月三十日、この日劉親方から、正午で仕事を切りあげるように、との話があった。荷車車庫の元締めも、夜にはご馳走を食わせるし、支援金が出るかもしれないと言った。

午後になると、山で仕事をしていた人夫たちは、みんな引きあげてきた。みんなの顔には、喜びと安堵の表情が浮かんでいた。たしかにこの間、かれらは本当に苦しかった。仕事が始まって今日までの三、四か月、一日の休みもなかったと言えるのだから。

小屋のなかでは、顔を洗うものもおり、頭を刈るものもおり、布団をきれいにするものもおり、あるものは靴下を繕い、着物の破れを縫っていた。何もすることがないものも、気楽に無駄口をたたいていた。

「痘痕の呉二、今晩は二人で飲もうぜ！」

「よし、飲もう！　ここんとこ、ずっと何か月も、酒を飲んでいないんだからな。」劉親方が酒を飲むのを眼にするたびに、呉は羨ましく思っていたのだ。

その晩の食事には、本当に酒が出された。一テーブルに二本の小瓶だけであったが。豚の内臓を炒めたいくつかの料理のほか、茸スープとうるち米の乾飯がついた。一年中、肉料理を食っていないものたちは、先を争って二つのオンドルに席を占めた。一つのテーブルに六、七人で、拳を打って席を決めているものもいる。

「兄弟二人、仲良しで、……それっ……」

「馬八匹に！　九蓮宝灯じゃ！」

しかしまだ興が尽きないのに、酒はとっくに飲み干され、折角の大晦日も興ざめだった。茶碗を手にひと息に掻きこんだが、うるち米飯は高粱飯よりはましだった。

夜に入って、みんなは支援金が出されるのを待っていたが、長い時間が経っても劉親方の帰りはなかった。オンドルで横になっていた趙さんだが、今日は非常に機嫌がよく、胸のなかで算盤をはじいていた。支援金が出たら、荷車車庫の人たちに頼んで石鹸を買ってもらい、双鶴タバコをまとめ買いする。靴下も買い換えなければならない。かれがゴロンと寝返りをうつと、張がぼんやりしているのが目に入った。かれは急いで座り直して言った。

「張やんよ、正月だぞ。何を心配しとるんじゃ？」

「いいや、趙兄貴、俺は家のことを考えていたんだ……」

「おい、ここにいる時は、ここのことを考えてりゃいいんじゃ。俺が家のことを気にかけてないとでも言うんかい？　家でもどっちみち、正月を過ごさなければならないんじゃ！」趙さんは慰めるように言った。

「うん、年の暮れは本当に大変だった。李さんと山火事を起こすし、その分金を引かれるんじゃないかな？……」張は、じっと趙さんを見つめた。

この時、あるものが小声で言った。

「劉親方が戻ってきたぞ。」

本当に劉親方が帰ってきた。手に紙包みを持ち、左腕に帳簿をはさんで入ってきた。大豆油の灯りのもとにいくと、帳簿と紙包みを置き、まわりのみんなに言った。

「元締めの考えでは、一人三元の支援金ということじゃったが、わしがあれこれ申しでて、なんとかみんなに五角増やしてもらってやった。今回は、みんなに三元五角渡す。……わしが帳簿を読むから、呼ばれたもんは、受け取りに来い。」

七十数名の人夫は、順次受け取り終わったが、張徳禄と李老四の名前だけは読まれなかった。最後まで二人の眼は、劉親方にむけられ、その眼には期待の光がたたえられていた。「ああ、お前たち二人の分は、年が明けてから別途計算する。今回は、お前たち二人の分はねえ。」劉親方は仏頂面をしながら、二人にむかって言った。

かれら二人は、宣告を受けた囚人のように、ゆっくりとその場を離れていった。

夜半、劉親方は酒を飲み足りたので、その辺りでまだ眠っていないものに言った。

「年の初めじゃねえか、遊んで楽しもうや！　わしは十元賭けて、天九牌③をやる。みんなも賭けろよ……」

「おい、親方は機嫌よさそうだぜ、天九牌だってさ……」かれらの表情は、すこし硬くなっていた。

普段は薄暗い大豆油の灯りも、今晩はわりと明るいようで、十数人が劉親方を囲んで天九牌を始めたが、誰もが何元かはものにするつもりであった。しかし少したつと、かれらの金があまりにも少なかったせいか、つぎつぎ手を引いていって、最後に残った二、三人が賭けたとき、劉親方はサイコロを振って、「これが最後じゃ！」と言った。

この博打では、劉親方の運はめっぽう強く、三十元以上勝ったことになる。しかしかれらの方は、九人がすべて巻きあげられてしまった。その晩の劉親方は、特別に気前がよく、紙タバコを取りだすと、かれらにくれてやった。

この時、夜半を過ぎた。パンパンという響きが起こったが、これは荷車車庫の辺りで、神を迎える爆竹を鳴らしたもので、何の不思議もない。新しい年が始まったのである。

七

正月十六日。

お天道様はすっかり高くのぼり、柵の外では、雀がチッチッとさえずり、人夫たちはとっくに出はらってしまって、ただ張徳禄だけが横になっていた。

十四日の夜、かれは山から材木を橇[11]で引いていたが、薛家溝まで戻った時、橇が横転して、材木が溝のなかにころがりこんだ。車庫で、劉親方に「役立たず！」と罵られ、のぼせてしまって、頭が痛くなり、十五日午前中は、何も口にできずに、午後になると起きあがれなくなった。趙さんがやかんにお湯を沸かしてくれ、飲むと少し汗が出て、この間の胸のむかつきもおさまり、頭も少しはっきりしてきた。

オンドルに横たわりながら、眼を開けて部屋のなかを見渡した。病気中にはえてして、家の母や妹に思いが行くものである。これがもし家ならば、病気にかかっても、一人で寂しい思いをしなくても済んだのだが、なにがしかの金を稼ぐために山に来たが、山にこんな苦労があろうとは誰が知ろう！——かれは足もとに風が吹きこむのを感じて、無理をして身を起こし、破れ布団をかけ直した。

小屋には、かれのほかに、今、茶碗を洗っている炊事夫がいた。かれは中年の男で、腰は曲がり、顔は皺だらけ、大きな声はあげない。しょっちゅう咳をしているが、胸がよくないことを示している。元気のない眼をオンドルに横たわる張にむけた。

「おい兄弟！　水がいるなら声をかけなよ！」老炊事夫は、かすれた声で言った。

「ああ、いいよ！……時間はどれくらいだろう？」張はゆっくりと言った。

「十一時過ぎじゃろう。」老炊事夫は雑巾を洗いながら、次のように教えてくれた。「頭痛がして熱がある時にゃ、二、三日横になればよくなるじゃろうよ。雑穀を食っておれば、誰でも病気にゃならないもんさ！……」

病気で寂しく寝ていると、張にはこの老人が大変やさしい人だと感じられた。さりげない話のなかに、同情と慰めの心がにじんでいた。

昼に趙さんがせわしなく戻ってきて、一束の縄を手にして急いで出ていこうとしたが、急にオンドルに横たわる張を見て、近寄ってきた。

「どうだ？　何も食ってないんか？……うん！　車庫に、お前への手紙があったぜ。」と言いつつ、ポケットから手紙を取りだし、張に手渡し、またせわしなく出ていった。

張は、布団から手を出して、手紙を開けて、家の母親から来たものだと知った。おおよその内容は、家の生活は困難で、食うものも値上がりし、大家からはしょっちゅう家賃を催促される。もしそちらで金を借りられるなら、なんとかして少しでも送ってくれないか、というものであった。

手紙を読み終わると、しばらく手を伸ばしたまま、ぼんやりと窓から見える太陽に眼をやっていたが、無意識のうちに「フーッ！」とため息をついた。

もし父があんなに早く亡くならなかったら、家はきっとこんなに貧乏にはならなかったろう。伯父がもし元気なら、母も少しは助けてもらえたかもしれない。悪いことに俺にはなんの才覚もない。いくつかの字を知っていたとて、なんの役に立とうか！　三部屋の藁葺き家は、他人さまに差し押さえられ、家は他人のものを賃借りして住んでいるから、家賃が払えなくなれば、当然追いだされて引っ越さなければならない。十数歳の妹は、学校にも行けない。すべて自分が悪いんだ——張は、思案すればするほど辛くなり、眼から雨粒のような涙が流れ落ちた。

　家を離れて四か月あまり、環ちゃんはどうしているだろう？　二十四歳の若者は、本当ならば嫁をもらってておかしくない。ただそれだけの金を、いつになったら揃えられるのだろう！　別の場面に、環ちゃんの真っ黒な瞳がぼんやりと浮かび、鈴のような声が聞こえてきた。

「徳禄兄さん！　年が明け、春になったら必ず戻ってくるわね？」

「ああ、年が明けて春になったら、春になったら……」オンドルに横になった張は、独り言を言った。

「おい！　兄弟！　どうして訳の分からんことを言ってるじゃ？」傍らにいた老炊事夫は、訝しげにたずねた。

「いいや、叔父貴！　水を一杯……家からの手紙で、春には帰ってこいよと言ってきたんだ。」かれは老炊事夫に説明した。

「外ばかり駆け回っている奴[12]は、家のことを考えていてはもつまいよ。家がうまくいっておれば、誰が出稼ぎなんぞに行くもんか。兄弟！　すぐ三月が来て、河の運行が始まれば、俺たちは精算してもらって、銭はふところ一杯さ。何を嘆くことがあるもんか！」と言いながら、一杯のお湯を持ってきてくれた。

「河の運行が始まれば、俺たちは山を下りられるんだろうか？」老張はつばを飲みこんで、かれにたずねた。

「そうだとも、遅くとも穀雨には、山での仕事は終わるよ。毎年、そのころには、この庭のユスラウメが香ばしく花を咲かせるんじゃ。」老炊事夫は、柵の外にあるユスラウメを指さして言った。

八

三月、春が東山里にやってきた。

ヒューヒューと春風が、埃まみれの暖かさを交えながらさっと吹き抜け、山のハコヤナギは、春の風に緑の若葉をそよがせていた。

森のなかでは、人夫たちが大声をあげながら材木を運んでいる。二輪馬車はカバの角材を満載し、かじ棒につながれた馬は、道端の草の新芽を探している。

趙さんは先頭になって、馬車を駆り、林の外へむかい、後ろにつづくのは張と李老四である。

林を出ると、大きくカーブを描いて、車はまた広い道に出た。この道はまっすぐ荷車車庫に通じている。

馬をゆっくり進ませながら、趙さんは馬の背にまたひと鞭をくれた。ほかほかとした風が、かれらの側を吹き抜け、その顔には穏やかな温かみが感じられた。

しばらくして、荷車は車庫の柵まで入ってきた。柵のなかの材木は、山となって積まれている。山積みの材木の側では、劉親方のあれこれの指図に従って、入ってきた車から荷が降ろされている。

「カバの角材？　それはなかに寄せろ！」劉親方は趙さんたちの車を見ると、前方の角材を指して言った。

趙さんたちは、かれの指定した場所に荷を降ろし、空車を駆ってまた山にむかった。

材木運びの仕事は、細かい雨が煙ったように降る朝に、終わりを告げた。山のように積まれた材木は、少しずつ小型の貨車によって河沿いの街へ運ばれていった。

「兄貴、仕事も終わる日が来たな！」張は山積みの材木を見ながら、感嘆したように趙さんに言った。

「そうだとも、一台車を走らせれば、一台分の金になる。ひと冬の苦労も、すべてここ数日にかかっているんじゃ！」趙さんは、遠くなった貨車を指さしながら言った。

小型の貨車は遠く離れ、徐々に見えなくなってしまった。そこでかれらはゆっくりと小屋に戻っていった。

ここ二日ほど、小屋の様子が、以前とは少し違ってきていた。オンドルに斜めに横になりながら、紙タバコをふかしているもの、二、三人集まって無駄話をしているものもいる。

「下流の方でも、いろんなことをやってきたが、山では……」頭のはげた年寄った仲間が言う。

「アヘン[13]を植えるちゅうんは、山のなかでは禁じられちょるが、河の北ではどうなっちょるんじゃ？」背の高い若者は、山東訛りで言った。

「どこでも同じだろう。金が出てからのことにしようぜ……」年寄りの答えであった。

これらの話はすべて、今年の夏の生計を検討しているのであって、未来の運命が良き方へ転じることを期待し、憧れているのだ。材木は一台一台と見る間に運び終わり、賃金支給への希望は、ますます近づいてきた。

南風が吹く日の午後、劉親方は、荷車車庫の呉先生を連れて、小屋にやってきた。呉先生は眼鏡をかけ、皮鞄を抱え、その背後には銃を下げた二人の護衛がついていた。かれらは小屋に入ると、オンドルに腰をおろした。

「呼ばれたもんは、来るように。」劉親方は土間に立っている人夫たちに声をかけ、呉先生は紙幣をパラパラと点検し、帳簿の数字に合わせて、別々に紙袋のなかに入れていった。

この金は、夕方、灯がともるころに支払いが終わり、最後になって、やっと張に支給された。張はどうしても納得できなかった。帳簿に残されていたものは、わずかに六元七角四分であったとは。

六元七角四分、船で家に帰れば、それですべてパーということになる。張は母を思い、妹を思った。かれは船に乗るという考えを、悄然として打ち消した。

翌日の朝、空が明るくなり始めたころ、張もみんなについて、自分の荷物を背負って、小屋を出ていった。この時、柵の外には真っ白なユスラウメが芳しく咲いていたが、誰も愛でようとするものはおらず、大股に前方の明るくなった方へ歩いていった。

＊　原稿は三七年四月十四日の夜九時に完成した。執筆にあたっては増文、連仲二人に、随時指導をうけ、やっと完成させることができた。ここに丁重に感謝申しあげる。

＊　山丁（ユスラウメ）は又の名を山桜桃。落葉の灌木、高さは七、八尺になり、若い茎にはひげが密生する。葉は楕円、あるいは長い楕円形で、ギザギザがあり、互生植物。春に五弁の白い花が咲くが、梅の花に似ている。実は小さな丸い形をしており、熟すれば色は赤く、味は甘酸っぱい。果汁多く、食せられる。

【原　註】

1　原文は「抗年作」。長工（常雇いの作男）になるとの意味。
2　原文は「老伯呆」。北満の方言で、語源はロシア語の Rabota　苦力の意味。
3　原文は「祭山」。伐採の仕事が始まる前に、人夫たちが山の神にたいして行なう、ある種願掛けのような儀式。
4　原文は「二扣」。二人が抱き合って手を回せる木の太さを示す山村の方言。
5　原文は「夜児隔」。昨日の意味。
6　原文は「棒棰」。吉林、黒龍江の方言で人参のこと。
7　原文は「悶子」。北方の方言で手袋の意味。
8　原文は「跑馬」。遺精の意味。
9　原文は「装蒜」。曖昧にするという意味。

10　原文は「犒労」。労働者が節季の時に食べる、比較的上等な食事のこと。
11　原文は「爬犁」。橇の方言。
12　原文は「跑腿子」。一切の係累を持たず、故郷を離れて生計の道を立てているものの意味。
13　原文は「煙土」。アヘンの意味。

【訳　注】

①　清朝時代、府県レベルの政務監察官を道員と称した。「道台」はその尊称である。
②　「李逵」とは、水滸伝に出てくる豪傑の一人。
③　「天九牌」とは、トランプを使った賭博の一種。

作品解説

　疑遅（一九一三年一一月〜二〇〇四年）は本名・劉玉璋、遼寧省鉄嶺県の生まれで、夷馳、劉郎という筆名もある。名誉回復後は劉遅という名前を使っている。中東鉄路車務処専科伝習所を卒業して中東鉄路に勤務していたが、その後哈爾濱学院で学んだことにより、一九三五年七月に新京へ出て、一九三六年、総務庁統計処に移り、古丁、外文ら文学愛好の同僚と出会うことで文学の道に入った。その後「芸文志派」と称される同人グループを代表する作家として、多くの作品を発表していった。短篇小説集として『花月集』（月刊満洲社、一九三八年五月）、『風雪集』（益智書店、一九四一年七月）、『天雲集』（芸文書房、一九四二年七月）、長篇小説『同心結』（芸文書房、一九四三年一二月）などがある。

　この作品の原題は「山丁花」で、文芸雑誌『明明』（一巻三号、一九三七年五月）に発表され、上記『花月集』（未見）に収められた。その後、山丁編『燭心集』（春風文芸出版社、一九八九年四月）に収録され、比較的簡単に読めるようになったが、初出作品から大幅な書き換えや削除が行なわれており、テキストとして使うには注意を要する。翻訳にあたっては『明明』掲載のものを使い、文意不明の箇所は『燭心集』のものを参考にした。

　作品「山丁花」は、山村社会の最底辺に生きる、救われぬ労働者の生活を活写したものとして、その苛酷な「北満」の自然描写とともに、疑遅文学の特色を備えた作品といえる。しかし、この作品が注目されるのは、「郷土文学論争」とのかかわりにおいてであろう。すなわち、「山丁花」の発表を受けて、山丁がこの作品の「表現意識と創作技巧は、郷土文芸を代表する作品であることを認めざるを得ない」、「満洲が必要としているものは郷土文芸であり、郷土文芸とはリアスティックなものだ」[1]と、自己の文学理論を展開したのにたいし、すぐに古丁が、「文学はそんなに狭いものであってはならないし、文学を小さな世界に限定するような主張は、わたしはしない」、「郷土文芸に、いわゆる論拠なるものがあるとすれば、大豆高粱といったつまらぬものを玉の壺に入れて、きれいだろうと言っているだけのことだ[2]」と切り返したことに端を発する。これ以降、いわゆる「文選派」・「文叢派」と「芸文志派」との、激しい論争が展開されていくのである。近年の文学史において多くの紙幅を使って記述される「郷土文学論争」のきっかけとなった作品であり、翻訳することに一定の意味はあろうかと考えた。

【注】

① 山丁「郷土文芸與『山丁花』」（『明明』第一巻第五号、一九三七年七月、二七頁）

② 古丁「偶感偶記並余談」（『古丁作品選』春風文芸出版社、一九九五年六月、五五頁）

〈参考文献〉

李青「『満洲国』の作家疑遅文学の一考察――『花月集』と『風雪集』を中心に」（『文芸論叢』第六二号、二〇〇四年三月）

岡田英樹「満洲国の文学と中国人作家」（『位相』）

山海外経

古丁

古丁（こてい／グーディン）
一九一四年九月～一九六四年。吉林省長春の生まれ。本名は徐長吉、筆名には史之子、史従民、尼古丁などがある。本作の原題は同じ。初出は『文友』（第五巻第五期、一九四五年七月一五日）。

一

ヒューヒュー、一陣の熱い風が異臭をまきあげ、しきりに鼻をつく。

「これはなんの匂いじゃろう?」田舎公[1]はフンフン鼻をならして、熱風がまきあげる異臭を嗅いだ。

「なんの匂いだろう?」市井徒[2]も同じように匂いを嗅いだ。

「鉄の匂いのようでもあるし、さもなければ銅の匂いだ。どっちにしろある種金属の匂いだ――」

「うん、そんなところじゃろうが、なんともいやーな匂いじゃな。」田舎公も合点しながら言った。

この異臭はますます濃くなり、田舎公は吐きそうになった。かれはハンカチを取りだして、しきりに鼻を覆ったが、どうしても防ぎきれず、匂いは容赦なく鼻へ入りこんできた。

いつのまにか高い城門にたどりついたが、上の方に大きな金色の文字で「商売城」と書かれていた。

市井徒は城門の大きな金文字をながめながら、独り言のようにつぶやいた。

「道理でいやな匂いがするはずだ。おそらくこの町には、お金がいっぱいあるんだろう。」

よく見ると、城門も銅で作られていて、そこには銅貨の模様が刻まれていた。

「なんで城門は、ぴったり閉まっとるんじゃろう。夜でもないちゅうのに。」田舎公はぶつぶつつぶやいた。

「お前はここが、外の世界だということを忘れたのかい?　わたしたちの世界とは違うんだよ。」市井徒は忠告を与えた。田舎公はやっと思い出した。かれらは長生村を離れて、まだ戻ってはおらず、相変わらず外の世界を旅していることを。
二人は大きくそびえる城門の外に立ち、しばしぼんやりしていた。どのように声をかければ門が開くのか、分からなかったのである。
「おい、見ろよ――」市井徒が目の前の城門の上の方にある、お金の投入口を見つけ、その横にある文字を声に出して読みあげた。

およそ町に入らんと欲するものは、すべからくこの孔より通貨一枚を投入すべし。金貨を投入せしものには、一秒後に門は開く。銀貨を投入せしものには、一時間後に門は開く。銅貨を投入せしものには、十二時間後に門は開く。

「わしら、通貨を持っていないのに、どうしたらええんじゃろう?」田舎公は自分のポケットをしきりに探った。市井徒も焦りを覚えた。さらによく見ると、数行の大きな字の横に、小さな字で一行書かれていた――

通貨なきものは、東方二百メートルにある町立交易所に至りて、品物と交換せよ。

「おおっ――」

二人が一緒に、銅製の城壁に沿って東にむかうと、はたして二百メートル前方に店があり、町立交易所と書かれた看板がかかっていた。店のなかは見えず、ただ窓口があるだけで、中年男の頭がのぞいていた。チンジャラ、チンジャラ、お金を数える音のようであった。

「恐れいりますが――」市井徒が前に出て、声をかけた。

その男は、やっと交換に来た人に気づいたようで、笑顔を浮かべて言った。

「何を売ろうというのかね？」

「わたしどもは、通貨に替えて城門を開けたいので。」

「それはようこそ、ようこそ。」

「ここに万年筆が一本あるのですが……」市井徒はポケットから万年筆を取りだして、その男に見せた。

「銅貨二枚じゃな！」

チャリンと音がして、窓口の外に二枚の銅貨が放りだされた。それからくるりと顔のむきを変えると、首の後ろにわずか銅貨ほどの歯のない口がついていて、思いもよらないことに口をきいた。「どうか口のなかへ、一枚銅貨を投げいれてくだされ！　サンキュー！」

市井徒は驚きで、しばし口をきけなかった。口はまだ金を要求している。田舎公は市井徒の袖をそっと引き、その口に放りこむ手真似をしてみせた。口は前に伸びてきて、田舎公の手に嚙みつきそうになった。市井徒は無意識のうちに、交換したばかりの銅貨を口に投げいれた。口は犬が骨を嚙みくだくように銅貨を呑みこんだ。それからその男は顔をもとに戻したが、もう笑顔はなく、ジャラ、ジャラとお金を数えていた。

「そうだ、銅貨だと十二時間待たないと門が開かないんだ。」市井徒はいましがた見た城門の文章をはっと思いだし、田舎公に相談をもちかけた。「お前さんが、もう一点品物を売って、銀貨と取り替えたら、もっと早く門が開くんだ。」

「すみませんが、銀貨一枚と交換したいのですが、どんな品物を売れば銀貨一枚になるんでしょうか?」

「銀貨だって?」その窓口の男は、しばらく考えていたが、不意に顔を回し、例の首の後ろの銅貨の大きさの口でしゃべり始めた。「残った銅貨をわしの口に放りこみな! そうすれば教えてやろう。」

市井徒と田舎公は、互いに顔を見合わせていたが、何も言わずに手の銅貨を口に投げいれた。その男はまた向き直ってお礼を述べた後、田舎公にこう言った。「副所長にお願いに行ってくるから、ちょっとお待ちなされ!」

その男が見えなくなり、しばらく待つと、おそらくは「副所長」なんだろう、頭を窓口にあらわしたが、こちらの方が少し肥えているようであった。

「お前さんの品物を寄こしなされ!」

田舎公が金時計を取りだしてみせると、面倒くさそうに二枚の銀貨をちゃりんと投げだした。田舎公は手にとって向こうへ行こうとした。「副所長」が顔を回すと、首の後ろには同じように口があり、銀貨を要求した。

たった今経験したばかりなので、今度は特に驚くこともなく、指で銀貨をつまんで、ねらいを定めてその口にポトンと投げこんだ。

何時とはなく、空に濃い霧がかかっていた。霧のなかにいやな匂いがたちこめ、かれらは黙って城門にむかって歩いていった。

二

二人は城門の前にやってきて、田舎公がすぐにあの銀貨をチャリンと投げいれた。とはいえ、城門が開かれるかどうかは最後まで分からない。一時間後になって効果があるかどうかなのだから。二人は石の上に肩をならべて腰を下ろし、手持ちぶさたに城門をながめていた。ほぼ三十分ばかりたったころ、知らないうちに一人の老婆が後ろからやってきた。

「お二人の旦那さま、どうか石の使用賃を恵んでやってくだされ！　三十分間、お一人さま銅貨一枚でごぜえやす。」

この老婆が顔を回すと、首のうしろに例の口がついていた。

市井徒はもう投げいれる硬貨はなく、前に回ってこう言った。

「わたしどもは銀貨に替えたんだが、すでに城門のお金の投入口に放りこみ、お金は本当になくなってしまったんだ。」

その老婆はすぐにまた、首をうしろに回して、不平を言いながら金をせびった。そのうえ脅かすように、

「お金をいただかないと、町に入れてあげないよ。」と言った。

ひたすら纏いついて、金を要求する。二人はどうしようもなくて、相談の結果、市井徒が再度交易所へ行って物を売ってくるより仕方なかった。田舎公が一人残され、婆さんと話しするよりなかった。

「婆さん、ここの人たちはみんな、どうして首のうしろに口があるんかね？」

その老婆は、ハ、ハ、ハと笑いつづけたあと、いぶかしげにたずねた。

「お前さん方は、口が一つということはあるまいね？　ハ、ハ、ハ！　ちょっと拝見……」

彼女は、頭を伸ばして田舎公の首を見て、目を丸くした。

「おかしいねえ、あんたはお金を食べる口を持っていないんかね？」

「お金を食べる口じゃと？」

「そうなんだよ。一つの口はご飯をいただくもの、もう一つはお金をいただくものさ。ハ、ハ、ハ、お金をいただく口を持ってないなんて？」

「……」

「お金を食べないで、どうして生きていけるんだい？　ハ、ハ、ハ、わたしどもの町では、体重の違いによって、三つの口に分かれているんだよ。一つは三十キロ以下のもんで、銅を食べる。六十キロ以下のもんは、

銀を食べる、百キロ以下のもんは、金を食べる。……百一キロ以上のお方が一体何を食べていなさるかは、あたいにもはっきり分からないよ。」

田舎公は婆さんの話を聞いて、いましがたの交易所での光景が思い出され、なぜ銀貨を替えるものと銅貨を替えるものが、同じでなかったのかが明瞭になった。そこでたずねてみた。

「そんじゃあ、東の交易所の副所長さんは、銀の口の人だったんじゃね？」

「そうですとも、あそこの所長さんは金の口ですよ。」婆さんは、話すうちにすっかり興が乗ってきて、「この金の口のお方は、みんなあたしどものご城主・邱祥爾さまの一族ということですよ。邱祥爾さまは邱吉爾③さまのご一族で、金の口の方たちのご祖先は、みんな海賊だったということですが、ご存じでしたか？」

「邱吉爾の一族――世界平和を乱し、東亜を侵略した、あの邱吉爾じゃと？」

「邱吉爾さまは、しょっちゅうこの町へいらっしゃって、帽子をお求めになりますよ。あの方たちの帽子は、みんなあたしどもの町からお買いあげになったもんなんですよ――城主さまも帽子がお好きで、そのほとんどは、インドや中国でアヘンと交換されておられるということですよ。」

「ほ、ほう――」

「おかけなさいまし。どうぞ、どうぞ……」婆さんは、田舎公を石の上に座らせた。

田舎公は誘われるままに、腰を下ろした。

そのとき市井徒が戻ってきて、憤懣やるかたなしといった調子で言った。

「今度の窓口の奴は、あそこの所長で、ちびで豚のように太っていて、金貨でなければ食べないと断固言い張るんだ。金の指輪でもだめで、わしの持ち物を長いあいだ調べてから、やっとご先祖さまが遺してくれた鼈甲を、金貨二枚と取り替えたんだが、その一枚をまたこのちびに食われてしまった――」

田舎公はたった今婆さんから聞いた話を、市井徒に教えてやった。それでやっとかれも、あの太った所長が金貨しか食べないという道理を理解した。

「婆さん、石の借り賃だよ！」

市井徒が金貨を手渡し、「おつりをくださいよ。」と言った。

「食べられません、食べられません！」婆さんは、顔を回したが、首の後ろの口は開けたり閉じたりするだけで、食べようとはしなかった。「食べたら、吐いちゃいます。銅貨しか食べられないんです。」

「親切心で、金貨に替えてきてやったのに、だめだと言うのかい！」市井徒はうんざりした。

「銅貨三枚、早く寄こしとくれ。」婆さんは、市井徒と田舎公の服を引っぱって、放そうとしない。

「この年寄りは、無茶を言いやがる。先ほど三十分間、一人銅貨一枚と言ったじゃないか。二枚の銅貨で十分じゃろう、なんで三枚いるんじゃ？」田舎公はからかうようにしてたずねた。

「あのお方が出かけられたあと、どうかお掛けなさいと声をかけると、お前さんは三十分間座っていたじゃないか。どうして三枚じゃいけないのかね？　よくお考えよ！」

田舎公は、無茶を言っているのではないことが分かったので、ひそかに苦笑いを浮かべながら、ポケットからハンカチを取りだして、その老婆に手渡して言った。

「お前さんが行って、取り替えてきたらいいじゃろう。」

婆さんは、考えてもどうしようもないので、受け取りながらぶつぶつこぼした。

「売りに行くのは馬鹿を見るんですよ。交易所のもんに一枚食われるんですからね。」

おそらく銀貨を投入してから、一時間たったのであろう。城門がパカッと開いた。田舎公がすぐにいそいで入り、市井徒に声をかけようとすると、城門はもう閉まっていた。なんとこの城門は、お金を一枚投入すると、一回ごとに、一人だけが通れるのであった。

うまいことに市井徒は、たった今替えてきた金貨を手に持っていたので、投入口から投げいれると、一秒後には門がパカッと開き、二人は顔を合わせ、離ればなれにならずにすんだ。

町のなかの霧は、一層濃くなった。

三

「ちょっとおたずねしますが、あなた方の城主さまを訪問しようと思うんですが、どこにおられるかご存じないですか?」市井徒は兵士のような男を見かけたので、声をかけた。

その男は話す前に、顔を回して、この町の人特有の首のうしろの口を動かして、すぐには口をきいてくれなかった。市井徒は金を要求されていることは分かったが、金はもうなくなっており、田舎公と相談してきびすを返して歩いていった。前に進んでいけば、見つかるだろうと考えたのである。

何時までも金が口に投入されないので、その男は振り返り、歩いていく二人を呼びとめた。

「お前たち、ちょっと待てよ！」

「あっしらは自分で探しやすからもう結構です。ご親切に感謝しますよ。」田舎公は答えた。

「金を出さんとだめじゃ。わしらのきまりでは、口をきけば金を出さねばならんのじゃ。わしら、兵隊づとめも大変なんじゃ。」

「お前さんは城主のいる場所を教えてくれなんだのに、どうして報酬を払わねばならんのじゃ？」

「ノー、ノー！　お前たちはたぶん外部から来たんじゃろう。ノー！　金を出さんとだめじゃ！」その兵士は明らかに腹を立てていた。

その気持ちを変えることはできないので、市井徒は鉛筆を差しだすしかなかった。兵士は不満ではあったが、受け取ってぶつぶつつぶやいた。

「全くついてねえや。こんな貧乏人に出くわすなんて。」

二人はもう取り合わず、こっそり離れていったが、気軽に道をたずねる勇気もなく、ただ、また誰かから金をせびられることだけを恐れた。

ずっと歩いていったが、道の両側のどの店も、みんなピッタリ表を閉ざしている。どうして商売城はこんなに寂しいのだろうと、どうにも合点がいかなかった。気をつけて見てみると、家々の玄関には提灯が下がり、飾りが付けられている。顔をあげてみると、幅広い布が張られており、そこには祝海賊節と書かれていた。なんと今日は、商売城の海賊記念日であり、家々では表を閉ざしてお祝いをしていたのだ。

二人はちょうどよい日にやってきたと思った。そこでさらに、前にむかって歩いていった。どんどん進んで、入り口に「海賊幼稚園」と書かれた門の前に立った。園内では、何千何百という園児たちが、大騒ぎし、跳ねまわり、どうやら運動会が開かれているようである。

二人は柵の外に立って、なかをのぞいた。

大きな掲示板には、「アヘン擁護運動競技会」と書かれていた。ドンというピストルの音が響き、十人の園児が帆船を手に持ち、アヘンとおぼしきものを入れた荷物を背負い、先を争って駆けだした。途中には、たくさんの障害物があった。最初は林則徐の写真で、園児たちは、それぞれがその写真を引き裂いた。二つ目には東方の聖賢の道義精神が描かれており、同じように引き破る。三つ目は瓜皮帽④をかぶり、地面に横たわっているアヘン吸引者の人形である。競技中の園児たちは、背負っていた包みを解いて、人形の顔の前に下ろした。最後はシルクハットをかぶり、燕尾服に身を包んだ老紳士の模型が立っていて、子どもたちがパンパンにふくらんだお腹をたたくと、お尻からたくさんの金貨が転がり落ちた。二人は当然、もっとも先にお腹をたたいた園児が勝ったと思ったが、審判員は、園児が紳士のお尻から手にした金貨を数えている。つまり金貨の数と「擁護運動」のスピードとを勘案して、競技の優劣を判定しているのだった。

田舎公は見学しながら腹を立て、市井徒も罵声が口をついて出そうになった。しかし、最後まで我慢してこの競技を見終わった。

胸の怒りを押さえて立ち去ろうとすると、教師らしき中年の女性が、柵の向こうからやってきて、柵を隔てて「ハロー、あなた方、ただ見じゃありませんこと？」と言う。

彼女も金を要求しているのが分かった。顔を回して、あの怪しげな銭食い口があらわれるのを待たずに、田舎公はいそいでポケットからタバコを取りだすと、彼女に渡した。「足りませんよ、足りないわよ！」と彼女は不満であった。市井徒もしばらくポケットを探っていたが、カミソリを取りだして手渡した。やっとその女性は、にっこり笑って立ち去った。

「これじゃ、たまったもんじゃねえ。どんどん行けば、ポケットのものがみんななくなっちまうよ。」田舎公は、ぶつぶつ愚痴をならべた。

「それを言ってどうなる？」市井徒はさりげない風を装って、「無理をしてでも、行くしかないんだ！」と言った。

海賊幼稚園を離れて、ぶらぶら歩いていると、向こうから大きな隊列を組み、デモ行進する群衆がやってきた。ゆうに一千人を超える人びとが、軍艦ほどもある計算機をかつぎ、みんなシルクハットをかぶり、燕尾服を身につけ、一言ずつスローガンを叫んでいた。

——大東亜を、この計算機のなかに、取りこめー！

——アヘンの敵を、打倒せよー！

——商売城以外の人民、一人ひとりに、アヘン煙管一本、売りつけろー！

——…………

群衆は潮のごとくに押し寄せてきた。

計算機を揺するたびに、天文学的な数字がはじき出された。

またスローガンが叫ばれた。

——五穀を絶滅し、アヘンを増産せよー！

——芥子の花咲けば、商売城は大金持ちだー！

——ワー、ワー、……　ゴー、ゴー……

——…………

市井徒と田舎公は、あっけにとられて口がきけず、この狂った群衆をながめていた。突然一人が前に来て、

「極上のアヘンだよ。一両がたったの一ポンドだ！」

市井徒は首を振った。

「よしっ、貴様はわしらの城主さまの命令に背くのか！」

「ご城主がどんな命令をお下しになったのか、わたしは存じあげません！」

「城主さまはご命令を下された。われらアヘン課のもんは、今日の記念日に、一億両のアヘンを売りさばけ。

商売城の町民は、東亜に売りに行け！　さすれば、われらは軍艦でみんなを護衛してやる……これが城主さまのご命令じゃ！――」

四

デモの群衆は、すでに遠くに去っていた。

「お前さんたちは買わなければならんのだ！」その男は、きびしかった。

「あっしらは東亜の人間で、こんな民族絶滅、国家滅亡のものを買うわけにはいかんのじゃ！」田舎公もきびしい口調で言った。

「ワ、ハ、ハ、お前さんは、わたしどものお得意さんですよ。それは、まことにすばらしいことですよ。」

その男は引きつづきこう勧めた。

「この一億両をまとめて買いとって頂ければ、少しお安くいたしますよ。親愛なるお得意さま！」

田舎公はかれのあごを一発殴りつけた。その男はよろよろと、一二歩あとずさった。きっとやり返すだろうと考えたが、その男はあごをさすりながら、

「わたしどもは、商売にならずとも、仁義はございます！　のちほど城主さまに報告いたします。」

意外にも、かれはしっぽを巻いて逃げていった。

さらに前に進むと、道路の脇に大きな建物が見え、玄関には「新資源館」という大きな四文字が書かれていた。ぶらぶら入ってみると、意外にも入場券をとる人はいなかった。

まず第一室。

きれいなガラスケースのなかに、一個の人形があり、瓜皮帽をかぶって辮髪をたらし、馬褂長袍[5]を身につけ、ひざまづき、その膝頭からは肉があらわれていた。標本の名称は「奴膝」と注記され、下には小さな字でこのように説明されていた。

　この資源は、何億何兆ポンドの価値があり、アジア大陸での生産量がもっとも豊富であり、……

田舎公はここまで読むと歯ぎしりして、この説明書と標本を叩き壊してやろうかと考えた。しかし辛抱して、読みつづけていった。

　……ただこの資源は、極力短期間のうちに収穫しなければならない。そうでなく、ひとたび失うことになると、わが商売城は大きな困難を迎えるであろう。わが町民はよろしく最後まで奮闘すべきである。

……

田舎公も、これ以上は読みつづけられなかった。
ただ、胸の熱い血潮が湧きあがってくるのを感じるのであった。
さらに二つ目の標本には、「笑顔」の二文字があり、先ほどと同じ扮装をした人形が、商売城の旗にむかって、憐れみを請うようにお追従笑いを浮かべている。その説明書にはこう書かれていた。

この資源は、何億何兆ポンドの価値がある。アジア大陸での生産量がもっとも豊富である。およそわが町民は、この笑顔をつづけさせねばならず、もし一旦怒ってにらむようになれば、わが商売城は、災禍に見舞われるであろう。

この第一室には、ほかにもいくつか標本があった。たとえば「麻痺」、「卑怯」、「散漫」……といったもので、一つとして金儲けの資源でないものはなかった。二人は見れば見るほど腹が立ち、かならずや東亜十億の人民を糾合し、この「新資源館」なるものを叩き潰さねばならないと、心に誓うのであった。
第二室
部屋に入ると、最初に目につく標本は、「貪婪」というもので、もつれた糸のような神経が、地球儀にまといつき、説明書にはこのように書かれていた。

この資源は、本町のために新しく発見されたものにして、およそ町民で発財興国せんとするものは、ひとしく手術を受け、この新資源を増殖すべきで、さすれば東亜を侵略するも可能となろう。

このほかにもさまざまな神経、たとえば「残酷」、「戯言」……といったものがあり、これが商売する時の、かれらの言う新神経なのであった。

市井徒と田舎公は、大いに腹を立て、ほかにも何室かあるようだが、入って見学しようとは思わなかった。二人は廊下に沿ってドアにむかい、出口まで来ると、一人の館員が進みでて、このような勧誘をおこなった。

「お二人さん、新しい神経とお取り替えなさいまし！」

「どんな新しい神経なんだね？」市井徒がたずねた。

「金儲けの新しい神経ですよ。」

「そんな下司な神経なんぞいらんよ！」田舎公は腹を立てた。

「よし、お前は人を罵ったな！　罵るのは結構だが、それなら金を出せ！」その館員は顔を回して、首のうしろの銭食い口を揺すった。

市井徒はその口にむかって唾を吐きかけた。

その館員は怒りもせずに言った。

「よろしい、のちほど館長に報告するので、待っていなさい！」

二人は何とも奇っ怪な新資源館をあとにした。

数歩も歩くと、十字路でやせた町民を見かけたが、おそらくは三十キロ以下の銅食い人であろうと思われた。その体には「汗、大安売り、一滴銅貨一枚」と書かれていた。

汗を売るその行商人は、かれらが歩いてくるのを目にすると、声をかけた。

「あんた方、汗はいりませんかな？　正真正銘ブランドもんの汗ですぞ。雨水なんかじゃありやせん。」

田舎公は変わった商売だと思い、口をきいた。

「どんな奴が、お前さんの汗を買おうというのかい。教えてもらいたいもんじゃ。」

その男はため息をついて言った。

「あっしは長生村の村民で、もともと百姓をしておったんじゃが、村の羅村長が、生物禁止令を出しよったもんで、農業をつづけていけなくなってしもうて、この商売城まで逃げてきたんじゃ……しかしここは、百姓が町へ入るのを禁じておって、商売だけが許されとるもんで……あっしには売るもんなんぞ何もなくて、汗を売るしかないんじゃわ。冷たい水を飲むだけで、汗の元がなくなるちゅうことはありやせんので――」

「それで、売れるんかい？」

「ああ、よう売れますわ。一日で一万滴も買うてくれますんじゃ！」汗売りは、自慢げであった。そう言いながら、注射針のようなガラス管を腕に押しつけ、一滴の汗を吸いとり、「あんた、正真正銘ブランドもんの汗ですぞ。雨水なんかじゃありやせん！」と言った。

田舎公は買わざるを得なくなって、靴下を脱いでかれに渡した。汗は受けとらずに、市井徒はたずねた。

「お前さんの汗を買って、みんなどうするんだい？」

その男はガラス管を啜って、自分で汗を飲み、こう言った。

「お見受けしたところ、あんさん方は外部の人のようじゃな！　わしらの町の金食い口の人は、みんな汗を買うて、コーヒーに入れて飲むんじゃ。おいしゅうて栄養があるんじゃ。——これ一滴で、一億七千カロリーもあるんじゃ！　あっしが売っておるもんは、正真正銘のブランドもんで、雨水なんかじゃありませんぞ！」

五

「おーい、おーい——」

市井徒と田舎公は、うしろで誰かが大声で呼んでいるのを耳にした。振り返って、田舎公はたずねた。

「あっしらを呼んでいるんかね？」

その男は、ぜいぜい息を切らしながら、飛ぶように駆けてきた。

「城主さまが、あなた方お二人を探してくるようにとおっしゃいまして。また新資源館の館長さまも、城主さまのお館でお待ちになっておられます。」

その男は一枚の名刺を取りだした。そこには、「商売城府外交部長伊司登」と印刷されていた。さらにつづけて、

「今晩公館で、夜会を開きますので、是非ともお二人のご参加をお願いします。」と言った。

伊司登外交官が運転する流線型の自動車で、二人は一緒に城主の公館に行った。

城主はとっくに正門の前で、かれらを出迎えに立っていた。

邱城主は太った男で、その体重はおそらく百一キロ以上はあるだろう。どんなものを食べているかは分からない。

「ようこそ、ようこそ、たった今しがた、わが方のアヘン部長の報告を受け、お二人がこの町へお越しいただいたことを知りました。歓迎いたします。」邱城主は、市と田の二人と握手しながら、このように挨拶した。邱城主のうしろに立っているのは、城主ほどには太っていないが、十分に百キロ以下の金食い口になりうる男で、城主の挨拶がすむと、前に進み出て、名刺を手渡して言った。

「わたくしめは、この町の新資源館館長の喬治利でして、やー、やー、はっ、歓迎いたします！　どうぞ、どうぞ！」

城主の公館では、どの部屋かはわからないが、生意経⑥第十一章の交響楽が演奏されていたが、ただ金貨と銀貨とがこすれあう音にしか聞こえなかった。城主と館長が先導して、二人はあとに付きしたがって進んで

いった。あの交響楽の音色は、進むにつれ近くなるようで、三、四分歩いて、一つの部屋の入り口に立った。ドアには小さなプレートがあり、「第一交易室」と書かれていた。

邱城主は歩いただけでもう息切れしていたが、みずから鍵を使ってドアを開けた。するとあの金貨と銀貨をこすりあわせたような交響楽が、嵐のようにかれらの耳に飛びこんできた。目をこらしてながめると、広い大広間で、なかでは百人を超える妙齢の女性たちが、交易ダンスを踊っていた。

邱城主は、かれらを一つのテーブルに案内して座らせた。

まず酒を勧め、それから慚愧に堪えぬように言った。

「先ほどは、われらのアヘン部長が、お二方の感情を害するようなことをいたしまして、まことに申し訳ございません。しかし、この商売はうまくいきますよ。どうぞ、どうぞお飲みになって！」と、引きつづき酒を勧めた。

「あんまり飲めませんので。」と、田舎公は答えながら、アヘン部長というのは、先ほど街頭で、かれにアヘンを売りつけたあの男のことだなと、心で思った。そこで「あっしの方こそ軽率でした。あなたの町の職員の気を悪うさせてしもうて。」と、あの部長をうっかりと殴ってしまったことを詫びた。

「本当に申し訳ない！」喬館長も横から口をはさんだ。「たった今、わたくしどもの館員が、お二方を不愉快にさせまして。やー、やー、はっ、まったく申し訳ない！」

市井徒は今日の昼間、新資源館での喜劇を思い返しながら、言った。

「わたしどもの方も、失礼しました。しかし、ああした神経は絶対にいりません！」

「やー、やー、はっ、どうか一杯！」喬館長は、みずから杯を干して言った。「何でもありません！　この商売がうまくいけば。さあ、さあ、どうぞ！」

しばらく飲んでいると、あの百人あまりの妙齢の女性たちが、蜂のように群がってきて、市井徒と田舎公に一緒にダンスを踊るように求めた。二人ともでたらめに相手を選び、その場しのぎに、交易ダンスをちょっと踊ってお茶を濁すしかなかった。

市井徒と踊った娘は邱莎白といい、邱城主の姪にあたる女性で、踊りながら内緒話をするようにささやいた。

「市さま、わたくしどものアヘンを、愛しい方、お買いあげになってね！」

市井徒は、ただ首を振るだけであった。

「あなたが買ってくださらなかったら、わたくしは自殺しましてよ、愛しい方！」

…………

田舎公と踊った娘は喬利麗といい、喬館長の娘で、こちらも取引きの話を持ちかけた。

「田さま、あの貪婪の神経は、これまで外部の人には売らなかったものよ。お値段も大変お安いし、あなたがお買いになって神経を入れ替えられたら、きっと十倍大儲けなさること、請け合いますわよ！」

「あっしは買いやせん！」きっぱりと田舎公は言った。

「うーん、お買いにならないなんて信じられませんわ！」

「買いやせん！」

「愛しの方、一グラムが、たった十万枚の金貨ですむのよ。愛しいお方！」

…………

生意経第十二章の交響楽の音がパタッと鳴りやむと、ダンスも終わりを告げた。

かれらは先ほどの席に戻った。

邱城主が、一枚の契約書を取りだしたが、それはアヘン一億両の契約であった。笑いながらこう言った。

「先生、どうかご署名を！」

「わたしには、署名できません。」市井徒は、テーブルをたたいた。

「もし署名して頂ければ、あなたを駐在大使にすることを保証しますよ。あなたがアヘンをお吸いにならないことは存じあげております。しかし、これは大きな財産ですぞ。……」

市井徒は、いとまを告げて出ていこうとした。

「この商売はうまくいきますよ。急がないで、もう一杯どうぞ！」

館長も「神経」を持ちだして、田舎公と取引き話を始めた。

「立派な記念品ですぞ。お国へ持ち帰れば、きっと百万長者になれますよ！」

「買いやせん！」田舎公も起ちあがって、出ていこうとした。館長は、かれをぐいと引きとめて、

「もう一杯、やー、やー、はっ、あなたが使われなくとも、帰ってあなた方の長官に贈り物にすれば、いい記念品になりますよ！」

六

主人も客も楽しまず、城主は別の部屋で休息をとろうと提案した。四人は黙ってこの大広間を出ていった。突然、生意経第十三章交響楽の演奏がまた始まった。右手の長い廊下を曲がっていき、「第二交易室」と書かれた部屋のドアの前に立った。

邱城主は同じように、自分の手で鍵を使ってドアを開けた。なかは真っ暗だったが、誰かが電灯をつけたので、パッと明るくなった。

なかをのぞくと、百人あまりの男性が、実弾を込めた銃を担い待っていた。かれらが入ってきたのを見ると、百丁あまりの銃が、一斉にパンパンと響きわたった。市と田の二人は状況がよくないのを見て、脱出しようとしたが、すでに部屋はぴったり閉じられていた。

邱城主と喬館長は、演台にあがって腰を下ろした。法廷のようであった。二人は下の方に腰を下ろした。まず、邱城主が開廷を告げるように言った。

「われらが商売城の法律によれば、およそ外部のものがここに来れば、売るか買うかして、かならずやわれらが商売城の発展に貢献しなければならないとされておる。おい、市井徒と田舎公！　お前たちは何か品物を出して、売らなければならないのじゃ！」

「品物を売れと言うなら、もちろん可能です。わたしのこの服を脱いで、あなたにお売りいたしましょう。」

市井徒は本当に上着を脱いだ。

「ノー」

「あっしのこの帽子は？」田舎公も帽子を取りだした。

「この帽子は、邱吉爾さまへの贈り物にしてもよいだろう。受けとっておこう。しかし、帽子や服ではだめじゃ！」

「結局あなた方は、何をお買いになりたいのです？」市井徒が質問した。

城主は館長と、ひそひそ内緒話をしていたが、ゆっくりと申しわたした。

「血じゃ――あの真っ赤な血じゃ！　わしが買いたいものは。」

市井徒と田舎公は、ぎょっと驚いた。

「……」

「売るのか売らんのか？」城主は、ワ、ハ、ハと笑った。「売ると言うなら、売らなければならん。売らないと言っても、売らなければならん。これがわが商売城の法律なのじゃ！」

さっそく第二交易室の百人あまりの男たちが、またパンパンと銃を発射した。

「控えのもの！」邱城主は、申しつけた。「吸血管を持ってまいれ！」

一人の男が、ふつうの太さの吸血管を持ってきて、一方を市井徒の腕の血管に差しこみ、一方を城主がくわえた。――

「実によい味じゃ！」

城主は、乳を吸うように啜りあげた。

「館長、お前さんも一口！」

館長は遠慮して、

「どうか城主さま、お一人で！」と言った。

「遠慮はいらん。本当にいい味じゃ！　ただ少し金属質が足りんようじゃ！」

館長は吸血管の端を受けとって啜りあげた。

「やー、やー、はっ！　新資源じゃ！　うまい、うまい！」

下にいる市井徒は、体中が空っぽになるように感じ、頭はくらくらし、顔色も真っ青になった。二十人が、かれをつかまえているので、動くことすらできなかった。

「控えのもの！」、城主は申しつけた。「あちらも試してみよう！」

一人の男が吸血管を市井徒の腕から引きぬき、同じように田舎公の腕の血管に差しこんだ。

邱城主は、じれったそうに吸血管を口にくわえ、

「おおー」とさらに力一杯吸いこんだ。

「この血も悪くないぞ！」

それから、ゲップをしながら、「ゲップ、ゲップ、わしは、たっぷり飲んだ。ゲップ、館長、こちらを試してみろ、ゲップ！」

館長は受け取ると、貪欲に啜りあげた。

城主はシガーを取りだし、ふかしながら言った。

「血はタバコとおんなじで、最初の一口が最高じゃ。ゲップ、ゲップ、館長、すまなんだな、この二人の一口目はすべて、ゲップ、わしが頂いてしまった。ゲップ！」

「どういたしまして。」

城主が呼び鈴を押すと、万年筆と金時計を手にした一人の男が入ってきて、城主に渡した。

「おい、市先生と田先生！　お前さんたちの血の代金じゃ！」町に入る時売りはらった万年筆と金時計を、血の代金としてかれらに与えた。

市と田の二人はすでに、血を吸われて頭がふらふらして目がくらみ、一時間ほど経過して、やっと自分たちが城主のお館ではなく、城門の外にある柏の木の下に座っていることに気がついた。

「危なかった、もう少しで命を落とすところだった！」市井徒は腕をもんでいた。

「ユダヤの吸血鬼め！」田舎公が罵った。「わしらは、あの町の汗売りを笑っていたが、わしらの方が、血を売ることになろうとはな。」

夜が更けたようで、空の星がきらめいていた。

「俺たち、どうしてこんなところに来たんだろう?」市井徒が空の星をながめながら、独り言のように言った。

「すべてお前さんが、まっとうな道を歩かずに、でたらめに歩いた所為じゃ……」田舎公は恨みがましそうに言った。

「夜のうちに出かけよう……」市井徒は身を起こした。

「道が見えないじゃないか。」

「どのみち行かねばならないんだ。空には北斗星がある。ただ方向さえ見分ければ、行き着かないこともあるまい。……ここは暗いし、また寒い。」市井徒は田舎公の手を引いた。

「わしゃ起ちあがれんよ。わしの血は、ユダヤの吸血鬼に吸いとられて、苦しいんじゃ。」それでも田舎公は、ゆっくり起ちあがった。

「これは道のようだが、東の方に行く道だ。」

「おう。」

北斗星は、ますます明るい光を放っていた。

二人は手を取り合って、用心しながら進んでいった。

（乙酉四月在新京）

【訳　注】

①「田舎公」とは、村人といった意味だが、小説では固有名詞として使われている。訳文でも人名としてそのまま使った。

②「市井徒」とは、町のごろつきといった意味だが、小説では固有名詞として使われている。訳文でも人名としてそのまま使った。

③この当時のイギリス首相、チャーチルの音訳である。

④スイカを上下に切ったような形をした帽子。頂点に小さな丸いつまみが付いている。

⑤「長袍」は、あわせの長い上着、「馬褂」は、その上からはおる短い上着。

⑥演奏される交響楽の名前であるが、「生意」とは商売の意。「生意経」とは商売の極意を記した経典の意味を持つ。

作品解説

古丁（一九一四年九月〜一九六四年）は吉林省長春の生まれ。本名は徐長吉、筆名には史之子、史従民、尼古丁などがある。満鉄経営の長春公学堂、南満中学堂を卒業後、一九三二年、北京大学に入学、北方左翼作家聯盟の活動に参加（組織部長）していたが、官憲に逮捕され秘密を漏らしたため、組織は大きな打撃を受けた。

一九三三年に休学届を出して「満洲」に戻り、国務院総務庁統計処の役人となる。一九四一年、統計処事務官の職を辞し、協和会中央本部の事務員となるが、同年一〇月、官界から身を引き、みずからの資金を投じて書店兼出版社芸文書房を設立し、文芸活動に専心した。

一九三七年三月、『明明』の創刊に始まり、一九三九年『芸文志』、一九四三年『芸文志』（芸文聯盟機関誌）の創刊など、文芸雑誌の刊行・編集に力を注いだ。それだけでなく、城島文庫、詩歌刊行会、読書人連叢、駱駝文学叢書などと銘打って詩集や小説集、評論集などの単行本出版に努力し、「満洲国」の文芸出版界活性化に大きく貢献した。

しかし、こうした活発な活動の代償として、日本人の個人的資金援助や、公的機関の支援が避けられなかった。「満洲国」文芸政策への全面的協力（三度にわたる大東亜文学者大会に「満洲国」代表として参加したことは、それを象徴するものであった）を含め、古丁の政治的、社会的言動にたいする批判は、今なお厳しいものがある。

小説集として『奮飛』（月刊満洲社、一九三八年五月）、『竹林』（芸文書房、一九四三年九月）、長篇小説『平沙』（満日文化協会、一九四〇年一一月）、散文・評論集『一知半解集』（月刊満洲社、一九三八年七月）、『譚』（芸文書房、一九四二年一一月）、詩集『浮沈』（満日文化協会、一九三九年一二月）、翻訳書として夏目漱石『心』（満日文化協会、一九三九年一〇月）、石川啄木『悲哀的玩具』（芸文書房、一九四三年一〇月）などがある。

古丁はいろいろな創作ジャンルを実験していたと思われる節があるが、この「山海外経」は、コミカルなタッチをねらった作品である。想像上の動植物や地方の珍しい事物を書き留めた中国古代の地理書「山海経」――世に知られたこの書物の体裁を借りながら、奇想天外な世界を描いてみせた。イギリス帝国が、アヘンを使って中国民衆からほしいままに収奪を繰り返している、とのテーマは読み取りやすい。それを「かならずや東亜十億の人民を糾合し、この「新資源館」を叩き潰さねばならない」というスローガンに集約すると、「米英撃滅」をファナティックに叫んでいた、当時の「大東亜戦争遂行文学」そのものに重なる。粗悪な「国策文学」というのも一つの評価であろう。しかしわたしは、「奴膝」、「笑顔」、「麻痺」、「卑怯」、「散漫」といった言葉で、中国人の「奴隷根性」を鞭打つ作者の姿勢に注目する。古丁作品の複雑さと評価のむつかしさを象徴する作品として、あえてこの作品を翻訳してみた。この作品をどう読み解くのか、一つの素材提供である。

この作品は、『文友』第五巻第五期（一九四五年七月一五日）に掲載された。『文友』は、中国語総合雑誌『華文大阪毎日』（大阪毎日新聞社・東京日日新聞社発行）の姉妹版として、一九四三年五月一五日に上海で創刊されたものである。この『文友』には、第五巻第四期（一九四五年七月一日）から「満洲文芸」という特設欄が設けられる。それは、前年南京で開催された「第三回大東亜文学者大会」において、「満洲国」代表の作家たち（古丁もその一人）が、華中の作家たちと交流できたことが要因の一つであったに違いない。いわば「大会」の副産物といえよう。しかし、交流はあまりにも遅かった。「満洲文芸」欄は、二期のみで終わりを告げる。国策遂行にがんじがらめにされた同胞作家の作品を、政治からはまだ緩やかな立場を取り得た上海の読者がどう受け止めたのか、興味惹かれる問題である。

〈参考文献〉

梅定娥『古丁研究――「満洲国」に生きた文化人』（国際日本文化

研究センター、二〇一二年三月）
岡田英樹「啓蒙主義者古丁」（『位相』）
岡田英樹「古丁の『附逆』作品再検討」（『続　文学にみる「満洲国」の位相』研文出版、二〇一三年八月　＊以下『続　位相』）

臭い排気ガスのなかで

山丁

山丁（さんてい／シャンディン）
一九一四年一二月～一九九七年七月。遼寧省開原の生まれ。本名は梁夢庚、筆名に菁人、小倩、梁倩（茜）、茅野などがある。本作の原題は「臭霧中」。初出は『大同報・夜哨』（筆名・梁倩、一九三三年一一月五日、一二日、一九日）。

一

ドッ、ドッ、ドッ……

尻から出る臭いガスを引きずりながら、朝の光のなかを、濡れタオルで太陽の顔を拭いているような時間帯に、いつものように装甲車[1]はかすめ通っていった。

陶家崗、そこは蛇のように曲がりくねった細長い街である。装甲車があらわれるまでは、この街の六月には、河岸からしょっちゅう恐しい熱い風が吹きつけてきた。

――略奪、焼き討ち、襲撃、人質殺し[2]。

河岸にある幾重にも折り重なった柳条通（匪賊の根城となっている）が、この陶家崗を眼を細めてながめている様は、真昼間に山猫が、リスどもを捕獲しようとしているかのようであった。また洞穴で見張り番をするウサギのように、大富豪の砲台にも大砲が据えられ、誰かと一戦交える準備をしているかのようであった。

通りにはあまり人影は見あたらず、金持ちのお坊ちゃんや若旦那たちは、連発銃を手にした護衛にうしろから守られ、リスのように肩をすくめ、あたりをきょろきょろ見回しながら、街を通り過ぎてゆく。もし一匹の犬がかれらとぶつかれば、その銃は火を吹くかもしれない。

街はこうした息苦しい空気のなかで活《い》きていた。――いつまでも。

陸大戈は、頭に白髪が交じる歳まで、屠殺業者としてやってきた。――かれの肉切り台は、血なまぐさく、古ぼけたままに、この息苦しい通りのなかほどに据えられていた。

かれの人生はみんなと同じように、幼年、壮年、老年と過ぎてきたが、その一生のあいだに何千何万と、どれだけの豚を殺したのか分からない。しかしかれには、人助けする良心があった。雨の日だろうが、風が吹き荒れようが、ぬかるむ日であろうが、琴子の、あのボロにくるまれ汚れた姿が、――通りのはずれから、跳びはねる砲弾のように、ジグザグとよろけながらやってくると、かれの心の傷跡は口を開けて、血がほとばしり出てくるのである。その血には、ちょっと昔の傷が刻まれている。

琴子の母は、手込めにされて殺された……

琴子の父は、怒りから山に逃げこみ、いずこともなく去っていった……

琴子は、劉旦那の四太太①付きの女中になった……

心に刻まれたこれらの文字が胸のなかを、一分一秒たりともとどまることなく、駆けめぐる。その子の顔には、いつもアルコールのような涙がたたえられ、あるいは花が咲いたような青紫の手形がついている。かれはその手の型が残った跡をなでてやる。

――琴よ、こんなに涙を流しおって。亡くなった母ちゃん、出ていってしまった父ちゃんのことを思っているんだろう？　なあ、お前！

琴子は小さな顔をあげてかれを見た。彼女にとって、この世のなかでこの老人だけが、彼女のことを心配してくれているのだ。顔をうつむけると、涙がそっと籠の上に落ちた。

——いい子じゃから、誰がお前をいじめたり、いじわるするのか教えておくれ！

——陸爺ちゃん！　あたいは大丈夫よ。誰もあたいを……、母ちゃんは死ぬ、父ちゃんは行ってしまう、あたいは鞭で叩かれる。うちの四太太は、これはあたいの運命だと言っているわ。

3

琴子は再び顔をあげてそっと笑い、近くのアヘン販売所の方へ歩いていった。彼女にはシミのようにこびりついた運命があり、この運命は幼いころから、もう彼女の心に植えつけられていたのである。陸大戈は、彼女の話に胸を突き刺された。その言葉は、悲しみのこもった矢であり、誰の腹に突き刺さっても気を重くさせる。

その子が乱れて逆立ったお下げ髪を、頭のうしろで揺らし、籠の重みに耐え、跳びはねる砲弾のように、ジグザグとよろめきながら、遠ざかって行くのを、老人は悄然と見送った。その子の笑いが、まだ耳のそばに残っているが、それは笑いではなくて、泣き声よりさらに沈痛なハンマーとなって、かれを撲つのであった。

——ああ、かわいそうな子じゃ！

独り言を言ってみるが、その子はかれ自身でもあった。かれもそうした同じ運命をたどってきたのである。今では、もう六十歳になったが、まだ独りものである。

やもめ暮らしの老人、そして孤独な子ども。

陶家崗の住民は、かれらの存在など忘れてしまっていた。

二

太陽はまだのぼってこないが、遠くの空は鮮やかな、興奮させるような色彩に色づいている。大隊本部[4]の朝のラッパの音が「ブォーブォーブォー」と、色づいた空で跳びまわり、街の中心部を揺さぶった。

今年の陶家崗は、例年よりかなりましであった。大隊本部がどこからか一台の装甲車を持ちこんできて、

毎日、

ドッ、ドッ、ドッ……と、

朝の光のなかを、尻から出る臭いガスを引きずりながら、いつものようにかすめ通っていく。

子どもたちは新しいおもちゃを発見したかのように、歓声をあげながら、短い距離をあとについて走っていく。子どもたちの目には、それはおもちゃであり、慈善家でもあった。というのも、車が走ってくると、運がいい時には、残り物が入った木製の弁当箱[5]が、窓から素早く投げ捨てられることがあるのだ。道の真んなかで、そのわずか一口の食べ物を奪いあうために、大人も子どもも取っ組みあいとなり、どなり、歓声をあげる。そして赤い棍棒をもった旦那がた[6]が、追っかけ、殴り、どなりつけるのであった。

一九三三年に特有の現象だが、普段とは違った連中——不揃いに薄汚い青い布を頭に被った田舎のものた

ち。かれらはうだつの上がらない連中で、苦渋に満ち、また憂鬱[2]そうな態度で、見知らぬ人の指図を待ち受けている。かれらは一団、一団と街の中心を占めるようになった。

陸大戈は、こうした人びとをも相手にしていた。早朝から正午まで、正午から夕暮れまで。

眠り足りない行商人たちは、大きく口をゆがめて叫び声をあげ、臭い匂いを吐きだし、農民たちは豆かすを積んだ一輪車や、草を積んだ 一輪車を疲れた様子で押していく。車のうしろについていくのは、黄色く汚れた歯をした、凶悪な面構えの男たちである。

道の傍らには、鼻汁を口の周りにつけ、ボサボサの長い髪の毛の子どもたちが並んでいるが、これらは琴子と一緒に遊んだことのある子どもたちである。そして太腿まではだけたモルヒネ中毒者[7]……通りには、こうしたぼろぼろになったものたちが、うごめいているのである。

ハエたちもようやく、こうしたぼろぼろになったものたちの仲間入りをして動きだす。こうした人びとの姿が、陸大戈の目の前で、つぎつぎと移り変わっていくのだ。

黄ばんだ顔に、みずみずしい二つの瞳。

みずみずしい二つの瞳に、黄ばんだ顔。

肉切り台には、ピカピカに光る肉切り包丁、脂まみれの手、真っ赤な血のついた肉が乱雑に置かれ、ハエはブンブンと音を立てて飛びまわる。

この老人はこんなことを考えたことがある。もしわしに一人の息子がおったなら、その子は成長して大人となり、腰を落ちつけて、わしに代わって仕事をしてくれるじゃろう――その時には、この老骨も休むことができるのじゃが。

長い年月、陸大戈の想いは、ついに想いのままに終わり、女房をつかまえることもできず、ひとの女房を手込めにすることもできなかった。若いころには、ボスの手先となり、戦場を駆け、他人の首を切りおとし(首切り人となっていた)、上司のために手柄も立てたが、賞状をねらう気もなく、上司が恩返しにかれに嫁を娶ってくれることもなかった。

これも運命なのだ。琴子が苦しんでいるのと同じように。琴子の母は手込めにされて死んだ、琴子の父は家出してしまった、これもすべて運命なのだ。

――うちの四太太は言いました、これは運命なのだと。

琴子の言葉が胸に響いた。彼女の「運命」と言う言葉が渦巻く心のなかで回転していた。かれは信じない、この世界さえ信じない、これは人をペテンにかける言葉であり、ある種の人がみずからを欺く言葉なのである。

まな板の肉は、あたかもかれみずからの肉であり、かれが切り落とした背骨は、どれもがみずからの背骨であるかのように思われる。もしかれも良心を投げ捨てていれば、あの上司と同じようになれたかもしれない。いまやかれの仲間は、何人かの妾をかかえ、また子どももいる。

「もし万が一息子がおれば」と陸は、ろくでなしの田舎者たちを横目で見やりながら、「あるいは、良心を持った息子じゃったら、憂鬱なろくでなしになっていたかもしれない？」と考えた。

かれはこれ以上考えつづけたくなかった。通りには、かれをからかう声高な声が響いてきた……

豚殺しの陸は、チョンガーで、
ボケーッとしたまま、一生終わる、
毎年毎年、豚骨《とんこつ》かじり、
毎年毎年、冷たいオンドルのゴザを抱く。

薪市場からめぐり聞こえてきた子どもたちの歌声に、かれはやさしい笑いをうかべた。子どもたちはかれの前に駆け寄ってきて、おどけた顔をしてからかい、ゆっくりと通り過ぎていった。

笑いかけてはみたが、表には出せない心の痛みが、この歌によって揺さぶられた。

沈んで光を失った二つの目、お互いに肩を押し合い、鼻汁を顔につけ、髪の毛を伸ばした子どもたちのぼろぼろの姿に目をやると、ほっとため息がもれた。

――ああ、哀れな子どもたちじゃ。

――こんなままで、ずーっと生きていくのじゃろうか？

――ああ！　お前たちよ！　一代一代悪くなる……

陸は顔から死にかけのハエをつまみあげた。ハエは土ぼこりのなかへ転がっていった。

三

ここ数日、仲間のものは忙しかった。

討伐兵は金持ちの家にも、貧乏人の家にも泊まり、家畜も泊められた。粉ひき屋、小売店、軽食屋、飼葉屋には、朝から夜まであくせく働く女たちが叫び声をあげ、酔っぱらいのどなり声が街のあちこちにあふれていた。

赤い棍棒をもった旦那がたは、料理屋に身をひそめ、舞台役者の娘[3]をからかい、アヘン販売所の窓口には、吸われたアヘンの臭い匂いとアヘンを焼く女の嬌声がもつれ合っていた。

時代は本当に逆行していた。ご時世が混乱すればするほど、品物の売れ行きはよくなり、陶家崗の市場は活気づき、物価は高くなった。

遊女たちが、潮のように旅館に押し寄せ、貧乏人は借金をして飼葉屋へ行って飼葉を量り、大豆かすは売りきれ、倉庫に残っていた豆は桶のなかでかき混ぜられた。

肉も欠乏気味で、陸大戈は肉を売りつくし、空の肉切り台を守っているだけであった。肉が手に入らない家では、ニワトリを殺し、アヒルをさばいた……

…………

三日間、琴子の姿を見かけなかったことで、陸は穴の空いたような心に、空虚さを感じていた。

かれはこの空虚感を埋めようとしたが、その空虚感は徐々に広がり一つの輪となった。琴子の丸くやせ細った顔が、この輪のなかを漂い、少しずつその顔がぼやけて、この輪もまたあいまいになってしまった。

陸の体には、二匹の蛇がしっかりとからみついているようであった。その一匹は琴子の父親で、もう一匹は琴子の母親であった。それらをいつまでも忘れられず、払いきれなかった。

オンドルから起きあがると、今しがた入ってきたばかりの黒い犬が、隅っこで吠えて悩ませた。

――何を吠えているんじゃ、お前を太らせれば、包丁にかけるしかないんじゃぞ。お金持ちの旦那がたは、お前の肉を食うつもりなんじゃ！

陸は、ぼんやりとあてもなく、ほこりっぽい通りを歩いていったが、朝早くに、何杯か焼酎を飲んだおかげで、歩きだすと、纏足をした女のようになってしまった。頑丈な体と角張った分厚い顔を、関羽のように真っ赤にして、講談に出てくる侠客に少し似ていた。その途中、あれこれ昔のことが頭をとりまき、ばらばらな形で目の前を旋回した。

前方は、あの落ちぶれた細い路地であった。

おととしの冬、琴子の家で、火が燃える火鉢を囲んで、琴子の父親と酒を酌み交わしていた。半斤の豚の頭をつぶし、酒を二瓶頼んだ。姐さんは、村から戻ってきたばかりで、急いで野菜を料理している。兄さんはまじめそのもので、羊のようにおとなしい性格であった。二人はほろ酔い機嫌に酔っ払い、将来のことを語り始めた。

――覚えておけよ、大戈、おれたち一緒に哈爾濱に行くんじゃ。やることはたくさんある。北も南もにぎやかなんじゃろうな。

――あちらの家は汚い。おれたちの手に入った時には、必ず改造しなくちゃならん。豚小屋も変えなくちゃならん。空気も通らん密封された小屋では、豚も喜ばんじゃろう。

冬が過ぎさり、六月の夏がやってきた。

――略奪、焼き討ち、襲撃、人質殺し。

ラッパを吹きながら馬に乗り、黄色っぽい服を着たものたちが、陶家崗に駐屯し、金持ち、貧乏人の家だけでなく、落ちぶれたあの狭い路地までもが泊まり客であふれた。馬のいななきがその狭い通りに響き始める時、その斜めにかしいだ家々は、一層暗澹として、縮みあがった。姐さんはこうした朝に亡くなり、その死には病名はなく、兄さんは、否応なく最後の道を行くしかなく、山へ逃げこんだ。琴子は、十四歳になったばかりの子どもで、ひとりぽっちで他人さまの女中になった……

あれを考え、これも考えて、老人は静かに考えにふけることに慣れてしまった。過去を考え、将来を考え、そして現在を考える。

街は閑散としていて、ギシ、ギシという手押し車のきしむ音と馬糞を拾う百姓の声が、まばらに明け方の街に響いた。

かれは宏大な邸宅に近寄っていった。四つの砲台は、取り囲む防護壁の上に設けられ、その壁は城壁ほどの規模があり、劉家の砲手たちは砲台のてっぺんで見張っていた。

劉旦那の顔が、かれの脳裏に想い描かれ、かれは進んでいった。そうすれば、あたかも琴子が、その城壁から駆け寄ってくるかのように。かれは進んでいった。そうすれば、あたかも安心できるかのように。

検問所[4]の英雄たちが前に立ちはだかり、じろじろ見つめて、小声で叱責したが、かれはふらふらとまだ進んでいった。真っ赤な顔にはかれの思いがあらわれていた。こうした環境で生きていきたければ、耐えるしかない。自分は家畜の屠殺人にならなければ飢え死にするしかない。琴子は劉家のお屋敷を離れれば、奴隷になるか、餓死するしかないだろう。二人になんの違いもない。違っているのは、一人が老人で、一人が子どもだというだけのことである。

かれは足の運びが、少しずつ遅くなり、太陽は朝の光を伴ってゆっくりとのぼってきた。

道ばたの毛の抜けた二匹の黒犬は、腹の皮をへこませて、力なく人家の玄関に身を隠し、ぼんやりとした目付きで、ため息を吐いていた。

尻から臭いガスをまき散らしながら、装甲車が走り去った。

ドッ、ドッ、ドッ……

四

陸は目を大きく見開いて、通りのはずれを見やったが、琴子の靴が、通りの向こうから跳びはねる砲弾のように、ジグザグとよろけながらやってくることはない。

かれは一切れの肉をさいて、客の方をながめ、通りのはずれを見やった。かれの心臓は、押さえようもなくブルッとふるえた。かれは何かを予感したようで、心のなかをハエがはい回っていた。

鼻汁をたらし、髪の毛を伸ばした子どもたちがやってきた。かれをからかう歌も口にせず、そっと肉切り台を取り囲んだ。これまで琴子の近所に住んでいた子どもたちであった。いずれの顔も青白く、一人の子どもが小さな声で言った。

――陸爺ちゃんに教えてあげる。琴姉ちゃんが、昨日の夜、死んじゃったんだ。劉家の作男たちにどこかへ埋められてしまったんだ。

陸の目はますます大きく見開かれた。子どもの声のトーンは、かれをからかうときの調子とは全く違っていた。その話は、グワーンと、かれの頭を震撼させた。

――夜遅く、遅くに、うちの母ちゃんが、劉家の女中の鄒おばさんから聞いたんだ。「かわいそうな子なのよ！　どうして死んだか分かんないのよ！」って。陸爺ちゃん、母ちゃんはまた泣くんだよ。ね、ね、陸爺ちゃん、琴ちゃんはいい人なのに、どうして死んじゃったの？

――その話、本当か？　本当なのか？……

――母ちゃんには分かんないんだ。彼女が病気で死んだのか、それとも……、だから聞きに来たんだ、陸爺ちゃんに。

――ああ、……

握りしめた手のなかから包丁が、瘡ぶたができた子どもの足もとへ落ちた。陸は、周りの子どもたちの声が耳に入らぬかのようであった。目の前に火花が飛び、真っ赤になった目を、狂ったように通りのはずれに転じ、神経が錯乱したかのように前掛けに隠されていた足をあげた。顔は死人のように真っ青で、二本の血管が、顔面で黒い筋となって脈打った。ピクピクさせながら憤激しているのだ。ここ数日重なっていた不幸への予感が、雷のように次から次へと頭に打撃を加えた。

「何が病気じゃ、何が病気なもんか。年端もいかない子どもが死んでしまったんじゃ。」

破れた喉から絞りだされた声が、通りに響き渡った。かれは感覚を失ったように駆けだした。この細長い街を、曲がりくねりながら走った。

――これは運命なんじゃ、これは運命なんじゃ。これは金持ちが仕掛けた運命なんじゃ！

――貧しい子どもが、金持ちの手にかかって死んだんじゃ！

真っ赤な眼が、通りにいる一人ひとりの異様な顔の上を滑っていった。

――劉旦那が、家の女中を殺したんだぞー。

——劉旦那が殺したんだ……


群れとなった子どもたちは、陸大戈のうしろについて走り、通りにいる人たちに伝えて回った。

茶館で舞台役者の娘をからかっていた旦那がたは、へらへら笑いながら、赤い棍棒を手にして通りに駆けだし、玄関に身をひそめていた毛の抜けた犬も、つられたように吠えだした。

通りには、人声や、車のきしる音、あえぎの声があふれていた。

あの壮大な邸宅が、目の前で揺らいでいた。

ふらっと目まいがして、大きな手のひらがバシッと振り下ろされ、陸の干からびた真っ青な顔が押しつぶされた。琴子の恐ろしく醜悪な姿がゆらりと揺れて、陸の体はぐにゃりと、ほこりまみれの古びた道路に横たわった。

劉家の砲兵たちは、群衆のなかに立ち、怒鳴り声をあげた。

人の群れは、何重にもそれを取り囲んだ。

銃身で、骨を包んでいる皮と肉を殴られ、陸の顔は、血と肉の区別がつかなくなってしまった。

——ああ！　肉屋の陸はいい人間なのだ！　いい奴なのに！

地元の人たちは叫びあいながら、丸く一つになり、心も丸く縮こまった。検問所の旦那がたは、赤や黒の棍棒を振りあげては打ち下ろした。

どなりつけ、蹴りあげ、貴重な犯人を捕らえたかのように、この塵埃にまみれて息も絶えだえの老人を絞りあげた。

——きっとまともな奴ではあるまい！

砲兵たちは歯を嚙みしめ、劉旦那は小高い丘に立って、傍の一人の将校に言った。

——彼奴は死んで当然じゃ！

——死ぬべき奴じゃよ！

将校は江北なまりで、ますます居丈高になった。

誠実で素朴な陶家崗の地元の人は、悲しみと憤りを心に焼きつけ、追われて震えながらこの群れを離れた。かれらは家に駆け戻り、呪いののしった。

憤怒に焼かれた陸は、徐々に冷たくなっていった。琴子の笑顔もまたゆらりと揺れ、陸の死体は、ほこりまみれの古びた道路に貼りつくように臥せっていた。

血のように真っ赤な眼、頑丈な体。

尻から出る臭いガスを引きずりながら、朝の光のなかを、濡れたタオルで太陽の顔を拭いているような時間帯に、装甲車はかすめ通っていった。

ドッ、ドッ、ドッ………

【原　注】（『東北文学研究史料』第四輯、一九八六年一一月）

1　原文は「機関車」。偽満軍隊の鉄甲車（「装甲車」）を指す。

2　原文は「圧窯、撦票」。農民が武装した匪賊は、地主にとって大きな脅威であった。地主の屋敷には砲台があり、砲兵が雇われていた。土匪が地主の砲台を攻撃することを「圧窯」（襲撃）と言い、人質を殺すことを「撦票」（人質殺し）と称した。

3　原文は「小売部」。偽満での公認されたアヘン吸引所であり、また「アヘン零売所」とも称した。

4　原文は「営部」。偽満軍隊の駐屯所であり、大隊は「営部」と言い、中隊は「連部」と称していた。

5　「木製の弁当箱」とは、日本軍兵士が飯を食う弁当のことを言う。

6　「赤い棍棒をもった旦那がた」とは、警察官を指す。そのころ警官は、みんな赤い棍棒を手に持っており、これを「警棒」と言った。

7　原文は「嗎啡鬼」。偽満にあって麻薬のモルヒネを注射しているもののことで、「嗎啡鬼」と呼ばれていた。こうした人たちは、しょっちゅう太股に注射を打ち、杖にすがって乞食のような有様であった。嗎啡館の多くは、日本人が経営していた。

【訳　注】

①　「四太太」とは、四番目の奥さんの意味。

②　「満洲建国」直後（ここでは一九三二年）に、治安回復のために日本軍が田舎の男をかき集め、この陶家崗に進駐してきた様子を示している。

③　原文は「唱評戯的姑娘」で評戯とは地方劇のことを言い、その芝居を演じる女役者を指す。

④　原文は「稽査処」不審者を見張る検問所と訳しておいた。

作品解説

山丁（一九一四年一二月～一九九七年七月）は遼寧省開原の生まれ。本名は梁夢庚、筆名に菁人、小倩、梁倩（茜）、茅野などがある。開原県立師範中学に入学するも、「柳条湖事変」の混乱で復学できず、そのまま地方の税務局職員として家計を支えることとなる。

一九三三年、哈爾濱を拠点として、金剣嘯、羅烽、舒群らの共産党員らを軸としながら、蕭軍、蕭紅、白朗といった文芸を愛好する若者を結集し、初期抗日文化活動が展開された。「満洲国」の支配がまだ十分に及んでいないこともあって、その活動はかなり大胆で過激なものであった。山丁は開原在住ではあったが、かれらが主宰する『大同報』文芸欄「夜哨」への熱心な投稿者の一人であった。一九三六年、国の官吏養成機関であった大同学院に入学、研修を修了することで新京での勤務が認められ、一九四〇年には満映で脚本製作の職を得た。かれが組織した文叢刊行会からは呉瑛『両極』（一九三九年一〇月）、梅娘『第二代』（一九四〇年一〇月）、王秋蛍『去故集』（一九四一年一月）、山丁『山風』（一九四一年六月）といった小説集が出版されている。山丁にはこれ以外に、小説集『郷愁』（興亜雑誌社、一九四四年五月）、『豊年』（新民印書館、一九四四年六月）、長篇小説『緑色的谷』（文化社、一九四三年三月）、詩集『季季草』（詩季社、一九四一年一一月）、訳詩を編集した『近代世界詩選』（満洲図書株式会社、一九四一年一一月）がある。上記「緑色的谷」の内容が検閲にかかり、当局の監視が厳しくなったことで、一九四三年一一月ごろ北京に脱出した。『豊年』は北京で出版された小説集である。

翻訳した「臭い排気ガスのなかで」（原題「臭霧中」）には、四つのテキストが確認できる。

①『大同報・夜哨』（筆名・梁倩、一九三三年一一月五日、一二日、一九日）

②短篇小説集『山風』（文叢刊行会、一九四一年六月）所収

③『東北文学研究史料』第四輯（哈爾濱文学院、一九八六年一一月）所収
④短篇小説集『伸到天辺去的大地』（瀋陽出版社、一九九一年八月）所収

一九三三年に発表された①を、一九四一年になって②へ収めるときには、さすがに初出のままでの出版は不可能で、大幅な書き換えは避けられなかった。③は、一次資料の発掘を一つの目的とした研究雑誌に再録されたもので、ほぼ②を踏襲している。④は、山丁がみずからの作品を改めて編集したもので、②に大幅な加筆・訂正を加えたものである。「満洲国」の文学実態を知るためには、①を翻訳すべきであるが、新聞の印刷が不鮮明で解読不明な文字も多く、乱丁、文意不明な個所も散見されるので、まとまった翻訳として②をテキストとした。しかし、①から②への書き換えには、テーマにかかわる重要な内容を含んでおり、翻訳可能な部分から初出の文章を示しておく。

1　琴子の両親が蒙った災難の原因は、もっと明白にされていた。（一四六頁）

琴子の母は、駐留兵の獣性に蹂躙され、怒りのあまりに死んでしまった。琴子の父は、仕事を失い、怒りから匪賊の群れに身を投じ、彼女は世界でもっとも哀れな女の子になってしまった。

この文章で、琴子の母親が手込めにされ憤死した理由が「駐留兵」の蛮行にあったこと、父親は復讐のため、匪賊（抗日パルチザン）に参加したことが明らかになる。

2　すべての悲劇の背景に、日本軍の存在があったことを暗示する。（一四八頁）

運がいい時には、残飯の入った弁当箱が、日本人によって窓から素早く投げ捨てられることがあるのだ。

「日本」という言葉はここにしか使われていない。この作品で治安維持のために派遣された駐留軍——その象徴としての「装甲車」が、重要なキーワードとして使わ

れていることは容易に推察できるだろう。その駐留軍を率いて治安の指導にあたっていたのが日本人であったことが、この一言で明らかにされる。

3　権力を握るものにたいする憎しみの感情をより浮き彫りにする。（一四八頁）

陸は大いに不満であった。これら治安を維持する旦那方は、憎々しげな笑いを浮かべながらムチを振るい、これら食う飯もなく腹を空かせた貧しい子どもたちを追っ払う。そして法を犯した罪人たちには、法律に反した自由を金で買い取らせる。分厚い革靴で相手の柔らかい肉の部分を蹴りあげるなんて、なんと残忍なことだろうか。この忌々しい悪党どもは、この時代、この社会のすべての統治者の、圧迫されたものにたいする残酷さを代表しているのだ。

こうした権力の手先——ここでは警察官（赤い棍棒を持った旦那方）への憎しみの表現は多く見られる。しかし、この部分はあまりにも過激であり、検閲に触れることを恐れたのであろう。

この作品は、地主の身の安全を守るために雇われた砲兵、治安を守るべく配置された警察官、そして匪賊の跳梁を鎮圧するために派遣された駐留軍、こうした権力者の手先が、孤独な少女とやもめ暮らしの老人がお互いの不孝を慰め合って生きていくというささやかな生活すら、破壊してしまう残酷な社会を告発した小説である。単行本への改定でかなり薄められたとはいえ、哈爾濱「初期抗日文化活動」の面影をかすかに残した作品と言えるだろう。

〈参考文献〉

陳隄・馮為群等編集『梁山丁研究資料』（遼寧人民出版社、一九九八年三月）
村田裕子「山丁・『山風』・郷土文学」（『東方学報』第六二号、一九九〇年三月）
牛耕耘「山丁の短篇小説集『山風』をよむ——作品の書き換えを中

心に」（『人文学報』第四七八号、二〇一三年三月）
岡田英樹「郷土愛の作家梁山丁」（『位相』）
岡田英樹「『夜哨』の隔絶した世界」（『続　位相』）

荒野を開拓した人たち

山丁

本作の原題は「拓荒者」。初出は『新青年』創刊号（一九四三年八月）。

疲れきって、薄情な大地、
それでもやはり、僕には生みの母親だ！
あんたを愛している、ああ、もの言わぬ母親よ、
疲れきって、薄情な大地よ！

――ソログープ

一

荒れはてた道を二人の男が歩いている、都会からやってきたのだ、
老人と、かれに反逆する息子である。

老人は杖をついて、腰をかがめ、
一歩また一歩と前にむかって歩いていく、
生活に押しひしがれた苦しげな顔、
茫漠とした遠くの方へ眼をやり、
それから、沈まんとする夕日をながめ、

「おしまいじゃ、この一生はおしまいじゃ！
恐ろしい日が、またやって来ようとしとるんじゃ。」
老人の髭には、ため息がまとわりついていた。
年若い息子は肩をそびやかして、
「お父う！　あんたはまた戯言《たわごと》を言っているな、
まだなんか偉大な雄志を抱いているとでも言うんかい！
人類のためだとか、大地のためだとか！」
「わしは恐ろしい、お前らの世代が、
堅固な山河を壊してしまうのが恐ろしいんじゃ！」
老人は、息子の恥ずべき態度を気にすることなく、
依然として、一歩また一歩と前にむかって歩いていく。
夕日の赤い光が、息子の影を長くのばして、
白髪まじりの頭髪の上に影を落とした。

透きとおった銀色の波浪が輝いている。
老人も華やかな夢を持っていたのだ、

あの一面の原野へ落ちのびてきて、
そこは一年中草も生えない砂山、
それを田畑に開墾すれば、
高粱は腕のような太さに育ち、
大豆はハトの卵ほどの大きさに実るだろう。
かれは、傍の放蕩息子に目をやり、
すべての言葉を呑みこんだ。
その身体中に浸みこんだ濃密な都会臭は、
老人の希望をぶち壊し、
その堕落した意志は、
老人の夢想を幻滅させた、
すべては煙であり、一切は煙なのだ！
十年間の子育てが、こんな末路もたらしたのだ。

「倅よ」老人の声はしわがれていた、
「お前との約束はこれが最後じゃ、

わしは土から育ち、土に帰って行かねばならん。」
若者の顔にふざけた表情が浮かんだ、
（これは一つの生命がもたらす悪ふざけである！）
「俺は、棠の木で作った棺桶にあんたの亡骸を納めて、
たくさんの僧侶と尼さんを雇って、あんたの魂を弔ってやる、
霊柩車で火葬場に送り、
あんたが極楽浄土へ行けるよう祈ってやるよ。」
老人の脚は、ぶるぶると震えた、
「お前は、わしを怒らせてはならぬ、わしを怒らせるな。
この反逆者の畜生奴が！
貴様はご先祖さまの敵じゃ、
貴様はわしらの子孫ではない！」
老人の声も震えていた。
「わしはお前に頼んでなどいない、
どんな葬式も求めてはいない、
わしは土のなかから大きくなり、

また土のなかへ戻って行くのじゃ。」
若者の顔に嫌悪の表情がよぎった、
「どうしてなんだ？　なぜそんなに頑固なんだ？
すでに泥と土とが、あんたの半生を埋めてきたのに、
それでもまだ満足じゃないと言うんか？」

老人は、相変わらず一歩また一歩と足を踏みだし、
前方の渓谷にむかって進んでいった。
かれは名残惜しげに、沈みいく夕日をながめ、
その夕日はかれの死を象徴するかのようであった。
かれは渓谷の激流に身をゆだね、
あまたの憂愁に終わりを告げたいと願った……
「お父う、それはダメ、ダメだよ――
そんな死に方は、不様なことだよ！
あんたは胸のなかをさらけ出して、
後の世代にあんたの夢を成就してもらうべきだよ。」

若者の言葉は、数滴のまばらな雨が、
乾燥した草原に突然降り注いだように、
老人の容貌に優しさが広がった。
かれは心に思った、何時の日か、
飢饉や日照りの日が豊作の年に変わり、
失望が希望にとって代わるかもしれないと。
「もしお前が、二度とわしに逆らわないんなら、
わしはなんの隠しだてもせずに、
胸のなかを開いて見せる、
お前の改心を呼び覚ますためにな。」
若者は老人を背負って浅瀬を渡った、
夕日はすでに谷底に沈んでいたが、
老人の心には、
まだ完成していない奇跡への期待が生まれていた。

二

二人は谷底の旅籠に宿をとった、
広いオンドルには、開拓者の家族が身を寄せ合い、
かれらは、あれこれの夢を思い描きながら、
陝西北部のあちこちから、北方の地へ跋渉してきたのだ。
女たちは疲れた足を伸ばし、
埃まみれの顔には希望の光が輝き、
子どもたちは手で胸元を蔽っているが、
関東地方の虻を避けるためである。
五月の夜風が、狼の唸り声を運んでくる、
濁った呼吸の音がそっと散らばる、
誰の顔にも笑いが浮かび、
無数の花が咲いているかのようだ。
誰かが暗闇のなかで火をつけたので、
こうした光景が老人の目の前に広がった。

かれはそっとタバコをくゆらし、
ぼんやりと自分の幼いころを心に浮かべた、
煙は妖魔の腰ひものように、
纏わりつき、回想の海へとかれを引きずりこんだ。

老人は、足を洗って戻ってきた若者を呼び寄せた、
「倅よ、腰を下ろしてわしの話を聞くがよい、
六十年前、わしはこの宿に泊まったことがある、
あの子ように、手で胸元を蔽っていたんじゃ。
その時もこんな夏の初めで、こんな夜じゃった、
お前たちの爺さんは、重い天秤棒を担ぎ、
一つの籠にはお前の婆さんが、もう一つはわしじゃった、
冀州の南宮から、この封禁された王国へ流れてきたんじゃ。
爺さんはお前と同じぐらいの歳じゃった。
郷里が災難に出合うて――
神さまの魔法の杖で叩かれたのとおんなじで、

絵にも描けないような悲惨さを引き連れて、
先も分からん未来を、懸命に追いかけて来たんじゃ。
関東はそこらじゅうが黄金だと言われとるが、
自分の手でおのれの運命を打ち立てるしかないんじゃ。
わしらは、時には川べりや草叢で野宿をし、
風や雨を避けるため、他人さまの軒先を借りたり、
時にはわしらも苦汁を舐め、
生命の彷徨を感じたもんじゃ。
わしは苦しみを舐めて大きゅうなった子どもなんじゃ、
お前の代になって、何もかもお膳立てできとるが、
お天道さまが、お前に幸運をくださったわけじゃあるまい？」
老人の声は若者の胸を打ち、
今日の老人の話は、特別に抵抗なく耳に届くと感じた。
「悪い運命は、逃げのびる人の群れにいつもご光臨あそばす、
わしらは、そいつらに操られて動かされる木偶の坊なんじゃ、

悪い運命は、灰を撒き、石を投げてきよる、
難民の心が晴れることなどないんじゃ。
お前の爺さんは、最初にその犠牲となったんじゃ、
疫病の大きな爪が、かれの魂を摑んでいきよった、
間もなく、お前の婆さんも死んでしもうた、
わしに残してくれたのは、一本の鋤じゃった。」
老人の目蓋には、涙が溜まっていたが、
目蓋のなかで旋回して、こぼれることはなかった。
若者の心は、ぎりぎりと捩れた、
生れて初めて、こんなに感動し、
顔を背けて、そっと涙をぬぐった。

「わしはその鋤で、婆さんを埋葬し、
その墓場をわしの住み家としたんじゃ、
ただ、爺さんの死は哀れじゃった、
死体は荒野の野犬にくれてやり、

死体にかける土塊さえもらえなかったんじゃ！」
老人の声は徐々にか細くなり、
若者は二つ目の袋からタバコを詰めて、かれに渡した、
「お父う、疲れただろう、
ちょっと吸って、疲れをとったらええ！」
老人は一口吸って、煙を吐きだし、
嬉しそうに若者に目をやった。
「その後、わしは婆さんの墓の傍で、
あの鋤を使って空き地を拓き、
粗末な掘っ立て小屋を作ったんじゃ、
わしは十七歳、素手で一家を構えた、
あの鋤で、一鋤、一鋤と地面を掘り
一年、一年と掘り進み、手を休めることはなかった、
あの一望無限の荒野には、
わしの体半分の心血が注がれておるんじゃ、
お前の爺さんは、わしに不満を持っとったのかもしれん、

洪水を起こして、わしの田畑を洗い流しよった、
作物を押し流し、さらには牧場もダメにしよった。
幸いなことに！　わしは押し流されることはなかったんで、
婆さんの遺骨を背負って、山間の地へ移ったんじゃ。」
老人はここまで話すと瞼を閉じた、
タバコの煙が漆黒の夜空に垂れこめていた、
あたかも老人の奮闘する魂のように、
また虹に立つ一人の英雄のように。
「わしは、物忘れが酷うて、
どこまで話したか、すっかり忘れてしもうたが、
覚えておるのは、匪賊に襲われたある晩のことじゃ、
わしはお前の母さんと一緒に高粱畑に潜りこんだ、
その夜に、わしはあいつを知り、あいつはわしを知った、
あいつと顔を背けたまま、恋歌を歌ったんじゃ。」
老人はタバコをスパスパと吸った、
あたかも、思い出の甘さを吸いとるように。

「あいつは手先が不器用で、纏足もしていない飢饉を逃れてきた娘じゃった、
わしに嫁いできて、たくさんの苦労を舐めてきた、
昼間はわしを手伝うて畑を耕し、
夜にはわしに故郷の伝説を語ってくれた、
普段のわしらは、『ひと塊になった火』のようなもんじゃ、
あいつがおってくれたからこそ、根を下ろせたんじゃ。」
老人は亡き妻の美点を思い出し、
彼女を追って、別の世界へ行きたいと思った。
「一番苦労したのはお前の母さんじゃ、
あいつは飢饉に耐え、貧しいことも辛抱してくれた、
お前はあいつの乳を飲んで大きゅうなったのに、
どうしてあいつの精神が備わっていないんじゃ？
もしあいつが、まだこの世におったなら、
きっとお前を叱りつけたことじゃろう！」
若者は息が詰まり、
神経が、妖怪によってすべて吸いとられるように感じた。

「お前も、もう二十歳を超えた人間じゃ、
こうした話をしっかり覚えておかにゃならん、
ご先祖の遺志を受け継がにゃならん、
誠実に愛するのじゃ、大地を、この大地を愛するのじゃ！」
老人は話し終えると、横になって眠りについた、
一人若者だけは、星の光をながめていた、
感情が火山のように爆発し、
涙は噴出する溶岩のようであった。
かれは考えた、開拓者の子孫であることは、
人類の栄光なのかもしれない。
遠くの村で鶏の鳴く声がした、
かれはそっとランプの灯を吹き消し、
微笑みを浮かべて瞼を閉じた。

三

二人が谷底の旅籠に別れを告げたのは、
冷たい霧が山や谷を圧し包む日であった、
霧が、広野を際限なく蔽い隠していて、
故郷への方角はすっかり遮断されていた。
若者は緑の丘のなかで戸惑いを覚え、
方向を見失った白昼の蝙蝠のようであった。
「お父う、俺たち道を間違えたんじゃないのかね？」
「わしは小さいころからこの広野を歩きまわってきた、
この道も歩き慣れておる。」
「俺にはあの伝わってくる音が恐ろしく聞こえるよ、
うら寂しい葦笛なのか、哀しい簫なんだろうか？
霧のなかで、誰がこんなに優雅に吹いているんだろう！」
そう言いつつ、若者は手を耳にかざした。
老人も足を止めて、遠くの方へ耳を傾け、

「松林を吹き抜ける風の音じゃ！」

「俺はこれまでこんな風の音は聞いたことはない、夜中に幽霊が泣いているようだ！」

ほどなくして、浅緑色の松林にさしかかると、古びた廟が山裾に隠れており、そこから老僧の読経の声が伝わってきて、若者の不安も消えさった。

かれらは藤の蔓をつたい、岩山をよじ登ったが、若い息子は、腰の曲がった老人に敵わなかった。

老人は岩の上に腰を下ろし、タバコを詰めると、若者は火をつけてやった。

「倅よ、この名もなき峰を見くびってはならんぞ、一握りの砂を掴んでも、濯げば黄金になるんじゃ、ここには掘り尽くせんほどの石炭が埋まっちょる、深い山では千年も経った高麗人参が見つかるんじゃ。また、ここには一つの伝説がある、

ここに棲み処を作れば、
四季いつでも、このあたりで狩猟ができるんじゃ。」
老人の口からは、山々の雄大さがこもごも語られた。

「見てみろよ、あの薄霧のなかに滲んだ川の流れを、
あの山間に散在する貧しい家々が、
倅よ、あれがわしらが生きて、そして死ぬ場所なんじゃ、
お前はあそこで大きゅうなり、
わしはあそこで死んでいくんじゃ！」
若者は反対の方向をむいて立っていた、
歩いてきたあの荒れはてた道を探しているのだった、
にぎやかな都会を恋しく思っているのだ。
「ここには密集した家屋はない、
ここにはコンクリートの道路はない、
ここにはスピードのある夜行列車はない、
ここにあるのは泥臭い、暗い生活だ、

ここにあるのは寂寞――寂寞だらけだ！」
老人は若者のつぶやきを耳にして、
にわかに顔を曇らせた。
「倅よ、お前はまだあの都会が忘れられんのか、
あれは人を食らう怪獣じゃ、
あれはお前を誘惑しよるが、じつはお前を呑みこむためなんじゃ。
お前はまだ都会を忘れられんじゃろうが、
あれは澱みきった沼なんじゃ、
お前を呑みこみ、深みへ吸いこんで、
一滴の泡のように跡形もなく消してしまうんじゃ。
倅よ、もう二度と都会を夢見てはならぬ、
都会はわしらの故郷ではないんじゃ、
あそこは罪と悪の天国じゃ、
あそこには何にもない、
水もなければ、空気もないんじゃ！」
若者の体内に反抗の血が激しく流れ、

こうした戯言を憎悪した、
かれは老人の言い分を覆したいと思った。
「俺たちが毎日吸っているのは空気じゃないのか？
俺たちが毎日飲んでいるのも水じゃないのか？
あんたにはちょっとの知慮もないんかね！」
「あの空気には黴菌が入っていて、ずっと吸っていると感染《うつ》るんじゃ、
あの水には毒があるんじゃ、倅よ、
たくさん飲むと中毒になって死んでしまうんじゃ！」
「しかし、みんな生きていて、
海にいる活発な魚の群れのようじゃないか、
愁いもなければ、ため息もありゃあせん！」
「みんな生きてるように見えても、
大方はすでに死んでしまっておるんじゃ！」
若者の血は、もう止めることはできなくなり、
あれこれの堤防を突き破り、

老人の胸にぶつかっていった、
「俺に言わせれば、あんたは――
くたばってしまった屍だよ！」
老人の尊厳は激しく傷つけられ、
一縷の望みも天空から転落した。
「貴様は、貴様はわしを罵倒したな！
はじめっから貴様は、わしに造反していたんじゃ！
貴様の卑しい根性を、なおも忘れることはできん、
この畜生奴が、貴様はわしを足蹴にしてくれた！
貴様は大地の放蕩息子じゃ！
貴様はご先祖の子孫なんかじゃねえ。」

老人の脚は、風のなかでうち震え、
目の前の大地が、燕が舞うように旋回した、
「おしまいじゃ、わしの一生はおしまいじゃ、
恐ろしい日が、またやって来たんじゃ。」

老人は手にした杖を放りだし、
あたかも切り倒された樹木のように、
きっぱりと若者から離れ、
かれは墓場へ行って、
ご先祖さまの霊前で号泣したいと思った。

若者はしっかりと目を閉じて、
老人の愚かな行動に目を遣ろうとしなかった、
突如、意表をつく叫び声が伝わってきた、
あたかも足元の峰が陥没したようであった。
かれは目を見開いて周りを見回した、
老人が遠く離れた草叢でもがいており、
一匹のスペインの牡牛が、
高くそびえる岩石と格闘しているかのようであった。
若者は、猟犬の如くに素早く駆けより、跪いた、
罪人のように「おっ父う！」と叫び声をあげた、

老人はすでに静かに草の上に横たわり、
苦痛に満ちた顔は、血まみれの顔に変わっていた、
ただかすかな喘ぎ声が喉もとでしていた、
両手でしっかりと胸元を蔽っていた。
(旅籠にもこうした光景があった)
若者は老人の足元に跪き、
「どうかあんたの親不孝な息子をお許しください、
あんたに懺悔し、罪を認めています、
もしあんたが、最後の行為を許してくれるなら、
永遠に従順な子になりますから。」

老人の喘ぎ声は刻々と重くなり、
かれが夢見たように、一緒に死にむかって歩みつづけていた、
黄昏前に、かすかに目を開けて、
沈みゆく夕日をながめたが、
臨終間際のわずかな一瞬、

大地はかれのために、ぼんやりとした光景を留めてくれた、
すぐに目は閉じられ、もう二度と開くことはなかった。

四

若者は老人の亡骸を背負い、
夢のなかを行くかのように進んでいった。

老人の亡骸は松の板の上に寝かされ、
重苦しい寂しさが郷里を閉ざしていた、
切れぎれの泣き声が暗い夜の庭を切り裂き、
河辺の蛙の鳴き声と一体となって空しく響いた。
若者は家人のうしろに跪いていた、
かれは恥ずかしげに兄弟たちを見守っていた、
かれらはみんな、苦痛に耐える運命にあり、
老人と似たり寄ったりであった、

かれらもまた、生活に押しひしがれた苦しげな顔をしていた。

「弟よ、どうして早く帰ってこなかった、
早く戻ってきて、わしらの腰をしゃんとさせてくれなんだ、
野狐どもはわしらのブドウを盗んで喰らいよる、
山鼠どもはわしらの倉を破って盗んでいきよる、
わしらの綿羊は豹や狼に咥えていかれる、
わしらの家畜は全部市場に引っ張っていかれたんじゃ。
弟よ、戻って来たからには、二度と出ていってはならんぞ、
家業はお前が支えにならなきゃならん、
ためらってはならんぞ、二度とためらってはならんのだ！」
兄貴たちの言葉は、若者の耳に繰り返し吹きこまれた、
かれには、郷里の温もりは少しも感じられなかった、
あの都会の悪魔が、かれを手招きし、
かれに代わって、未来の設計図を決めてくれた。
かれは言った、「俺は充分に聞いた、もう言わないでくれ、

俺たちは急いでこの死者を埋葬して、
その後で家業を分けるんだ！」
若者の話がまだ終わらぬ先に、
一人が老人の霊前で卒倒した、
「弟よ、ダメじゃ、そんなことをしてはダメじゃ！
お前がやってきて、わしらはお前を頼りにしているんじゃ、
お前が出ていけば、わしらは誰を頼りにするんじゃ！」
「俺はあんたの苦労した顔を見たくない、
俺はこんな生活はやっていけない、泥臭くまた暗い生活を、
俺は自分を変えなくちゃならないんだ、
もうあんたたちに未練なんかないんだ！」
かれは、この鎖と枷から抜けだしたいと思った、
その態度は鋼鉄のようで、きっぱりと決断を下した。

二日目の明け方、太陽はまだのぼらず、
山裾の墓地では、薪が明るく燃えていた、

数人の兄弟が、深い穴を掘っていた。
母さんの墓の傍に、
老人を納めた薄っぺらな棺桶が、穴の底へ降ろされ、
こうして重大な行事も、あっけなく終わりを告げた。
女たちは、名も知らぬまじないごとを唱え、
若者は、鋤で墓の上を土で覆った。
「親爺さん、今はあんたも目を瞑れましょう、
俺はあんたの言いつけを守って、
あんたがその手で開墾した墓地に、あんたの亡骸を埋葬しました、
すでに望みどおり、あんたは土に帰ったんです、
あんたも決して寂しくないでしょう、ここには松風があり、
傍には婆さんと母さんがおります！
また、爺さんの遊魂を探してきて、
別れてからの積もる話も、ゆっくりできるでしょう、
どうか俺のことは、永遠に忘れてください、
俺には自分の計画があるんです、

俺には自分の落ち着き先があるんです。」

多くの会葬者は、すべて墓地を離れていった、ただ若者だけが、静かに墓前にたたずんでいた。

「おしまいじゃ、わしの一生はおしまいじゃ！恐ろしい日が、ついに来てしもうた！」

老人の声が、執拗に耳元で響いていた、あたかも、荒野を開拓した多くの人びとが警鐘をうち鳴らし、神にむかって叫び、大地にむかって哀泣するかのように。

六月二十一日朝八時脱稿

作品解説

長篇叙事詩で、原題は「拓荒者」。『新青年』創刊号（一九四三年八月）に掲載された。九〇年代に入って、「哈爾濱文学院補充教材之一」として山丁自身が編纂した『梁山丁詩選』（一九九一年九月）、張毓茂主編の『東北現代文学大系　詩歌巻（上）』（瀋陽出版社、一九九六年一二月）にも収録されている。

首都警察が文芸作品の検閲を行なった報告書（一九四三年一一月二九日）では、この作品にも反満抗日の意図が隠されているとして、以下の分析を根拠にあげている。

老人が息子に腹を立て叱りつける場面「お前は、わしを怒らせてはならぬ、わしを怒らせるな……」（一七〇頁）を抜き出して、「老人の其の子に対する教訓を籍りて、民族意識と愛国土の思想を鼓吹する」とする。

さらに、兄たちが弟に家業の惨状を訴える場面「弟よ、どうして早く帰ってこなかった……」（一九〇頁）を引用した後、「『野狐』『山鼠』『豹狼』を以て、日本を象徴する。即ち日本は満洲の宝蔵を掠奪してゐる。愛国愛土の満洲民衆は何れも躊躇なく起上つて日本を駆逐し、満洲を建直さなければならぬと言つてゐるのである。」と、作者の隠された意図を暴いている。①

検閲者の分析は正しいと言える。これに、若い息子を誘惑し、老人が嫌悪する華やかな都会の文化が、日本人の手によって建設・発展を遂げる植民地近代都市文化（新興都市新京はその象徴であろう）を指すものであると付け加えれば、作品分析はほぼ完璧なものとなる。

この老人一家は、六〇年前に故郷が大きな災難に襲われて、冀州（河北省）南宮からこの「封禁された王国」へ流れてきたとされている。この老人一家の苛酷な開拓の歴史は、決してこの一家特有のものではない。

清朝時代、この東北地域は満族発祥の地として封禁政策がとられ、漢族の移住が認められてこなかった。しかし、清王朝の衰退とともにこの政策は綻び始め、放牧地の払い下げなどが行なわれ、一八五八年の天津条約により営口（牛荘）が開港されると、外国貿易とともに一挙に漢族の大量移入が始まったとされる。東北三省は国内移民によって形成された地域であった。したがって「満洲国」時代といえども、二代、三代と家系をさかのぼれば、「鋤一本」から開墾を始めた「ご先祖さま」にたどり着くのである。東北の大地は「生みの母親」であり、「この大地を愛するのじゃ！」という老人の言葉は、開拓者の心からの叫びであった。

この長篇詩が描く世界は、「満洲国」の作家たちが手掛けたテーマであった。山丁の「緑色的谷」は、この詩の世界を長篇小説として展開したもので、鉄道の敷設で土地を失った小作人を引き連れて、新しい土地での再出発をめざす若い地主の姿を描いている。石軍の「沃土」も、都会での生活を拒否され、洪水によって収穫物がダメになり、農地を「某会社」によって買い上げられてしまった若き主人公が、父祖開拓の地で再び開墾に挑戦するという筋書きであった。さまざまな困難に遭遇した時、「大地に帰る」ことは、かれらの現実的な一つの選択であった。

こうした東北特有の「大地へのこだわり」を描いた作品として、この『作品集』に付け加えることとした。

【注】

① 「首都警察の偵諜・検閲報告書」（『続　位相』、四二五、四二六頁）

〈参考文献〉

岡田英樹「石軍『沃土』――排除される都市空間」（『続　位相』）

掌篇小説三篇

但娣

但　娣（だん・てい／ダン・ディー）

一九一六年八月〜一九九二年二月。黒龍江湯原の生まれ。本名は田琳。筆名に暁希、羅荔、田湘、山鷹、安荻など。「風」（原題同じ）は、初出『華文大阪毎日』（第四巻第六期、一九四〇年三月一五日）。「柴を刈る女」は、原題「砍柴婦」。初出『華文大阪毎日』（第四巻第一二期、一九四〇年六月一五日）。「忽瑪河の夜」は、原題「忽瑪河之夜」。初出『華文大阪毎日』（第七巻第四期、一九四一年八月一五日）。

風

——わが母にささげる

一

女はお産が間近に迫っていた。井戸から冷たい清水を重たげに汲みあげると、陽のあたらない漁師小屋に運び入れた。彼女は焦っていたし、興奮もしていたが、嬉しげな様子は少しもなかった。これからの生活のことを考えていたからである……。ホッと一つため息をつくと、籠を手にして大通りへ馬糞を拾いに出ていった。腰を低くかがめ、力を込めて歩いていった。その骨ばった顔には、異常ともいえる疲労の色があらわれていた。裸足の両足で、砂と貝殻を敷きつめた道路を踏みしめると、冷気を感じた。

空は悪魔のような黄色をしており、太陽は青白い光を放っている。一切のものが死んだように静止しており、動くものはなかった。

籠のなかに半分ほど馬糞がたまったので、女は頭をもたげた。

「あれっ、お天気が変わりそうだわ！」と思い、不安な気持ちを抱えて、家に戻った。

二

夕食どきになると、果たせるかな、西の方から黒く厚い雲が湧きあがり、激しい風が吹き始めた。松林は揺れて騒がしくなってきた。

女は夫の様子を見るために、港まで出かけてみようと決心した。壊れかけた漁師小屋を出て、狭い路地に沿って海岸にむかった。

暴風雨が接近していた。

海上では山の峰が重なったような、黒くて不気味な大浪がぶつかり合っていた。啼き声をあげるカモメが、何度も頭をかすめて飛んでいた。

多くの漁船があわただしく、速度をあげて岸に近づいてきた。漁師たちは、無秩序にわめいたり、罵ったりしながら岸の上を走り回っていた。その声は、みんなしゃがれ声に変わってしまっていた。

女は綻びた青色の長い着物を着て、喘ぎながら岸辺に近づいた。絶えずぶつぶつ何かつぶやきながら、落ちくぼんだ目から尋常ならざる光を放ち、人の群れにはさまれながら、夫の姿を探し求めていた。

三

太陽は消えうせ、海は唸り声をあげ、身を震わせていた。雲はその黒い大浪の上を疾走している。女は砂浜の上で足をもつれさせた。

浪は黒い壁となって、怒り狂い、威嚇するかのように巻きあがり、海岸の海藻や魚の骨を呑みこんで、黒い岩に叩きつけて粉々にした。

女は後ずさった。浪が踝と着物を濡らしたからである。

「みんな、あたしの亭主を見なかったかい？」と、あちらこちらとたずね回った。怒り狂う海を見ると、心が痛み、動悸が激しくなった。

間もなく遠くから、船体を揺らしながら一艘の船がやってきた。それにむかって女は高く手を振った。

船は近づき、水上警察が出した救助船だと分かった。救助船が岸に近づくと、人びとはばらばらと跳び下りた。女は近くによって、胸をドキドキさせながら眼を凝らしていた。みんないなくなっても、依然として夫の姿は見えなかった。

女にはもう打つ手はなく、人びとの群れの間を、行きつ戻りつしながら、悲痛な声で夫の名前を呼んで回った。涙が痩せて干乾びた頬の上を流れた。

四

海の騒乱はさらにひどくなり、灰色の飢えた狼が、狂って咆哮しているかのようである。次々に船が岸に押し寄せ、次々に悲惨な消息がもたらされた。

「溺れ死んでしもうた……!」しかし、死体は見つからない。みんなは一つに固まって議論し、恐怖のもとに圧しひしがれ、顔は真っ青になった。

「あたしの亭主を見かけなかったかい?」女は、一人の老人を押しやり、人びとの群れのなかに分け入ったが、みんなはただ首を横に振るだけであった。

女は気を失って倒れこんだ。

一人の漁師が女を抱えて、近くの板小屋に運んでやった。

「大丈夫、大丈夫だとも!」

「冷たい水を持ってきてくれ……。」

温和で善良な漁師が、女の蒼白な額の上に、水をかけてくれた。

しばらくすると、女は気がついた。そして夫が亡くなったことを確信した。

「神さま!……あんたは苦労だらけの一生だったわね……。」女は沈痛な思いで泣きつづけた。

漁師は、ほの暗いランプに灯をともし、女を見守った。黒い人影が、その周りで揺らめいていた。

「もう泣きなさんな、なにもかも神さまの思し召しじゃ。」みんなは女を慰めた。

それでも女は泣きつづけ、何人かの漁師も涙をこぼした。

女の鳴き声は、徐々にうめき声に変わり、突然、女は枯草の上からもがいて起ちあがった。

「ちょっと退いて。家に帰らせてよ。」女は腰を折り曲げたまま、屋根の低い板小屋を出ていった。

五

風は相変わらず凶暴に吹きつのり、唸り声をあげていた。

夜の空は、その凶暴な風に包みこまれて荒涼としたものになっていた。

女は干乾びた手で腰を押さえ、暗黒のなか塩味のする湿った砂地の上を、苦しげに彷徨した。女は腹部に異常な痛みを感じた……。

「あたしを死なせてちょうだい！　永福（夫の名前）よ！　あたしも連れていってよ！」

病気にかかった犬のように、力なく地面の上を這いずった。

ついに、家まで這いずってきた。女は閉まっている扉を開け、縮こまったまま、こっそりと家に入った。

猫が鳴き声をあげて、土間から跳びだしていった。

灯りのない部屋のなかで、あわてて鍋のなかから一杯のお湯を運んできた。

そして、戦慄しながら、激しい感情が押し寄せるなか、女は瞼を閉じた。

そして、嬰児が誕生した。

一九四〇、一月末

柴を刈る女

――愛する楚珊にささげる

激しい雨が通り過ぎた。海のように青い空に、軽くゆったりと流れる白い雲が、幻のように空の果てに消えてゆく。山肌は新鮮で濃厚な色調に覆われていた。

若い女が、山の洞窟のなかから、やせた長い首を伸ばして、片方の手のひらで外の様子を探り、また首を引っこめた。

「おっ母さん、雨はやんだよ！」彼女は姑にむかって声をかけた。すぐに小帯弟を背負って、腰の曲がった姑と一緒に、蔓の根っこに覆われた湿っぽい洞窟――彼女たちの雨宿りの場所、から出てきた。

山の斜面には、赤松や欅、杉が生い茂り、その間には背の低い灌木の繁みがあり、さらにその下は、葉の長い葦でびっしりと埋められていた。

雨あがりの空気はリンゴジュースのように、さわやかで甘みがあった。

若い女が、切り落とした松の枝を何度か揺すると、ぐっしょりと濡れた枝の間から、残った雨のしずくがしたたり落ちた。女は脱いだ自分のシャツを枝の上に広げた。

「母ちゃんの大事な坊や！　ちゃんと座っているのよ。」若い女は子どもに、おどけた顔をしてみせて、持ってきた食べ物を、シャツの下にこっそり隠した。頭の被りものをぎゅっと締め直して、そこを離れた。

姑と女は反対方向にむかって、精を込めて木を切り始めた。

若い女は機敏に、せわしなくきらきら光る鎌を振るった。松の枝は、年を経た幹から滑り落ちて、別の枝にぶつかり音を立てた。

「母ちゃん！　腹減ったよ。」

「お腹がすいても、もうちょっとお待ち。」

姑は、痩せこけてがさついた手で、大きな松の枝の束を縛り、その上を慎重に葦や草の葉で覆い隠した。

「母ちゃん、ジャガ芋食いたいよ。」

「…………」

「母ちゃん！　だめなの、ジャガ芋食いたいのに？」

「どうしてそんなに食いしん坊なの？」若い女は、やさしく子どもに言い聞かせた。

「腹が減って、グウグウ鳴っているよ！」

「…………」

「ねえ母ちゃん！　ジャガ芋。」

「もうおしゃべりしちゃだめ、山林の見張り番がやってくるよ！」

若い女は、自分が切り落とした松の枝を、姑と同じように縛りつけ、草の葉で隠した。——こうすれば、少しは見えなくすることができるのだ。というのも、ここは伐採が禁じられた私有地の山なのであった。

五月の風が、崖の上から林の方に吹いてきて、ザワザワと音を立てた。ひそひそ話をしているようであり、忍びよる足音のようにも聞こえた。

「おっ母さん、何かもの音を聞かなかったかい？」若い女は恐ろしそうに、不安におびえて、石像のように立ちつくして、身じろぎをしなかった。

姑は、ふるえながら鎌を腰のなかに隠した。その胸はドキドキして、動悸がおさまらなかった。

そこで彼女たちは、それぞれ憐れな子リスのように、松の枝の下に伏せて、息を殺した。小帯弟も慣れたものだった。いつものように、祖母と母の動きを見習って、身を伏せて声を立てなかった。

長い間、彼女たちはそのまま動かなかった。

風が頂上から谷の方へ流れ、林のなかもいくらか静かになった。若い女は、おそるおそる起ちあがった。彼女の水晶のような瞳には、まだ驚きの色が残されていた。周囲を見回し、「おっ母さん、誰もいないようだよ！」と声をかけた。

小帯弟も頭をもたげた。彼女は誰よりも恐れていた。というのも、山林監視人の髭だらけの陰気な顔つきを覚えているからである。彼女のおっ母さんを追っかけ、殴りかかってきて、彼女は泣きたくなったことを思い出していた。

若い女は、縛った柴の束を背負い、山の下まで運ぼうとした。

「小帯弟、ばあちゃんを困らせるんじゃないよ。母ちゃんがジャガ芋を持ってきてあげるまで、待っているんだよ。」と、彼女は言いくるめた。

「いやだよ、すぐ食いたいよ――」小帯弟は、わんわん泣きだした。

若い女には、子どもをあやしている時間はなかった。背中の重みで、くる病の人のように腰を折り曲げ、それはひどく無様な姿であった。履くのがもったいないので、布靴を手に持ち、硬い石灰岩の山道を裸足で踏みしめた。

午後の太陽から、密林のあい間を縫って光が差しこみ、緑の葉の上で黄金色の光の矢が輝いていた。風が葉を揺らすと、その黄金色の矢も、きらきらと砕けた。

若い女は、山裾から戻ってきたが、もうくたくたであった。あえぎながら坂道に腰を下ろした。

姑が、二つのジャガ芋を懐から取りだし、こっそりと嫁に与えた。

「向こうに行って食べるんだよ。子どもに見つかったら、また欲しがるからね。」

ジャガ芋――煮た馬鈴薯が、彼女たちの常用食であった。

「おっ母さんは食べたの？」

「わたしと小帯弟は食べたよ。」

「母ちゃん、もっと欲しい！」小帯弟が、彼女たちの話を聞きつけた。

「何が欲しいんだい？」姑は厳しい表情でたずねた。

「ジャガ芋。」

若い女は、微笑みながら小帯弟に一つ与え、自分は残った一つを、貪るように呑みこんだ。

「こんなことをするから、小さい子どもにはくせになるんじゃ。本当に分からんねえ、今時の若いもんのことは。」姑は腹を立てて、ぶつぶつ言いながら仕事にかかった。

若い女は、すきっ腹を辛抱しながら、鎌を振りあげたが、疲れから手に力が入らず、その動きは緩慢でのろのろしていた。

「母ちゃん、もっと欲しいよ！」

「もうなくなったよ、家に帰ったら、また食わせてやるよ。」

「母ちゃん！　いつ帰るの？　お家に帰りたい！」

「もうおしゃべりしないで、監視人に聞かれたいのかい。」

小帯弟は口を閉ざした。

姑と若い女は、手を休めずに木を切った。松の枝はつぎつぎと切り落とされた。

「母ちゃん！　お家に帰らないの？」小帯弟は、座ったきりでいらいらしてきた。

山の風が、人の話し声を運んできて、山の上にひと組の若い恋人たちがあらわれた。

「ララ――ラ――ラ、

ララ――ラ――ララ。」

かれらは、ひとつがいの自由な山鳥のようで、鈴のような歌声が林中に響き渡った。

美しいツツジが、山道に赤く映えていた。

「いらっしゃいよ！　お花が満開よ！」若い娘が、風に舞うように、軽快に山腹を滑り下り、スカート一杯に薄紅色の花びらを摘んだ。

制服を着た若い大学生のほうは、小帯弟のそばに腰を下ろした。

「坊やは幾つになったの？」

「幾つなのか、さっさと言いなさい！」若い女は、振り返って子どもに言いつけた。彼女の顔に、羨望に似た笑いが浮かんだ。

大学生は、リュックからダイダイを一個取りだして、小帯弟に渡した。

小帯弟は首を振って、母親の方を見た。

姑は生活に疲れて頑なになっていたので、何にたいしても刺激を感じなくなっていた。いつものように煩わしそうにして、話をしたがらなかった。若い女は、あわてて小帯弟に言いつけた。

「ありがとうごぜえやす！　ほら、お辞儀しなさいよ！　あんたがたは山を下りられるんですか？」

まもなく、ひと組の恋人たちは、山を下りていった。

「ラ――ラ――ララ、

ララ――ラララ――ラ。」と歌いながら。

歌声は窪地の彼方に沈み、低くなり……そして消えていった。

若い女は、ぼんやりと遠くをながめ、死んだ夫のことを思い出していた……。

「母ちゃん！　皮が剥けないよ！」小帯弟が叫んだ。

「ばあちゃんに渡して、一緒に食べな。ばあちゃんに剥いてもらいな！」彼女は辛い気持ちから、気がめいりこんでいた。

姑は、木を切り落とす鎌の柄を、黙って修理しているところであった。

「母ちゃん、落っことした！　山の下へ落ちてったよ！　あのダイダイが……」小帯弟は、思わず体を傾けてつかもうとした。

若い女が振り返ったとき、小帯弟があっという間に転がり落ちていくのが目に入った。山の斜面は険しかった。

母親は驚きおののいて、あわてて密林のなかへ走りこんだ。小枝と岩の鋭い角が、彼女の太股や脚を切り裂いた。

姑も後を追った。

子どもは木の繁みに落ちこみ、姿が見えなかった。

若い女は、泣き声を頼りに走ったが、その泣き声も徐々に聞こえなくなっていった。

「小帯弟や、小帯弟！」彼女の心は、死の淵に落ちこんだようで、一匹のたけり狂った獅子のように、山のなかで狂乱しながら叫んだ。その叫び声は、凄惨さを帯びて谷底を震撼させた。

じめじめとした低い窪みとなった谷底に、小帯弟の体が、雑草の茂る小道に横たわっているのを目にした。

若い女は身を伏せて、頬を小帯弟の血だらけの顔にくっつけ、それから手で小帯弟の胸もとをさすった。

姑も追いかけてきた。彼女も、手で小帯弟の胸を撫でて、小さな渓流から、急いで水をすくってきて、小帯弟の額にかけてやった。

「小帯弟！　小帯弟！」姑は叫んだ。

「小帯弟！」

「小帯弟！」彼女たちは声を揃えて、狂ったように声をかけた。

まもなく、小帯弟は目を開けて母親を見た。

「母ちゃん！……」小帯弟は、弱々しい声でもっと話そうとした。

姑は、そっとため息をもらして言った。

「縁起の悪い日じゃ！　去年、ちょうどこの時期に、おまえの親父も亡くなったんじゃ！」若い女は、小帯弟を胸に抱えた。

「小帯弟！　分かるかい？　母ちゃんだよ！」若い女の顔に、涙が流れた。

「母ちゃん！　あのダイダイが欲しい。……」小帯弟は、懸命に彼女の右腕を揺すろうとしたが、腕を動かすことはできなかった。彼女は、引きつったような声をあげて泣きだした。

若い女は、小帯弟の右腕の関節が外れていることを知った。

谷川は、さらさらと音を立てて谷底と林のなかを横切り、水は澄んでいて緩やかな流れであった。川底は、細かい石で敷きつめられ、両側は緑色の苔と大きな手のひらのかたちをした羊歯の葉で覆われ、水辺には孤独な小蟹が横歩きし、周辺には湿気と朽ち木の強い匂いが漂っていた。

若い女は、悲しげに姑に声をかけた。

「母さん、わたしは小帯弟を、抱いて先に帰ります。あんたはもう一度山に登って、まだ縛ってないあの木の枝の上に、草を積みあげておいておくんなさい！　明日また背負いにやって来ますから！」

夕方になった。山のなかは、ぼんやりとした黄昏の空気に包まれた。姑は、嫁の後ろ姿が夕霧のなかに消えていくのをながめていたが、自分は涙を拭い、悄然として山のなかに戻っていった。

一九四〇年五月一日

忽瑪河の夜

一

通りすがりの人から伝えられた消息を聞いて、老嬢①の朱倪思は、朝早くから山道をたどっていた。夕暮れとなり、ブナの木のすき間から、夕陽がそのやせて白っぽい顔に差しこんできた。花のように美しかった彼女の青春は、憂いのなかでとっくに枯れしぼんでしまっていた。彼女は咳きこみながら、前方の灌木の茂みを、か弱い手ではねのけながら進んできたが、とあるアシビの木の下で歩みを止めた。胸のなかが異常に熱くなるのを覚え、しきりに空咳を繰りかえしていたが、その蒼白の顔色がほんのり赤くなり、口と鼻から血が噴きだした。真っ赤な血が、草むらに染みこんで流れていった。

輝いていた夕陽の黄金色はすでに色あせ、山全体がすっかり淡い藍色のベールに覆われてしまった。一羽の鷹が、林のなかから悲しげな鳴き声をあげながら横切っていった。彼女はふるえる手で口の周りと頬についた血を拭い、またよろよろと前に歩きだした。夕闇は彼女の興奮と恐怖をかきたてた。というのも、山際を流れる忽瑪河の川岸にある養老院に、追放され、悲惨な運命をたどった戴西――彼女の愛する人が、待っていてくれているのだ。彼女は、戴西と出合ったばかりの時のことを思い出すと、その青白くやせこけた顔に、夢のような希望の光が浮かびあがってくるのであった。彼女はこの十五年の歳月を忘れ、傷心のために老いさらばえた自分のことを忘れ、また戴西の苦難も忘れた。あたかも夢のなかにいるように、十七年前のひと組の少年と少女が、ブドウ畑を散策し、初恋の紫の歌を歌っている姿……を目に浮かべた。

彼女は咳きこみながら、流紋岩をよじ登っていった。額からは汗が流れ、鼻孔は激しく膨らんだり閉じたりを繰り返した。長くつづく山道を跋渉して、ついに山の草原にたどり着いた。忽瑪河は、遥かかなたの月明かりの下に白く輝いていた。彼女は養老院の門の前に立ち、かんぬきのかかった扉を手でノックした。犬が扉の向こうで吠えたてた。

……………………

「四つ目！　おとなしくしろ、もう吠えちゃだめだ！　じっとしていろ！」

太くて低い声と足音が、門に近づいてきた。

「どなたですか？」

「わたし！　哈爾濱から来ました。」

扉が開けられ、彼女は足を引きずった若者について、奥に入っていった。そのびっこの若者は、一所懸命に片足でつま先立ちしながら、悲しみ一杯の声でこう言った。

「やっと来られましたね！」

「だめだったんでしょうか？」朱倪思はせきこんでたずねた。

「ちょうどいい時に来られました。待ちかねておられますよ！」

二

障害者部屋の北側のオンドルに戴西は横たわり、かたわらに数人の障害者がかれを取り囲んで腰を下ろし、暗い灯りの下で、黙って見守っていた。

戴西は近づいてくる朱倪思を、目を見開いて見つめていた。朱倪思は、すっかり変わってしまった姿で横たわる戴西を目にした時、驚きから涙をこぼした。

「西兄さん！　わたし来たわよ！」

朱倪思は戴西の両手を撫でようとしたが、そこで、気が狂ったように叫び声をあげた。

「これはどうしたのよ、この手は？」

彼女は悲痛な思いに駆られて、戴西の胸に泣き伏した。彼女は頭を持ちあげ、咳きこみ、また血を吐いた。

戴西は口をきこうとしたが、無駄であって、口から意味のない濁った音が漏れてきた。

朱倪思は、戴西の顔を見つめたが、目と頬は流れる涙で一杯だった。彼女は体をふるわせて、悲痛な思いにかられた。かれの顔に近づけて、じっと見つめた。二人の涙がこぼれて一つになった。

障害者たちも、黙って涙を流し、しきりに頭を揺らしながら、ため息をついていた。

戴西の肺はすでにつぶれてしまっていて、もうすぐだめになることをかれは悟っていた。

「西兄さん！　どこか苦しいところがあるの？」朱倪思はたずねた。

戴西は身を起こして、そばの一人の障害者にむかって、激しく頭を上下に揺らした。するとその障害者は近寄って、一本の鉛筆をかれの鼻の穴へ差しいれた（かつて戴西は、みんなに鼻を使って字を書いたことがあったからである）。戴西はふるえながら鼻を使って鉛筆を動かし、一枚の紙に、奇妙な文字を書きだした。

朱倪思は、文章の意味をこのように判読した。

「あなたに会えた。嬉しい。何もいらない！」

戴西は鉛筆を放りだし、口を開けた。

朱倪思は、愛する人が口をきけないことを知った。彼女は呆然として、木偶の坊のように、もうひと言も口をきかなかった。

×

真夜中に、戴西は亡くなった。かれは両腕で朱倪思を抱きしめたまま、亡くなった。障害者たちは泣きながら、朱倪思の首から硬直した二本の腕を振りほどいた。暗く沈んだ部屋のなかで、障害部から持ってきた死に装束を、あわただしく着せかけた。

朱倪思は何も考えていないようであったが、悪夢のような長い長い十五年間を、静かにすべて思い返していたのだった。彼女は重い傷を負った猫のように、部屋の片隅で、身を縮めて横になっていた。涙はなく、最後の死を待っていた。

×

障害部の規則によれば、死者は直ちに火葬に付すことになっていた。

戴西は、数人の盲人に担がれて月の光のなかを進み、朱倪思は戴西の後についていった。

死体は忽瑪河の岸辺に運ばれていった。朱倪思の最後の痛ましい泣き声が、忽瑪河の憂鬱な夜空を震撼させた。彼女の髪の毛は乱れ、狂ったように叫びつづけた。

「戴西よ！　戴西！」

まもなく、夜の暗闇のなかに、火葬のための炎が燃えあがった。主宰者が死者を炎のなかに投げ入れるように、きっぱりと命じた。

朱倪思は火のそばに近寄り、大理石の女神のように恬然として、身じろぎせずに立ちつくしていた。

障害者たちは、炎のなかを悲しげに動き回っていた。

突然、朱倪思は狂ったような叫び声をあげると、忽瑪河にむかって駆けだした。追いかけた人びとは、騒がしく後を追ったが、彼女はすでに、忽瑪河の激流に身を投じていた。白い波濤が彼女の黒髪を呑みこんでしまった。

夢のような薄明のなか、火葬の火も消えていた。

一九四一年六月一六日若草山下

【訳注】

① 原文は「老処女」。恋人と別れて十五年、貞操を守りとおした朱倪思を讃えるために使った言葉であろう。

作品解説

但娣（一九一六年八月〜一九九二年二月）は黒龍江湯原の生まれ。本名は田琳で、曉希、羅荔、田湘、山鷹、安荻などの筆名を使って創作活動を行なった。一九三七年に公費留学生として奈良女子高等師範学校（現奈良女子大学）に入学が許されるが、彼女の創作活動は、一九四二年に卒業して帰国するまでの留学時代が中心であった。というのも帰国後、一九四三年一月に開原県の女子高等学校の教師となるが、同年一二月には、「満洲国」を脱出して解放運動に参加しようとした計画が露見し、憲兵隊に逮捕されてしまったからである。彼女は獄中で重いチフスに罹ったため、監外執行に切り替えられ、かろうじて生命をとりとめ、自宅に戻ることができた。したがって彼女の唯一の作品集『安荻和馬華』（開明図書公司、一九四三年一二月。ここには散文九篇、詩一三篇、小説七篇が収められている。また当時としては珍しい横組みの版本である）を、彼女が手にすることができたのは、厳しい尋問を受けていた拘置所のなかであった。

但娣は、日本留学時期に男性からの裏切りという大きな心の傷を抱えることになる。一九三五年、彼女が母校の小学校で教師をしていたころに、于明仁と知り合い、愛し合うようになる。かれが日本に留学することになり、但娣も後を追うように日本に留学した。彼女の入学と同時に二人は結婚したが、明仁はその後、京都帝国大学に入学し、奈良と京都に分かれていたが、二人の新婚生活は順調に続くかと思われた。しかし、于明仁は帰郷した折に別の女性と結婚してしまった。この「愛の破綻」が、異国での孤独な生活に追い打ちをかけるかたちで彼女を苦しめ、その作品にいいしれぬ苦渋感を漂わせることになる。

「風」は、同名の原題で『華文大阪毎日』第四巻第六期（一九四〇年三月一五日）に掲載された。彼女が二三歳で執筆した最初の小説である。

「柴を刈る女」は、原題「砍柴婦」で『華文大阪毎日』第四巻第一二期（一九四〇年六月一五日）に発表された。この作品に付けられた献辞「献給我的愛人楚珊」は、于明仁に捧げられたもので、二人の愛が破綻する前の作品にしばしば見られた献辞である。

「忽瑪河の夜」は、原題「忽瑪河之夜」で『華文大阪毎日』第七巻第四期（一九四一年八月一五日）に発表された。

この三作品はいずれも、上記作品集①『安荻和馬華』と、梁山丁が編纂した②『長夜蛍火』（春風文芸出版社、一九八六年二月）に収録されている。このうち、翻訳のテキストとした『華文大阪毎日』版と、①の間にはほとんど異同は見られない。しかし、八〇年代に発行された②については、明らかな推敲の跡が見て取れる。たとえば「忽瑪河之夜」については、②の書き換えを参照することで、初出では曖昧であった表現がより明確となる。

①　養老院（二一五頁）→残廃院（「身体障碍者病院」の意味）

②　追放され、悲惨な運命をたどった戴西（二一五頁）→一篇の文章が原因で追放され、両手を切り落とされた戴西

③　戴西の両手を撫でようとしたが（二一六頁）→戴西の切り落とされた両手を撫でようとしたが

戴西の「悲惨な運命」が、思想的な事件にかかわっていること、追放されただけでなく、両手切断という残酷な刑罰を受けていたことなどが明らかにされた。「養老院」という初出の表現は、作品に描かれた施設とは明らかに合致しない。したがって、②での書き換えは、新たに創作されたものではなく、本来の表現に戻したとも受け取れるが、当時にあっては、戴西の不幸の原因をぼかしたかたちで発表せざるを得なかったのであろう。

またこの作品には、身体障碍者の人権を無視したような表現が多くみられる。「残廃者」という言葉も、「廃」＝役立たずという意味を含む差別用語であり、現在の中国では「残疾者」と改められている。翻訳に際しては、

そうした歴史的経緯を考慮しながらも、原文の表現を活かすこととした。

三篇合わせて掲載することになったが、字数のバランスを考慮したもので他意はない。とはいえ、貧しい生活に降りかかる不幸な運命に翻弄され、救いのない絶望のうちに結末を迎える女性たち――という但娣初期作品の特色は読み取れるだろう。また、詩や散文では、身辺雑記風に作者の生の情感が投げだされることが多いのだが、小説では完全なフィクションの世界が構築される。この特色もよく出た作品と言えるだろう。

〈参考文献〉

羽田朝子「満洲国女性作家・但娣の日本留学」(『季刊中国』第一〇六号、二〇一一年九月)
岡田英樹「田琳の留学時代――愛の破綻をめぐって」(『続　位相』)

放牧地にて

磊磊生

磊磊生（らいらいせい／レイレイション）
一九一七年〜四五年八月。遼寧省遼陽の生まれで、本名・李福禹、李季風という筆名で知られている。他の筆名に亦酔、方進などがある。本作の原題は「在牧場上」。初出は『華文大阪毎日』（第六巻第一二期、一九四一年六月一五日）。

あらゆる物音が鳴りをひそめるべき頃合いであった。ただヒューヒューとした北風のうなり声が、ザワザワとした海鳴りのささやきを混じえながら、時には高いトーンで、時には低く、この寒い夜と対峙している羊飼いの体にぶつかってきた。さらには、切れぎれに聞こえてくる葦笛の音①、悲しげな軍馬のいななき、そして勇士たちの高唱する声、それらはこの静かな時空間を調整して、兵士たちの寂しい魂を慰めるものなのか、それとも異郷に住むこの老人の感情をわざと踏みにじるだけのものなのか、どちらとも判断がつかない。それらは一曲一曲と奏でられる痛ましくも悲愴な挽歌のように、かれの耳に流れこんできた。

一望無限の大草原、氷と雪と砂がその空間にあらわれては消えてゆき、強靱な草木も孤独に咲く花もすべてなぎ倒されてしまうのだ。天空には月があり、星があり、荒れ果てた墳墓の間では、蛍火が明滅している。空は灰色で、海は藍色、かなたの城壁と田畑は模糊とした黒色。こうした眼前の景色は、薄暗く底深い夜を写した風景画で、神秘的で偉大な造物主によって、一筆で描きあげられたものだ。年老いた羊飼いは、その寒風の襲撃を少しも恐れたり避けたりせず、長時間の疲労も忘れて、手にしっかりと鞭を抱え、落ちついて腰を下ろして羊の群れを見張っていた。座禅に入った老僧の如く、羊の皮の上に膝を組んで、微動だにしなかった。その時偶然、大空から——ガアーガアーという雁の鳴き声が耳に届き、限りない郷愁を呼び起こした。かれは苦渋に満ちた、しわがれた声で、鬱屈した思いを歌うのであった。

蘇武[2]は胡《えびす》にとどまり、節を辱めず、
雪の大地と氷の天空、困窮すること十九年。
渇しては雪を呑み、飢えては毛氈のケバを食し、北海[3]のほとりで羊を飼う。
苦難を重ねて、心　鉄石の如く堅し。
夜、帳《とばり》のなかに臥せば、時として砦からの葦笛の音　耳に入り、心　揺れ動き、切ない思いにとらわる。
たちまちにして、北風　吹きつのり、雁群　漢の国境にむかう。白髪の母　児の帰りを待ち、若き女
　無人の帳に座す。
夜更けて同じ夢路をたどり、二つの地で、それぞれは誰を夢見るのか？
海が枯れ、石が朽ちようとも、大節に欠けることなくんば、
匈奴の心を驚かせ、肝を砕き、漢の威徳に服せし得るだろう。

　突然かれは、幻のような遥かな思いに耽った。限りない哀愁が、凄惨な歌声のなかにあふれ出しただけでなく、重苦しい感情が心の底に根を張り、十九年にわたり異国に仮住まいしてきた悲しみが、この暗く沈ん

だ苛酷な夜に、胸のなかに湧きあがってきた――そして、あたかも鋭い刀で、切り裂かれるように胸が痛んだ！　しかし、この孤独、漂泊、困窮の生涯は、今生の運命と定められ、救われるべくもないことは分かっていた。そこでかれは、凄涼な感情を荘厳な意識に切り換え、少し高い声で歌いつづけた。

海が枯れ、石が朽ちようとも、大節に欠けることなくんば、
匈奴の心を驚かせ、肝を砕き、漢の威徳に服せし得るだろう。

歌いながら昂然と首をもたげ、見渡す限り果てしのない天空をながめた。その姿は、あたかもこの世とは別の世界に、偉大で荘厳な栄光が存在し、それが孤独で寂しい魂を慰めてくれているかのようであった。かれはもう一度歌った。

海が枯れ、石が朽ちようとも、大節に欠けることなくんば……。

「おい！　蘇先生、でかい口を叩かないでくださいまし。」蘇武に付き従っている――それは監視しているとも言えるのだが――海のほとりで羊飼いの番人をする頡利図が、天幕のなかから駆けだしてきた。かれは走りながら、あざ笑うかのように言った。「どなたが、あんたがた漢の威徳に屈服すると言うんですかい？

あんたがた漢一族は、自分の家臣さえ守れないじゃないですか！　フン！」そう言いながら、かれは、アッ、ハ、ハと笑った。

頡利図は、年は三十数歳だが、すでに顔一杯に髭を蓄えていた。顔は真っ赤で、大きな目はいつも笑みをたたえていた。背丈は蘇武よりも二寸ばかり高く、歩く時には絶えず身体を左右に揺らしていた。特に身体を激しく揺らすのは、笑いだそうとする時であった。確かにかれは、無邪気でおだやかな人物であった。蘇武に付き添ってこの寂しい海辺で生活を送り、もう十九年の歳月がたっていた。この長い時を経ることで、かれは自然の力によって、蘇武とごく親密な関係をいつとはなしに作りあげてきた。その上かれ自身も、流罪に処された兵卒であり、蘇武と同じ苦難を味わってきた。そうした生活の結びつきが、何の釈明も必要とせず、異国者同士の感情のわだかまりを忘れさせてくれた。その上かれは、蘇武から、漢人のことばをほぼ完全に学びとっていたのだ――こうした不幸な境遇が、別個の知識をもたらしてくれたことを、かれは大いに喜んでいた。それ故かれは、いつも蘇武を「先生」と呼びたがり、また少しふざけて、からかい気味に「蘇老先生」、あるいは「老先生」と呼んだりした。十九年にわたる零落した孤独な日々のなかに、かれの青春は埋もれたままであったのだが、この寂しくひっそりとした歳月が、かれに青春の埋没を忘れさせ、いつまでも青春の気概にあふれ、冗談好きな人間に仕立てあげていた。

「頡利図、お前はまたふざけておるな。」蘇武の心は憂鬱であったので、穏やかな調子で頡利図のことばを咎めた。

「ふざけているって？　大まじめですよ――」かれは笑いながら肩をそびやかし、澄んだ大きな目で、親しげに蘇武の顔を見やった。「先生、そんなお考えはだめだと思いますよ。漢一族の扱いといえば、先生を国の外に放りだしておいて、後はほったらかしじゃないですか。それでもまだ先生は、かれらのために節なんてものを守ろうと言うんですか？　ええっ、老先生、あんたは苦を楽として受け入れようとなさっているのでしょう！　俺なんてどうしようもないですよ。何を言おうと、この地で苦しい生活を送っていかなきゃならんのです。二人とも同じ人間として、もう少しましな生活を送り、ちょっと楽しみを味わうことがどうして許されないんですか？　あーあっ！」かれは話しながら、思わず愚痴をこぼし、顔に生えたもじゃもじゃの髭を手でさすり、すこし苛立ってきた。

最初は、漢族のことばを理解しているだけの蛮族の人間が、何か役に立つ話なんぞするはずはないと考え、蘇武は全く気にもとめなかった。普段の聞き慣れた冗談とみなして、漠然と聞き流し、今までどおり顔をあげて灰色の空をぼんやりながめ、はるか遠くの曖昧模糊とした、不可思議な塵界の夢に瞑想を馳せていた。しかしそうした自由への要求やふくらむ生活への欲求といったものが、かれのなかで発酵し、溶けがたいものに変わり、胸を一杯にふさぎ、息が詰まるように感じられた。そして魂が恍惚となった瞬間、あたかも自分が別世界に身を置いたかのように感じられた。しかし、その世界が幸せなのか、悲しみなのか、歓びなのか、それとも辛い苦しみなのか、口に出しては言えなかった。突然、頡利図の最後のことばが耳によみがえり、思わず本能に突き動かされて、感情的な反応が呼び覚まされるのを押さえられなくなった。

かれは考えた。「二人とも同じ人間として、もう少しましな生活を送ることがどうして許されないんですか？」

「しかし、――」、かれはさらに考えた。「精神的節操を守るために苦労するのは、わしの本分として為すべき務めなんじゃ。」かれの思想のなかに残されていた強い意志が、また本能的な生活欲を押しとどめた。

「お前には、こうしたことは理解できんじゃろう。」かれは無表情なままに、頡利図をちらっと見やった。「人間というものは、自分の人格を重んじなければならないんじゃ。楽しむことより――さらには命より、何にもましてな。わしらは、ましな生活を送るため、楽しみを味わうため、人格を損なうことは許されないんじゃ。わしらが孟夫子はちゃんとおっしゃっておる。『大丈夫たるもの、富貴によって淫すること能わず、貧賤によって移ろうこと能わず、権勢の圧力によって屈すること能わず』④となっ。これこそが最も立派な人間の身の処し方なんじゃ。」かれは教え諭すように言いながら、頡利図を見やり、そして笑った。

「老先生、それもまたおかしいよ！」頡利図は両手を広げ、ピョンと跳びあがって笑いながら言った。「先生こそ、権勢の圧力に屈服したじゃないか！」眼を星のようにきらきらさせながら、蘇武を見やった。

「どうしてわしが、権勢の圧力に屈したというんじゃ？」蘇武もまともに対応せざるを得なくなった。

「もし先生が、権勢の圧力に屈服してないというんなら、どうして羊飼いになれと言われて、あんたは羊飼いになっているんですかい？」頡利図は、勝利の証拠をつかんだかのように、笑いをはじけさせ、跳びあがった。「先生どうなんです！　ええっ、先生！」かれはあざけるように笑った。

「フン！　またでたらめを言いおって！」蘇武は少し気分を悪くした。頡利図が、無理にいちゃもんをつけて、節操の価値を蔑視しようとしていると考えたのだ。しかし本能の導くままに考えていくと、「屈服しないと言いながら、羊飼いになれと言われて、どうして羊飼いになっているのか？――」その問いかけに、かれは答えを出せなかった。かれは悩みながら、長いため息をついた。

「メエー、メエー」雪と氷の砂原にうずくまった羊の群れが、砂まじりの風に叩かれ、夜半の寒さに襲われて、耐えきれなくなったのか、夢のなかで驚いて思わず鳴き声をあげた。羊飼いには聞き慣れたものであったが、こうした時に、この鳴き声が年老いた羊飼いの耳に届くと、その声は悲痛な色合いを帯び、かれの傷ついた感情にしみとおった。

「おいらたちの運命も、まさにこの羊たちと同じなんだ！」蘇武のこの時の感情を、頡利図がズバリとことばにした。蘇武は愕然として、かれの方をちらりと見やった。今夜のかれは、なぜこんなにも頭がさえるのか！　といぶかしく思った。

「頡利図よ、ここに座れ！」蘇武はかれを手招きした。

「先生！」頡利図は腰を下ろし、「俺たちには、このまんまの暮らしがつづくんでしょうな。さらに十九年経っても、たぶん俺たちは、俺たちのまんまなんでしょう。あるいは、そのころには海に呑みこまれているかもしれません。あるいは、寿命の尺度が俺たちを、永遠のかなたへ送りこんでいるかもしれません。要するにいつか、俺たちは静かに死んでいかなきゃならん日が来るんです。何もしないまんま生きて、むざむざと死んでゆく。先生、思うんですが、こんな生き方をしているぐらいなら、逃げ出した方がいいんじゃないんですか。さもなくば死んだ方がましって言うもんですよ。」かれは急に笑いをひそめ、丁重なことば遣いで言いだした。蛮族の人間が理性らしきものを有しているなどと考えても来なかったし、個人の生き方に強いこだわりを持ってきた蘇武も、感動を覚えずにはおられなかった。そしてついには、みずからの生き方に疑惑を感じるまでになった。

「いい加減なことを言ってはならぬ！」表面上は、このように頡利図をたしなめたが、内心では、かれの信念は動揺を来していた。「匈奴のために役人になることと、匈奴のために羊飼いになること、そこに何の違いがあるというのか？」このように考えると、かれは大きな苦痛を感じた。「その上、胡の地で妻を娶り、子供も生まれ、異国での家庭まで持ってしまった。そうなれば、降伏した臣下と、帰順した民とはどこが違うんだ？———」かれは苦しみながら考えた。困難に耐え、辛酸をなめてきた十九年の生活がすべて無意味なものになってしまったと思った。

「ガアー、ガアー」空を行く雁の陣が、凄愴な鳴き声をあげて、飛びさっていった。蘇武は、空を仰いで長いため息をもらした。

「ああー」かれは、涙をこぼしそうになった。

「先生。」頡利図は、誠意をこめて蘇武をながめ、「雁の鳴き声を聞いて、お家を思い出したんでしょう？」と言った。

「そうじゃ。」蘇武は、もう自分の本当の感情を閉じこめておくことはできなくなった。

「ああ、こうした冷酷で孤独な夜に、帰雁の鳴き声を聞くと、故郷を思う気持ちを押さえることができなくなるんじゃ。わしは家に帰りたい。父と母、わしの妻と子供、かれらの間に横になりたい。そこで安らかに死ねたら、それでいい。ほら、あの雁たちは、一年に一度帰る機会があるというのに、わしら人間となると――」かれは悲しげに語った。かれは、この極度の悲しみに耐えられなかった。しかし、十九年間の栄光ある歴史も忘れさることもできなかった。「しかし、ああー！　これもわしの生き方のためなんじゃ！」身をよじるようにして、かれは言った。

「ワッ、ハ、ハ」頡利図が、また笑いだした。「先生、あんたは本当に苦労人ですね。どんな力があんたの考えを縛りつけて、自由に行動させないのか、あるいは自由に考えることさえさせないのか知りませんが、あなたは、平穏無事に生きていく、そのことが人間らしく生きていくことだと考えてるんだ。ワッ、ハ、ハ！」

「お前は、また、――」蘇武はまた腹を立てた。「お前は、李陵⑤のようにすればいいというのか？」

「李陵はまちがっているし、先生、あんたもまちがっています。」頡利図は、蘇武をあざ笑いながら見つめ、羊の群れを指さしながら、笑って言った。「あんた方は、俺もふくめて、あの羊と同じなんですよ！　羊そのものですよ！　先生、考えてもみてくださいよ。そうじゃないですか？　李陵は敵方に投降しましたが、先生は漢の武帝のために奴隷となりました。どちらにも、まったく道理はありゃあしませんよ！」

「それじゃ、誰に道理があると言うんだ？」蘇武は眼を閉じて言った。

「できることなら、あんた方が、俺の立場に立って考えることです。それができれば、道理があると言うことになりやす。」

「それはおかしいだろう？」

「おかしくない、すこしも変じゃありません。」頡利図は笑いながら言った。

「老先生、もしあんたが、俺みたいに苦しめられている人びとのために、苦しむことができると言うんなら、きっと今のあんたの苦しみに見合った見返りを得られることでしょうね。ヘッ、へ、へーーー」と言いながら、またいたずらっぽく笑った。

「それなら教えて欲しい、わしはどう生きていけばいいんじゃ？」

「それなら言いますが、天幕に帰って、胡の妻と子供を殺すんですね。」

「何のために？」

「復讐ですよ！」

「フッ、フ、フー」蘇武は軽蔑するように笑った。

「こんなこと、あんたはやれんでしょう？」頡利図は、蘇武にちょっと目をやった。

「それじゃあ、あんたは、われらが汗《ハン》⑥に降伏して、汗があんたがたの漢の武帝を伐つようにそそのかすことですな。」

「それはまた何のため？」

「復讐です！」

「ええっ？」

「お分かりになりませんか？　漢の武帝は、おのれの野心のために、妄《みだ》りに戦争を始めたんですよ。そして先生の家族をばらばらにして、あんたを胡の地に放りだしたままにしている、これであんたの仇とどうして言えないんですか？」

「でたらめじゃ！」

「これもやれないんですか？　それじゃあ――」頡利図は、笑みを浮かべて蘇武をながめ、「あんたはお逃げなさい。俺も力をお貸ししますから。俺たちの力で人を集めるんです。そしてまず匈奴を倒し、その後で漢朝を打倒するんです。」

「夢物語じゃ！」

「こんなことを、どれもやれないんですか？　先生！」頡利図は、跳ねおきて、海岸にむかって歩きだした。

「何をするんじゃ？」蘇武は、こらえきれずに叫んだ。

「お教えしましょう、先生。」頡利図は、無意識のうちに笑いを浮かべた。

「あんたにはもう一つ方法がありますよ。それは、海に跳びこむんです！」

「海に跳びこむじゃと？」このことばは、雷のように蘇武の神経のなかを走った。「わしが生にしがみつき、死を恐れる輩じゃというのか？」かれは歯をかみしめ、すぐに身を起こした。

「わしには、できないというのか？」蘇武は海岸にむかって歩きだしながら、腹を立てて言った。

頡利図は、あわてて走って数歩前に出て蘇武を抱きとめ、笑いながら言った。

「蘇先生、俺の目の前で死んじゃいけません。見るに忍びないですからな。」

「分かった！」蘇武の人格の尊厳は、頡利図の攻撃によって、完膚無きまでに叩きのめされた。かれは、一人の野人がこんなにも大きな刺激を与えるとは、これまで信じてこなかったし、さらには畜生のような愚かな人間のなかに、真理が埋められていようとは信じ難かった。しかし事実として、十九年間抱きつづけてきた信念が一夕の間に、突然すべてが揺らぎ始めたのだ。否定することが少しも許されなかった自分のこれまでの生き方が、今ここで何の意味も持たないものになってしまうのだ。

「メエー、メエー」羊がまた鳴き声をあげた。風と海鳴りの混じった音、胡軍の歌声、馬のいななきと葦笛の音色、これらが今も切れぎれに伝わってきた。この静かな夜に、こうしたこもごもの音の波が、幽霊のようにかれの体を取り囲んだ。それは、心に困惑と、空虚と、恐怖をもたらし、魂の孤独を感じさせた。かれはまた思わず、低い声で歌いだした。


蘇武は胡に留まり、節を辱めず——

「節を辱めず」と歌った時、その声は途切れた。突然かれは思いおこした。「降伏した臣下と、帰順した民とはどこに違いがあるのか？」という問題である。氷のように冷たかった顔が、突如火のように熱く感じられた。

「海に跳びこむんじゃ！」かれは決意を固めた。

「このように生きていても、意味はないんじゃ！」しかし、かれは躊躇して、足を止めた。

「父ちゃん！　父ちゃん！」かれの子どもが天幕のなかから駆けだしてきて、手を振って叫んだ。妻もかれの目の前にやってきた。

「何時だと思っているの、まだ戻って眠らないんですか。あなたは休まなくても、羊たちは休ませなくては。」妻は手をさしのべて、かれの手を握って言った。「あれまあー！　氷のように冷たいわ！」蘇武の心に醸しだされた複雑な思いは、一瞬のうちに妻と子どもの温かい心に呑みこまれてしまった。

「ホオーイ、ホオーイ」かれは鞭を振りあげて、羊の群れを動かした。羊の群れはおとなしく、甘い夢の世界から身体を起こし、従順にかれの鞭の前を移動していった。

月の光のもと、蘇武の老いた姿は、健康な妻と無邪気な子どもと一緒に、羊の群れを追って、ゆっくりと天幕の方へと進んでいった。夜は更け、葦笛は止み、歌は沈まり、軍馬はすでに甘い眠りに落ちた。ただあの風と海鳴りだけが、大きな力を合わせて、激しく吹き荒れていた。頡利図は、ゆらりゆらりと蘇武の後を追い、その後ろ姿をながめながら、ため息をついた。

「一人の人間が、あれこれ跳びはねてみても、制度の枠と妻子の懐から飛びだすことはできないんだ！」かれは、いらいらしたように、あごの髭を撫でながら、独り言をもらした。

「みんな、おしまいだな――」

【訳　注】

① 原文は「笳声」。葦の葉を巻いて作った笛、胡人がよく使っていたので「胡笳」とも言う。
② 「蘇武」紀元前一世紀ごろ、前漢の人。漢の武帝から使節として匈奴に派遣されたが、内紛に巻きこまれて囚われの身となる。十九年間の苦労をへて、武帝の死後、帰還を許され漢に戻った。紀元前六十年、八十歳あまりの高齢で亡くなったと言われている。
③ 「北海」蘇武が羊飼いを命じられていた地にあった湖で、今のバイカル湖をさす。
④ 「孟子・滕文公下」にあることば。原文は「富貴不能淫、貧賤不能移、威武不能屈、此之謂大丈夫。」
⑤ 「李陵」前漢の武将。匈奴との戦いに敗れ降伏した。武帝に家族を殺されたことで、かれは匈奴に仕える身となった。蘇武と交流があり、二人の贈答詩も残されている
⑥ 原文は「可汗」。西方や北方の域外に住む、部族の首長を言う。

作品解説

磊磊生（一九一七年〜四五年八月）は、李季風という筆名で知られている。遼寧省遼陽の生まれで、本名・李福禹、他の筆名に亦酔、方進などがある。一九三一年、奉天第五中学校に入学。一九三五年春、北京に脱出して抗日遊撃隊に入隊するも戦闘に敗れ、一九三八年、「満洲」に戻り、『大同報』の編集にあたる。その陰で読書会を組織するなど抗日地下活動をつづけていた。一九四一年、「一二・三〇事件」と称される一斉検挙で特務警察に逮捕された。したがって「満洲国」での創作期間は四年間にすぎなかったが、評論集『雑感之感』（益智書店、一九四〇年一二月）が残されている。

逮捕された後、拘置所から二度の脱出に成功し、当時は「隠れた英雄」として名が知られていた。最初に逮捕されたのは一九四一年一二月であり、この作品が発表されれた六ヵ月後ということになる。逮捕後のいきさつについては、『植民地文化研究』第七号（二〇〇八年七月）に載った拙論「「満洲国」における特務工作の実態」で詳しく述べておいた。脱獄した後に、国民党の地下活動に参加していたとの経歴が影響しているのかもしれないが、現在の中国で本格的に論じられることは少ない。

原題は「在牧場上」で、『華文大阪毎日』第六巻第一二期（一九四一年六月一五日）に掲載された。「歴史小説」というジャンルに収められるべき内容であるが、魯迅の「補天」、郭沫若「屈原」などを取りだすまでもなく、歴史上の故事に材をとりながら、現実を暴露するという手法は、近代中国文学の得意とする分野であった。「満洲国」においても、古丁の「竹林」、爵青「香妃」（後出）などの歴史小説が書かれている。歴史小説の強みは、文字として明示されていなくても、その人物や故事の背景が、読者の記憶のなかに蓄えられたイメージによって膨らみ、補完されることにある。この作品も、匈奴という異民族に捕われの身となり、一九年間も異郷で、屈辱の生活を余儀なくされても、漢帝国への忠節を守り抜いた蘇武の生き方に、「満洲国」の中国人読者はみずからの思いを重ね合わせながら読み進んだであろう。

しかしこの作品は、頡利図という匈奴の若者が登場し、蘇武の生き方を批判し、節を全うしようとする老人に大きな動揺与える。この新しい後半部分が付け加わることで、この作品はより複雑となる。読者の自由な「ヨミ」に任せるべきだが、「満洲国」を見捨てて、失地回復に起ちあがろうとしない中華民国（蔣介石政権）にたいする憤りと、忍従の生活に甘んじている「満洲国」同胞への蹶起を呼びかけた作品――これがわたしの「ヨミ」である。

〈参考文献〉

岡田英樹「古を論じて今に及ぶ――「満洲国」の歴史小説再検証」（『植民地文化研究』第一三号、二〇一四年七月）

十日間

袁　犀

袁犀（えん・さい／ユワン・シー）
一九一九年八月～一九七九年五月。一九二〇年生まれという説もある。遼寧省瀋陽の生まれ。本名・郝維廉、筆名には瑪金、郝赫、梁稲、呉明世などがある。本作の原題「十天」。初出は『明明』（一九三八年三月）。

高くて大きな鉄の扉を出て、門番の老兵が「おめでとう、出てからは、しっかりやるんじゃぞ！」と、やつれた声で僕に声をかけたあと、鉄の扉は尖った音を重たげに響かせて、またしっかりと閉じられた。僕は振り返ってながめていたが、五年という長い歳月が、旧い仲間を忘れさせることを許さなかった。耳元には、死刑の判決を下された荘さんの痛々しい泣き声が、まだ切れぎれにつづいていた。「おい、あんた、こ、これで……もう二度とあんたに会えなくなっちまうんだ……」鉄の扉をながめながら、僕は重苦しい気持ちで涙を流した。

数年間、狭くて暗い部屋に閉じこめられていた。一年中光を見られず、壁の隅からは大小便の臭気が立ちのぼり、虱や名も知らぬ虫どもが身体中を這いまわり、楽しく腹一杯飯を食ったことは一度もない。獄卒には鞭でぶたれ、先輩の囚人からは踏みつけにされ、部屋の強烈な湿気から重い脚気に罹り、胃腸もすっかりいかれてしまった。五年、この長い年月、僕は片時も、生存への情念を絶やしたことはなく、自由への激しい欲求を途切れさせたことはなかった……

今日という日に、何と僕は、生きたままこの鉄の扉から出てきて、珍しい光がきらめく大空をながめられるようになったのだ。

しかしながら、あちらの仲間を忘れることはできない。かれらも出たいと願っているんだ！　かれらが求めているのも、光と太陽なんだ。この世界の広がりと明るさを見ると、僕は目を開けていられなくなった。この強烈に光り輝いているものは何なのかといぶかしく思った。ああ、この世に太陽があることをすっかり忘れてしまっていた……もう一度太陽を見て、自由であることを喜んだ。外の世界はこんなにも広く、こんなにも大きいのだ！　頭のなかには一杯ものが詰まっているのだが、しかし、空っぽになってしまったようだ……あそこから出てこられたことを自分でも信じられなかった。とっくに、あちらでくたばるものだと思っていたのに、いまここに、こんな明るい太陽に照らされて、こんなにボロボロの服の上にも、奇妙な光が輝いている。頭のなかを奇妙な感情がつぎつぎと稲妻のようにひらめく。それは喜びそのものではないし、希望そのものでもない。要するに、多くの特別な感情が、僕の胸を掻き乱すのだ……

前方の高く大きな鉄の扉を見やると、扉の表面は、赤や黄色の色鮮やかな鉄錆や、雨水に侵食された灰色の痕跡で彩られている。門扉の上部には、棘の付いた矛が、びっしりと取り付けられていて、陰険そうな顔付きで直立している。左右にある壊れた照明灯、その下部はざらざらした角張った灰色の二本の煉瓦柱である。どちらの煉瓦にも、風雨によって古びた記号――それは欠けたり、壊れたりしている、が刻まれており、それらは衰退と零落をあらわしているのだ。そしてこれら無数の煉瓦には、悠久の歴史を記念するものが埋められているのだ。これらの煉瓦は、年老いて、それでも傲慢そうに、一つ一つと重ねられ、欠けたものも挟みこみながら整然と、長く並べられている。――どの煉瓦も相当に大きい――ぎっしりと押しこまれ、積みあげられ、高い大きなモルタルの壁となり、遥か遠くまでつづいている。その壁は、僕の目の前にそびえ立っている。僕はそれをじっと見つめていた。太陽がその灰色の胴の壁面に反射して放つ金色の光を見ていた。この壁が、数年にわたり僕の自由を遮断していたのだ。それを憎らしく思い、すぐにでも、それを叩き壊してやりたいと思った……

突然――色鮮やかな鉄の扉に映じた自分の影が目に入った。これが僕の姿なのか？　これは一体何なんだ？　髪の毛は、ばらばらに乱れ、そこら中が泥と垢にまみれ、身体はこんなにも細長くなりゆらゆらし、両足はぶるぶる震えている……僕は飯を食わねばならないんだと考えた。――しかし、どこへ行けば飯にありつけるのか。自分の幽霊のような影をながめながら、ぐったりとして、門の前の鉄柵の上に腰をおろした……

――この世界は広大無辺なのに、この大都会に一人の友人すらいないのだ……どこに行けばいいのだ？　腹には何か入れねばならないし、夜はどこかに泊まらねばならない。しかし、一枚の銅貨さえ持っていない……

僕は身につけた服に目をやった。埃を一杯かぶって、もとの色さえ分からない。膝と袖口は破れて穴が開いている。足もとには布切れが垂れ下がっている。この服は僕がここへ入ってから――今日出てくるまで、僕の身体の上で、ずっと五年の歳月を過ごしてきたのだ。一本一本の糸に虱などが一杯住みつき、身体の垢で服はテカテカに光っている……

――僕には何があるんだ？　僕には、まだ生きていく命がある……生きていくとしても――どこへ行くのだ？　世の中は広大だが、僕を受け入れてくれるところはどこにもない！　僕には、どうやって生きていけばいいのか分からない……

僕はすっかり昏迷に陥り、すでに考える能力さえ失ってしまった。ここ数年で、僕の頭は、豚のように鈍くなってしまった。僕は、鉄柵に腰をかけ、人の群れがつぎつぎに押し合いながら目の前を通り過ぎ、車がつぎつぎに走り去るのをながめているだけであった……

「お前さん、行くがいい、行きなされ。しっかりやっていくんだぞ！」このやつれた声が、僕を呼び覚ました。老兵が鉄の扉を開ける時、僕にかけたくれたことばだ。僕は行かねばならないと思った。どうにかして生きる道を試してみて、ああ、何としても生きていかねばならんのだ！

僕は足を踏みだしたが、たちまち激しい痛みを感じた。脚気はさらにひどくなっていて、そのうえ、足枷を急にはずされ、足は軽くなったのだが、馴れていないようで、思いどおりにならない。おかしなことに足枷にこすられてできた傷痕が、この時また痛みだした。僕は、無理をしながら歩いていった。太陽がふり注いで温めてくれるのだが、習慣になってしまって、まだ両足は足枷を付けたままのように、地面の上を引きずっていた。

この都会はまったく見慣れぬ街になっていて、どこであれすっかり外観を忘れてしまっていた。通りの喧噪や、怒鳴り声、人と車と馬が水のように行ったり来たりと流れている。ビルはわがもの顔にそびえ立ち、空には縦横無尽に電線が走り、車のクラクション、電車の鈴の音、消防車の鐘の音、ラジオ、騒がしい喧噪が、この奢侈な都会に満ちあふれ、誰もがみんな、美しく華麗な衣服を身にまとっている。ああ━━僕はなんと、こうしたものとまた再会することになったのだ。

人の流れのなかを、苦労して足を引きずり歩きながら、喧噪と怒鳴り声は、僕をぼんやりとさせ、目の前に作られた巨大なものが、瞬時も停止することなく、絶えず揺らめいているのを感じるだけである。車と馬と人の形も見分けることができず、天地が回転するように、ビルが揺れるのを感じた。もう何の判断能力もなく、必死になって足を運ぶだけだった……

どこに行けばいいのか？　何も分からない、ただ昏迷状態のまま人混みのなかを歩くだけだ。しょっちゅう棍棒が、僕の頭を思いっきり殴りつける――この野郎！　車に轢き殺されたいのか……その声でやっと、僕は昏迷のなかから覚めた。殴られるのが、あまりにも日常のことだったので、侮辱も感じず、痛みさえ感じなくなっていた。しかし、目の前を驀進する車を目にすると、ここを歩くのは命がけだと分かって、身体を斜めにして狭い路地にもぐりこんだ――

この狭い路地は、高いビルの右手に沿って伸びていて、年中太陽の光が射しこまない場所で、冷たくて暗くて陰気であった。冷たい風が吹き抜ける。この巨大な薄闇に囲まれて、精神がすぐにハッキリしてきたので、頭を使って当面の問題を考えてみなければならないと思った。

真っ直ぐに削られた壁に沿って進んでいったが、足は依然としてしきりに痛むので、左手で壁を支えにして、力を分散させながらゆっくりと歩いた。この路地は大変静かで、道行く人はいなかった。

今はまったく自由になった。五年の間、囚われていた牢獄から釈放されて、再びこの世界を見ることができたのだ。しかし、この自由の楽しさも、すぐに消えてしまった。心のなかが突然空虚になり、何も残っていない。少なくともあそこにおれば、まだ食うものはあった。しかし今は――飯を食うことが重大事となり、あれこれ考えても――どうすれば、一杯の飯にありつけるか分からない――目の前の問題とは何なのか？　飯を食って腹を一杯にすることだけで、ほかには何もない。ただ飯を食う手だてを考えるだけだ。飯を食う自由がない、これでは駄目だ。飯さえ食えれば、生きていく対策も出てこよう……

僕は、ビルのコンクリートの階段に座りこんだ。前方の黒い壁が、僕の目をさえぎっている。そこには子供たちがチョークで描いた何かの絵があり、ひどい悪臭が鼻をつき、壁の隅には湿った小便の跡があった。問題は至って簡単である。ただ飯にありつければいいのだ。どこへ探しにいくのか？　僕の頭はこの一点で回転し始めた。友人はいないし、親戚もいない。どこへ行っても一銭の銅貨も手に入らない……働く？　こんな重い脚気に罹っていては、激しい動きは無理だろう……どうすればいい？　考えるほどにくらくらして――ついには耳元で、また荘さんの切れぎれの泣き声が聞こえてきた。目には監獄仲間の顔が浮かんできた……ついには、食べるものも、泊まるところもあった監獄が懐かしくさえ思えてきた。起ちあがった時、まだ飯を手に入れる方法は思いつかなかったが、どうしても生きなければならず、それには出かけるしかないと思った。僕は、どうしても生きていかなければならないのだ！

最後に僕は、あまり臆病であってはならないと思うようになった。五年前のあの溌剌とした頑強な精神は、九死に一生を得たこの身体のなかに、まだ残っているであろう。今や自由を取り戻したからには、また芽生えてくるであろう。長く肩まで垂れた枯れ草のように乱れた髪の毛を後に押しあげ、生命の力に励まされて、ついに僕は毅然として歩きだした――生きておれば、餓死することもないだろう……

精神を奮いたたせて、無数の大通りや路地、長い通りや短い路地を通り抜け、飯を食える場所を探した。しかし、昼から夕方、夕方から暗くなった夜まで、歩き回ったが——何も見つけられなかった。大通りにはすでに明るい灯りが輝くようになっていた。

多くの家を訪ねて、「お宅に、臨時の仕事はありませんか？」といった話をしても、「囚人か、幽霊みたいな奴だな。誰が、お前を雇ったりするもんか。こんなとこでくたばられたら、棺桶代を出さにゃならん！」こうしたことばが、陰険な顔付きとともに、投げ返されてきた。大きな商店や老舗の店を多く訪ねて、何か賤しい仕事でもさせてくれと願いでても、駄目であった。

僕は自分の姿かたちが、本当に幽霊そっくりであることは分かっていた。店の前の鏡を横切るとき、自分の姿を見ると、枯れ草のような泥の混じった肩までの長髪、痩せて骨だけが残った顔、高い背丈も、いまは細長い骨組みだけになってしまい、足のすねの部分にはむくみが出ており、歩くにも困難を来しておる。こんな姿で、誰が仕事をさせてくれるというのか？

数年前の僕は、頑強でがっしりした体格であって、こんなざまではなかった。大学のバスケットコートでも、数多くの女学生の憧れの的であった。そのころは貧しくはあったが、飯は食えた……しかし、なぜかは分からないが、なにか亡者に祟られたように……毎日硬い大餅《ダーピン》①を囓り、卑しい小部屋に住むようになった……さらにそのあとは、訳の分からぬままにあそこにぶち込まれ、五年を過ごした。どうしてなのか、自分でさえ今になっても分からない、今出てきて、飯を探さなければならないのに、誰も仕事をくれようとはしない。このままでは飢え死にしそうである。それは間もなくか、いや今すぐにでも……僕はまとまりのないことをあれこれ考えつづけた。にぎやかな夜市で、人にぶつかりながら、僕は何を気にしているんだ？　何か食べ物を手に入れなければならないのだ。僕は十数軒、軒並みあたってみた。モルヒネ患者とか囚人だとか罵られながら、僕は以前の何か——およそ学生時代の傲慢さといったもの——は、きれいさっぱり削ぎ落としてしまった。飯を食うため、これが何よりも重要なのだ。最後に、怒鳴られながら、二個の硬い餑餑《ポーポ》②を手に入れ、腹に詰めこんだ。この時、明日のことなどは考えられず、考えようともしなかった。ただ自分でも分かっていた。今日の腹が満たされれば、こん畜生！　後はどうでもいいんだ、と。そこで、夜市のなかを、でたらめに歩き始めた。脚気は、痛みが激しかったが、くたばりさえしなければ……僕は足に任せて、この通りからあの通り、あの通りからこの通りと、歩き回った。都会の夜は、こんなにも贅沢、浪費、淫猥……であったのだ。紳士や令嬢のそばに近寄ると、かれらは鼻を覆い、僕から遠ざかり、「アレー、化けものよ、あたし怖いわ！」と驚きの大声をあげた。僕は、今日の腹が満たされれば、後はどうでもいいのだと、驕り高ぶる気持ちになった。紳士や令嬢の恐ろしそうな顔付きを愉快そうにながめ、仇討ちをしているような気持ちになった。かつては警官にこっぴどく足蹴にされたこともあるのだが……明日どうなるかは考えない、今晩は腹が減ってないのだから。しかし、このように行きつ戻りつ足を引きずっているうちに、大通りには誰もいなくなってしまった。どこに泊まっていいのか分からない。こんな夜中に徘徊していると、警官たちの目が厳しく張りついてくる。それでも僕はゆっくりと、疲れきって痛む足を引きずっていくしかないのだ。

道路では、薄暗い街灯のほのかな光を除いては、商店はみんな明かりを消してしまった。どうしても一晩泊まる場所を探さねばならない。宿賃はない、五銭の金もない。道端の木の下にあるベンチを考えたが、そこはすぐに見つかってしまうだろう。幸いなことに、この時期の天候は暖かで、一晩ぐらいならどこでも籠もることはできるだろう。ついに僕は、ある大銀行の隅にあるコンクリートの階段に横になった。監獄のオンドルの冷たさとちょうど同じぐらいで、僕にとっては快適に感じられ気に入った。足の痛みがひどくて眠りにつけず、眼を閉じてうつ伏せになった――そこは真っ暗で、警察の目に付くこともないだろうと思った。

翌日、尻の痛みで目が覚めた。目を開けると、硬い革靴がしっかりと目の前の地面を踏みしめているのが目に入った。革靴は黒くて大きい。この革靴が思いっきり尻を蹴りあげたのだと分かった……「おい起きろ、この野郎……モヒ患者、ここは貴様なんぞが寝る場所か?……」太いしわがれ声がして、靴がちょっと動いたので、僕は起きあがった。こいつは銀行の警備員で、僕は軽蔑の眼を投げつけてそこを離れた……「すべすべしたところで、ゴミ箱のなかよりましだったろう……」このように言って、その男は、革靴で移動し、行きつ戻りつする靴の響きを聞きながら、僕にむかって傲慢そうな笑顔を浮かべた……

なんと、なんと――僕は二日目の太陽をまた目にすることになったのだ……

そこで一日中、僕は街で仕事を探した。何も見つけられないのは分かっていた。しかし、たとえ見つかっても、決まった場所に泊まれることにはならない。そこで相変わらずこの通りからあの通りへと訪ね回り、腹がへると何か食い物をねだった。天気は暖かで、この袷の服も熱くなってきた――夜には、路地や商店の石段で寝た。しかしいつも、革靴によって蹴りあげられた。

人足市場では、無数の労務者が列をつくり、力仕事にありつくのを待っていた。僕も毎日一度は出かけていった。それは陽の光も射さない小さな路地で、ゴミと人糞が一杯積みあげられ、道路はいつもぬかるんでいた。陰気で軒の低い土壁の家、尻を丸出しにした泥水まみれの干からびた子ども、袋のような乳房をぶら下げて、胸をはだけている女、破れたシャツを身につけている若い男、貧困と飢餓に追われて、みんな一か所に集まってきたのだ。このまわりは、立ちのぼる臭気と、腐った泥、人や動物の便と尿の臭いに取り囲まれている。

一緒に集まっているので、みんなは顔なじみで、お互いに談笑している。腹をすかしてはいても瀕死の顔付きをするわけでなく、大きな口を開け大いに罵り、声を張りあげ大笑いする。女の身体について詮索し、仕事中の面白い話をしている。じめじめした土の上で、二人が突然取っ組み合いの喧嘩を始め、転げまわり、喧嘩が終わるとまたみんなで大笑いをする……ここには何か特別な力がある……僕も絶対に絶望しないぞ、と思えるようになった。

働き盛りの男が、低い入口から、小さな包みを手に持ってでてきた。女房は家のなかで泣いている。みんなは、事情を充分呑みこんでいるような調子でたずねた「くたばっちまったのか？　厄介もんは捨てるんだな！」その男は無表情のままに頷いた。みんなも憐れむわけでもなく、悲しむわけでもない――自分たちの飯のために、生まれたばかりの赤ん坊が、その父親の手で命を絶たれたことを、僕は知っている……こんなことは、かれらの間では、極めて普通のことになっていた。

「飯を食えない人間が、子どもなんぞ養えるんか?」

ほかにも、人びとに不道徳と見なされている事柄はたくさんある。例えば、一銭の金のために、女房が夫の目の前で、別の男に抱かれることもある。飯のためなら、かれらにはどんな破廉恥なことも許される。これらの人の間では、人類の規律や感情は、完全に否定されるのだ!

ここには、こそ泥、失業中の労働者、左官屋、各地から逃げてきた被災者、また釈放されたばかりの多くの囚人、乞食もおれば、女や十数歳の子供もいる。ある種の運命が、みんなを一つに繋いでいるのだ……かれらは、日雇いのお得意さんが選んでくれるのを待って、昼間はあちこちに出かけ、夜になると戻ってくる。しかし、仕事が見つからないものもいる……これ以降、僕もかれらと少しずつ親しくなり、互いに事情をたずねあったりした……

どうすればいいのか? 誰にも方法はなかった。誰かが誰かを助けるなんてできやしない。僕は、相変わらず毎日、城内へ出かけていった。

以前僕が住んでいた張り板の壊れた建物と、斜めに傾いた階段を目にすると、いつも心に何か衝撃を受けたようになった。今その部屋には、二人の女性が出入りしていた。

ある晩、雨が降っていて、僕は一人で、細い路地に入ってみた。雨を避けるか、泊まれる場所を探すためであった。路地は真っ暗闇で、手を伸ばしても五本の指さえ見えないほどである。僕はぬかるみに足を取られながら手探りして、壁に手をつき体を支えながら歩いていった。足の痛みは一層ひどくなり、酒に酔ったように身体を歪めながら進んでいった。目の前は一面の暗闇で、暗黒しか目に入らず、前方には一筋の灯りさえなかった。

しかし突然、二本の手が強く僕の腕を引っ張り、しっかり立っておれずに、相手の懐にドサーッと倒れこんだ。それは女だと分かった。垂れ下がった氷のように冷たい乳房に、手が触れたからである……

「いらっしゃいよ。」彼女は、精一杯媚びた声を作ったが、その声は泣いているようであった。彼女は、僕の姿をはっきり見たわけでなく、酔っぱらいと思ったのかもしれない。しかし彼女は運が悪かった。すぐに僕は彼女の職業が分かった。その顔を見ようとしたが、僕は強い近視で、青白い顔立ちを前方に感じるだけであった。しかし、このとき彼女の方は、はっきり僕を目にした。僕は手を放し、何か声をかけようとしたが、彼女は顔を覆って悲しげに泣きだした……

泣くのは当然だ。僕は大きな失望を与えたことを恥じた——三日間、腹に何も入れていないのかもしれない。病気で、母親がオンドルに寝こんでいるのかもしれない。あるいは、夫が亡くなったのかもしれない……

僕は低い軒下に立っていることが分かった。雨はまだ降っていて、彼女は泣きやまずに嗚咽している。

「どうして泣くの、僕は……」

「行ってちょうだい。かまわないで……」

「ご主人は？……」こうたずねたのは、これを機縁に、部屋に入れてもらい雨を避けようと考えたのだ。それ以外にも、この女を抱ければとも考えた――どのみちこの闇夜では行くところもない……

「主人……、主人は……監獄です！」さらに激しく泣きだしたが、その口調には言いしれぬ憤りがこもっていた。

「監獄って？……。どこの？……」

「監獄はいくつもあって……つまり……どっかの監獄のなかなのよ……」うしろをむくと、彼女は部屋のなかへ入った。僕も後につづいたが、部屋に灯りはなく、隅にいる子どものいびきが聞こえた。そのいびきからして、この部屋には少なくとも二人の子どもがいることが分かった……

部屋はたいそう狭く、彼女が腰をおろしたので、僕はたずねた。

「かれの名前は何というんです？　そして、あなたの名前は？」

「荘です……」その声は、重い金槌のように、ドカンとわたしの心に打ち下ろされた。心は突然波うち、頭のなかに響き渡った。前方の暗闇が旋回し始めたかのようにさえ感じられた……

彼女はかえって落ち着いてきた。その時、切迫したあえぎを耳にした。その子はきっと重い病気に罹っていることが予測された。突然、別の子どもが夢のなかで叫んだ。「母ちゃん、とってもお腹が空いたよ……」

「荘という名前でしたか？」跳びあがりそうになりながら僕はたずねた。ことばはなく、暗闇のなかで頷くのが感じられた。すると、そうするとかれが、あの……

彼女は落ち着いたまま、ゆっくりとしゃべった。

「あの人は監獄のなかです……昔は労働者でした。労働者は、あんたも御存じのように……腹を空かせてばかりいるんで……毎日きつい仕事をやって……そのころ、母さんはまだ生きていて……しかし長い年月……病気でオンドルに寝たっきりで、三番目の子どもが生まれたばかりの時、……母さんの病気がひどくなって……一日中、ウンウンと呻き声をあげて……誰もどうすることもできず……あの荘さんは孝行もんで……その時やっと……夜戻ってきて母さんの様子を目にすると涙を流して……自分が何もできないことを罵って……母さんに孝行するといっても……お金がないと、どうしようもないのよ……母さんもあたしらも腹を空かせて……病気で何か食べたいと思っても……しかし、どうして手に入れるの？……荘さんは自分の頭を叩きながら罵って……見てる間に、母さんの病気がひどくなって……あの人は、何か急に慌てだして……工場に行って工賃の前借りをしようと……しかしよそ様は、そんなことに構ってくれやしないわ……誰が母さんの生き死にに気を遣ってくれるもんですか……あの人は焦って、もう少しで会計帳場で人と争うところだったの……次の日、次の日には工場を首にされてしまって……母さんもこの日に亡くなったの……オンドルの上に真っ直ぐ横たわったまま……あの人は母さんを抱えて大泣きし……まるで気が狂ったように……駆けだしては駆け戻り……工賃もなくなり……考えてもみてよ、あの人はどうすればいいの？……母さんは棺桶に納めて埋めなきゃならないし……大人も子どもも飯を食わなきゃならないし……いずれにせよ、あの時、あの人はもう気が狂っていたのよ……夜に出かけていったまま、戻ってこなかった……あたしゃ子供を産んで、産褥についたままだし、子どもたちはあたしを囲んでワーワー泣くし……母さんの遺体はオンドルの上だし……母さんの遺体はべつに怖くはなかったけれど……荘さんが何かしでかすんじゃないかと心配だったわ……やっと空が明るくなったころ……西隣りの二貫が消息を伝えてくれたの……荘さんが警察に護送されて監獄に入るのを見たと……どうしてなのかは……あたしにゃ分からない……会計帳場の人を殺したんだという人もいるし、あの人の身体に付いた血痕を見たという人もいるし、大通りでよそ様の女もんのハンドバックを奪ったんだという人もいたわ……」

こうしたことは、荘さんが僕に話してくれたことで、この女の悲しそうな口調で語られる話を聞きながら、暗闇のなかで涙が彼女の睫毛からこぼれるのが見えた……

「僕は、たった今そこから出てきたばかりです。荘さんは僕の友人なんです！」今晩こんな不思議な出会いを経験して、本当に驚きで身体が震えた。何ものが彼女――荘さんの女房と引き合わせてくれたのか？思いもつかず、分かりもしなかった。僕は震え声で彼女に告げた。彼女は跳びあがって、僕をつかみ、荒い息を吐きながら、狂ったようになった。

「あの人を知っているって？　あの人は、まだ……まだ生きているのね……どんな様子なの？……あの……あの人はどんな……」

彼女にどう答えればいいのか？　彼女は、懸命に僕の襟を引っ張り回している。死刑の判決を受けたとはどうしても言えなかった……

「あの人はまだ生きています……まだ元気で……まもなく、まもなく出てくるでしょう……」このことばは、新たに生活をやり直しできるかのような喜びを彼女にもたらした……

「本当に天のお助けだわ……荘さんがもうすぐ出てくる……誰があなたをここへ寄こしてくれたの？　こんな話を教えてくれて！　ああ……ああ……神様！」

これ以上、僕は何も言えず、彼女を少し落ち着かせた。続いて彼女は、ウーウーと泣き出した。訳が分からなかったが、彼女は大声で話し始めた……

「荘さん、……あたしの受けた苦しみを聞いてよ……あんたが出ていって……母さんの遺体はオンドルの上……どうすればいいの？……どうにもならない時には、ただ泣くしかないのよ……子どもたちはあたしのまわりで泣き叫ぶ……神様、結局は……借金をして……棺桶を買って……人を雇って運び……あの人を埋めて……おしまいよ……どうしてあんたのことが忘れられますか？……一日中街へ出かけて探したわ……どこにいるの？……牢屋に入って死んだのかと思ったわ……とことん泣いたわ、でも泣いても何の役にも立たないのよ……まだ三人の子を養っていかなきゃならない……お金はないわ……どうするの？……子どもとあたしは腹を空かせたまま暮らしたわ……あなた、分かってくれるの？……働く場なんてないし……あたしに何ができるの？……できることは……荘さん、あなたには申し訳ない……申し訳が立たないわ……女は肉体を売って稼ぐ以外に……三人の子どものために……あたし、あたしは申し訳ないことは分かっていたんだけど……こんな卑しいことをして……荘さん！……あなたには……どっちにしろ、あなたには申し訳が立たないの……あなたの小さな子も死なせてしまって……かわいそうに……生まれてまだ二十日だというのに……お乳をあげられなくて……あたしも病気で……結局、ひっそり死んでいったわ……死んで、ゴミために捨てたの……今は二人……幽霊みたいだけど必死なのよ……一人は病気がひどくて……荘さん！　聞いてよ……まだあるの……借金を返せと、一日中責められるの……そんな力はないわ……あたしには……高利貸しは……目が飛び出るほどの高い利息なの……返せない……あなたは、あたしの人よ……あいつは、別の男に近寄ったら駄目だというの……一晩が、その日の利息なの………いつの日か元手を返して、やっと放してもらえるの……しかし、お金はくれないわ……こっそりくすねて、一、二銭手に入れるの。子どもは一日中わめいてばかりで……あいつは毎日やってくるの……わしの金をお前にくれてやってるんだぞって……荘さん……荘さん……あたしには力がないの……今は……高利貸しは、好き勝手にあたしの体を踏みにじっているの……あたしどもは、ご飯さえ口に入らないのに……誰があたしを女だというの？……神様なの？……荘さん……あなたに申し訳が立たないわ……」

彼女は、悲痛な叫びをあげ、その叫び声は、僕の涙を誘った……荘さんは、僕の目の前で死刑の判決を受け、女房は売春しながら、高利貸しに力ずくでほしいままにされている。借金を返す金がなければ、人肉を金として売るのだ。しかし、なぜかは知らないが、何かの祟りのように、大雨の夜に、彼女は僕に出会った……僕に何か手だてがあるのか？　彼女は今日まで、少なくともここ二、三日は満足に食べていないことが分かる……あれこれ考えると、僕の心は痛んだ。僕らはみな一緒なのだ。彼女を助けるどんな力があるというのか？　彼女の嗚咽する泣き声は、針で突くように、僕を傷つけた。憤怒の炎が燃えてきた。太った高利貸しが、この羊のような女性を、ほしいままに蹂躙している場面が幻影となって浮かんできた。急激に心が激しく波うった……

巨大な暗闇が、徐々に僕を重たく押しつけ、目のなかで星がチカチカした……

僕の目の前にいるのは、獄中仲間の女房である。しかし、この出会いの唐突さに驚いている場合ではない。僕たちの周りでは、至るところでこうした悲惨な出来事にぶつかるのだ。みんなは、運命によって一本の鎖に繋がれており、そこで呻吟し、号泣している。夫は死を待つ囚人で、女房は売春し、野獣の毒牙のもとに踏みつけにされ、子どもは重い病気に罹っている。これはごく普通のことではないか、これはごくごく日常的なことだ。しかしまた、これほど悲惨なことがあるだろうか？……

彼女は、相変わらず切れぎれに泣き声をあげている。つながれた子羊の首に、屠殺用の包丁が押しつけられたかのようで、羊は恐れ、震えている。そんな情景が浮かんでくるようであった……

慰めのことばは一言も思いつかなかった。慰めが何の役に立つのだ？　今、彼女に必要なのは、慰めではない。……僕はただ、狂ったように髪の毛をかきむしった……

暗闇のなかで、子どもは、ゼイゼイと息を切らしている。もう一人は泣きやみ、疲れて眠ったようだ。

彼女は、突然跳び起きて、僕を引き寄せ、くどくどと質問してきた。荘さんは獄中で元気だったか？　健康だったか？　虐められたりしなかったか？　どんな服を着ていたのか？　いつになれば出てくるのか？

と。

　もし僕が、荘さんには死刑の判決が下されたと言えば、すぐさま彼女は壁にぶつかって死んでしまうだろうことが分かった。僕は、口から出任せを言いながら、彼女をオンドルの上に押さえつけた。彼女は僕の手の下で痙攣していたが、僕はこの暗黒の部屋をあわただしく飛びだした。あの泣き声が恐かったのだ……

　歩きだすと、冷たい雨が身体にふりそそいだが、精神はハッキリしてきた。しかし、女の泣き声が耳元に残り、五臓六腑がかき回され、ひたすら腹が立ち、僕も泣きだしたくなった。

　ひと固まりの暗闇が、前方で揺らいでいるのが見えるだけで、足はぬかるみに取られ、雨は身体を叩き、身体を斜めに傾げながら進んで、石段の上につまづき転んでしまった。

　次の日に、女の所へ行ったが、彼女は不在で、やせ細り干からびた子どもが、汚れた硬いオンドルの上で喘いでいて、もう一人は、痴呆のようにぼんやり座っているだけであった。その顔には、天真爛漫な活発さは見られず、飢えが痴呆のように変えてしまい、動こうとも、話そうともしない。僕の頭は、天井まで届き、蜘蛛の巣だらけで、部屋のなかは、暗闇と冷気に満たされていた……

　僕は、父親のような慈愛を込めて二人を撫でてやったが、上の子どもは、ぼんやりと僕をながめるばかりで、かれの経験では、初めての人を恐れることもないのだろう。それから、通りで盗んできたばかりの二枚の焼餅《シャオピン》③を取りだして、かれらに与えた。

　三日目の夜、またこの路地にやってきたが、意外にも、真っ暗な窓から一筋のか細い光が漏れていた。軒下に立って耳を傾けると、室内から、男のしわがれた低い声が聞こえてきた。彼女は尖った声で泣いていたが、しばらくすると、室内でにわかに取っ組み合いが始まった。窓口からなかを見ると、小柄な男が、彼女の身体に馬乗りになって、雨だれのように拳を打ち下ろしていて、彼女は、かすれた喉で激しく罵っていた。この男が彼女の言っていた奴だと知って、怒りが心の底から燃えあがってきた……

こんな身体では、この男の相手にはなれない。こんな重い脚気では、ちょっと押されただけで、すぐ倒されてしまうであろうことが分かっていたので、隠れて部屋に入った。壊れた古い陶磁器が壁の隅に置いてあった。かれら二人には気づかれていない。僕は、これを持ちあげたが、怒りで両手が震えた。かれの背後で、それを差しあげ、最大の憤りと力を込めて、上をむいているかれの後頭部に叩きつけた……

かれは、女の身体から転げ落ちたが、陶磁器の破片が頭蓋骨に食いこんでいるのが見えた。かれは血で真っ赤になり、もがいて起きあがろうとした。僕は、人が死んでいく時の目の様子をはじめて見た。僕に殴りかかろうとしたが、かれには、僕と殴り合う力がないことは分かっていた。僕は身をかわしたが、かれは力を入れすぎていたので、そのまま、頭を壁にぶつけてしまい、動くにも動けないまま、そこに横たわっていた。

翌日の朝、また僕はあの大きな鉄の扉のなかに入っていった。ここを離れていたのは十日間に過ぎない。門番の老兵は、僕にむかって頭を振ってため息をもらした。

二月十八日、一九三八

【訳　注】

① 「大餅」小麦粉を溶いて薄く延ばして焼いたもの。北方では主食の一つとなる。
② 「餑餑」小麦粉を丸めて作った菓子の類。
③ 「焼餅」大餅と作り方は同じだが、こちらの方が小型である。

作品解説

袁犀（一九一九年八月〜一九七九年五月、二〇年生まれという説もある）は、遼寧省瀋陽の生まれ。本名・郝維廉、筆名には瑪金、郝赫、梁稲、呉明世などがあり、一九四七年以降、李克異を使用する。一九三三年、奉天第二中学校に在学中、「日本語講演会」（弁論大会）の席で、日本語教師から二人一組の日本語会話を演じるように指名されたが、二人は示し合わせて壇上で一言もしゃべらなかった。そのことで退学処分を受け、その後は北京と「満洲国」の間を往来していたが、一九三九年に北京で共産党地下党員傅岩に出会い、かれの指導を受けて、自動発火装置を使った抗日爆弾テロを「満洲」の大都市で繰り返した。一九四一年一一月、友人山丁の紹介で、北京武徳報社編集部長の柳龍光を頼って、同社の社員に採用された。これ以降、かれの作家活動は北京に移ることになる。したがって、袁犀の創作活動は、北京時代のほうが旺盛であったと言える。「満洲国」時代の唯一の短篇小説集として『泥沼』（文選刊行会、一九四一年一〇月）がある。

一九四三年八月に東京で開かれた第二回大東亜文学者大会で、かれの長篇小説「貝殻」が、第一回大東亜文学次賞に選ばれた。しかし、この授賞にたいして批判が続出し、主催者であった日本文学報国会は、事務局長・久米正雄を北京に派遣し、袁犀に代わる候補作の作家三人に、賞を授けることで事態の収拾をはかった。しかしその後、「偽満作家」、「大東亜文学賞受賞作家」という汚名は、かれについて回ることになる。

作品「十日間」（原題「十天」）は、最初雑誌『明明』（一九三八年三月、未見）に掲載され、その後、上記『泥沼』に収められた。また八〇年代に入って出版された『晩晴集——李克異作品選』（北京出版社、一九八二年九月）にも採録されている。

「在満」中国人の作品を読んでいて、いつもその作家の若さに驚かされるのだが、この「十天」も、袁犀一八歳での執筆である。中学校を退学となり、定職も持たずに北京や奉天の街を流浪していたころの体験が素材になったと思われるが、大都会の裏に潜む極貧世界の描写は、一八歳の若者の作品とはとても考えられない。作家としての才能の片鱗をうかがわせる短篇である。

なお、作中に獄中生活が点描されるが、袁犀も北京に出た後、一九四二年一月に過去の行動を怪しまれ、特務機関に逮捕される。その六ヵ月間の留置場体験は、「獄中記」（『文化報』半月増刊号、一九四八年五月四日〜連載）として、まとめられていることを付け加えておく。

〈参考文献〉

李士非等編『李克異研究資料』（花城出版社、一九九一年五月）
岡田英樹「大東亜文学賞授賞の波紋――袁犀『貝殻』を読む」（『続位相』）

ある街の一夜

関沫南

関沫南（かん・まつなん／グワン・モーナン）
一九一九年一一月〜二〇〇三年一一月。吉林省永吉県小蘭屯に生まれる。本名は関東彦。筆名には泊丐、東雁、莫雁、路以、袁靖、季菜などがある。本作は原題「某城某夜」。初出は『小説家』（芸文志事務会、一九四〇年一二月）。

一

かれは、しばらくは口をきかずに、その間、目を窓の外に移していた。すでに静かな暮色が、古い街の頭上を覆っていたが、遥か遠い空のかなたはまだ一面に澄み切っていた。高い上空を、淡い色をした水鳥の群れがゆるやかに飛び、旋回しながら、街の農民居住区から、郊外の草原を流れる小さな川の方へと、弧を描いて飛んでいった。川の流れは静かに、陽の光の下を軽やかに流れている。両岸には名もなき赤い草花が生い茂っている。春の郊外の野原①には、腰を曲げて野菜を摘む、貧しい女たちのシルエットが浮かびでている。それはぼんやりとはしているが、姿、形ははっきりと目に映る。

古い街では、大男のものぐさな態度そのままに、不揃いに並んだ老木に、この古い街の歴史を歌わせているかのようであった。川岸に建てられた一軒一軒の草葺きの家屋や、通りに沿って雑然と立ち並ぶ商店の瓦屋根を見て、かれには昔の記憶が呼びおこされたが、それは実に回顧するのも難しい、悠久の時の流れであった。自分がこんなにも久しく、放浪することになろうとは思わず、さらには十年もの間、気心の知れた付き合いをしてきた旧友陳柏陽が、この海に近い省[2]にあって、遠くまで名の知られた富豪になっていようとは思いもしなかった。これまで数年の間離別し、再び戻ってきた今日、ともに幼年時期を過ごした幼なじみであったが、それぞれの立場の違いから、問題の確執が生じていた。

怒りからなのか？　あるいはみずからの意志によってそうしたのか？　話し合いがまだ完全には終わっていないのに、かれは部屋にいる主人を放ったまま、窓に凭れて外の風景を見下ろしていた。この時かれは、詩の世界のような軽やかな気持ちなのか、それとも憂鬱で不愉快なのか、自分でもよく分からなかった。しかし、問題がこじれて激論になると、かえってかれは、悠然自若たる態度で、一言も口をきかず、物事を観察するような態度を取るので、これがまた、ここの主人の大いなる不興を買うことになった。

しばしの沈黙のあと、主人は溜め息まじりに呼びかけた。かれは気のない態度で顔を振りむけた。

「恵明、やっぱりお前はもう少しよく考えた方がいいぞ――」

主人の顔色は、少し恥ずかしげであったが、落ち着いた態度で言った。

「わしらは、幼いころから一緒じゃった。ここ数年は長く別れていたが、わしらの友情は決してそれで疎遠になったわけじゃない。今日お前がやってきたが、実のところ、お前も鉱山にいたとは、まったく知らなかったんじゃ！　わしが労働者を虐待し、鉱山では熱病が流行《はや》っていて、労働者の死傷者も多いとお前は言うが、わしにもどうしようもないんじゃ。天地の神と良心にかけて言わせてもらうが、ここ数年、鉱山は本当は赤字なんじゃ。鉱山を拓くために、街の西方一帯の土地をすべて売り払い、家産の十分の三も注ぎこんでいるんじゃ。もともと、見切りをつけて撤退することも考えたんじゃ。しかしわしも、飢えと寒さに泣き叫ぶ奴らのことを考えてはいるが、かれらの生活の面倒まで見切れんのじゃ。じゃから、わしも一日でも頑張れるもんなら、頑張りたいと思っとる。わしは他人に無理なことを求めん代わりに、無理な要求をされることも願いさげじゃ。お前のさっきの話は、ちっともわしのことを考えてくれてないじゃないか！」

主人の再度の言い訳は、恵明の心を動かすことはなかったし、かれは相変わらず窓枠に凭れて思いに耽っていた。そうしたことばは、一言もかれの耳に入ることなく、速やかにこの部屋のなかで消えてしまった。

しばらく時間をおいてから、若者は口を開いた。

「あんたは当然、鉱山からどれぐらい収益を得ているのかを正確に言えないだろう。しかし、労働者の働きだけでは、衣食を保障し切れないから、早晩、あんたは致命的な打撃を蒙ることになるだろう！」

それを聞いて、主人の目はくるりと動き、狡猾な笑いを浮かべただけであった。

「お前は言いたいように言えばいいさ、わしの苦労は天のみぞ知るってわけじゃ！」

そう言いながら、かれは悲しみに堪えぬように溜め息をついた。あたかもかれの苦労は天のみが知るかのように。

この時恵明は、重要な話題を突然思い出したので、決然として頭をあげた。

「よし、この件については、今はもう話さない。俺が今回やってきたのは、もともとがあんたに温情をかけてもらうためではないんだ。あんたが自分のために、搾取の節操を上手に守っていることは分かった。鉱山の件はここでおしまいにしよう。あんたに頼みたいのは、なんとかして李志命を出してやってほしいんだ。かれは俺の親友で、以前、俺と同じように鉱山からあんたの所にやってきた。もしあんたがまだ友情を感じてくれているんなら、親友という二文字が、あんたの口に残されているんなら、俺のこの要求を呑んでほしいんだ！」

ここまで言うと、にわかに主人の顔色が変わるのが分かった。かれは、恐ろしげなまた厳粛な態度で、恵明にむかって、半ば真面目に、半ば見せかけといった風に口ごもりながら言った。

「あいつのことを口にしちゃだめじゃ。本当のところを話しているんじゃ！　この街で、あいつと友情があったなどと公言すれば、それで充分法規に触れるんじゃ。あいつは匪賊だということを、お前は知っておくべきじゃ。それはまったく、わしとは関係ないことで、前にあいつは、恐いもの知らずの態度で、わしのところへ訪ねてきやがった。やむを得ず、わしもちょっと手を打って、あいつの目を覚ましてやったんじゃ。一人を罰しておかんと、百人の見せしめにはならんからな。こんな奴を、わしの鉱山に置いておくわけにはいかんじゃろ！」

ずる賢い微笑が、かれの得意げな顔に浮かびあがった。かれは冷酷な眼差しで、部屋の隅にあるテーブルの上に目をやった。そこには、精緻な彩色が施されたいくつかの古い磁器が並べられていて、かれの視線はその薄紫色の花模様の上を少しさまよい、口元には満足げな冷たい笑いが浮かんだ。湖州絹で作られたちぢみ織りの着物③の大きな袖をまくりあげ、襟についたタバコの灰を払い落とし、いつものように右手で顎髭をひねりながら、窓際に立つあの若者にそっと目をやった。

怒りのなかでも沈着で、恐れる風もないかれを見て、目玉をくるくる回して、またあふれんばかりの笑顔を作った。少し目を閉じて考えをめぐらし、あわてる風もなく最後の考えを口にした。

「李志命は、自分個人のことでもないのに、何をわざわざ苦労するんかね。とどのつまりは、牢屋に囚われの身というわけじゃ。ちょっとでも道理をわきまえたもんなら、あんな馬鹿なことをするはずがない。恵明、わしらは古い親友じゃ。ここ数年、お前が他所で走り回って苦労してきたことは、わしも知らないわけじゃない。暑さ、寒さ、風や霜、そんななかでは、誰もが部屋の温もりや温かい飯を求めるもんじゃ。そこで今度、わしはお前に戻ってきてもらい、鉱山の帳場で事務を執ってもらう積もりなんじゃ。労働者と一緒にいるより、ずっとましじゃろう。お前の考えは分からんが、どうなんじゃ？」

恵明は口を開かず、またかれの方を見ることもなく、ひたすら憤怒の炎を燃やしていた。

「毎月六十元出そう。それ以外にも、月々少なくない収入が入るじゃろう。もしお前が望むんであれば、鉱山にある二箇所の売店も、お前に任せるよ。そっちの報酬金などは、その後の営業状況をみてお前が決めればいい。もし山での生活が長くて寂しくなれば、わしん所の女中から、好きに二人選んでいけばいい。要するに、わしらは親友なんじゃから、どうにかしてお前のためにと思ってやっているんじゃ。鉱山できちんとやってくれさえすればいいんで、しょっちゅう事件を起こされることはかなわんのじゃ！」

しかし恵明は、かれの話をさえぎって、

「話を止めてくれ、あんたはまったく勘違いしている。俺の来たわけを知らないはずはないだろう！」と言った。

知謀にたけた主人は、少しも脅しに乗らず、あわてず騒がず、元通りに話をつづけた。

「分かっちょるよ、よう分かってる！　もしお前が、こんな悪辣なことは山に戻っても説明のしようがないと思うんなら、別の方法を考えてやるよ。いま言った話を誤解しちゃいけない。お前の意見を聞いたんであって、どんなことでも、ちゃんと相談すべきで、この話を一回で打ち切ると言うんかね？　月給は毎月百元出そう。これでどうかね？」

かれは頭をあげて、頼みこむような目付きで恵明の同意を求めた。この若者が何も言わないので、今度は黙認したものと考えた。そこで、笑みを浮かべて、物慣れた仕草でポケットから札束を取りだし、そっとテーブルに置いた。

「これは三百元じゃ！」そしてこう言った。

「山に戻って困った時には、これを用立ててくれ。因縁をつけて絡んでくる奴は、もともとこのためなんじゃ。奴らはこれを見れば、蝿が血を見たのと同じなんじゃ。しかし、うまくやらねばならん。先頭に立つ奴をおとなしくさせれば、うしろについて騒いでいるほかの奴らは、文句も言わずに退散する。空手形を出してやる必要もない。恵明、お前が何でもわしより才能があることはよく分かっておる。これで、しばらく手を引いてくれ。」

テーブルから札束を手にして起ちあがると、恵明の前に来て、得意そうな笑みを浮かべて手渡そうとした。

恵明は、すばやく奪いとると、その束をテーブル上の古い磁器にむけて投げつけた。

力を入れすぎたので、大きめの花瓶が床に転げ落ちて壊れ、紙幣の束も壁の隅に飛び散ってしまった。

「あんたは夢を見ているんだ。目がすっかり見えなくなってしまってるんだ！」

恵明は、足を大きく踏みだして、ドアの外へ出ていこうとした。敷居まで来ると、主人は狂ったように行く手をさえぎった。「わしは、何度もお前に頭を冷やすようにと頼んだんじゃぞ、王恵明！」主人は苛立った様子で叫んだ。

「李志命が良いお手本じゃ！　お前までが感情に任せてやっちゃおしまいじゃ。お前はあの花瓶を壊したが、いくらの値打ちがあるのか知ってるんか？　わしの屋敷で物を壊しておいて、どんな罪にあたると思うんじゃ？」

かれは乱暴に恵明の襟をつかんだ。

「お前さん、お前も知っておろう、この陳柏陽さまは一筋縄ではいかぬ男じゃということを？　お前という奴は……」

二人が取っ組み合いをしていると、廊下をあわただしく一人の男が駆けてきた。年老いた使用人の楊剛であった。

かれは陳家の先代からの使用人で、王恵明は幼いころからかれを知っていた。鉱山からこの古い街にやって来た時には、まずかれの家を訪ね、かれの手引きによって柏陽に面会したのであった。

楊剛は部屋に入ると、穏やかな巧みなことばで、すぐに主人に手を下ろさせ、恵明には元どおり書斎に座らせた。それからひょろひょろとした足取りで主人の前に行き、しきりに都合のいい話を聞かせた。かれのよぼよぼした態度は、人の心を動かした。かれは、あまり上手くない口ぶりと震える声で、昔の古い事柄を語り、威光と人徳を持ちだして、主人に縷々説明し、若者のせっかちさを理由に恵明をたしなめた。主人の顔がやっと少しずつ平静になってくるのが分かった。

うんうんと相槌を打ちながら、主人はかれの耳元で一言二言ささやき、廊下の方へ歩み去った。

足が敷居にかかった時、主人はいまだ怒りが収まらぬ様子で、厳かな語気で振り返って言った。

「こ奴はさもしい労働者に過ぎん。わしの邸宅で度胸よく、無礼な振る舞いをしよったが、お前さんは、こ奴に冷静に考えさせるんじゃな。さもなくば、この街を出ようとしても、恐らくそいつは難しいじゃろう!」

二

「恐らくそいつは難しいじゃろう!」

王恵明は、窓枠に寄りかかり独り言を言いながら、もの思いにふけった。

部屋のなかは徐々に暗くなっていった。年老いた使用人の楊剛はすでに去り、長い時がたっていた。周囲は静まりかえり、何の物音もせず、部屋の外の廊下には、たまに行き過ぎる人はあるが、かすかな足音をさせるだけであった。少し遠くの大広間から、談笑する声がかすかに聞こえてくるが、そのほかには、あたり一面に静寂さが残されていた。

窓の外にある高くて大きな槐の木は、暮れ方の風に揺すられて、葉っぱがカサカサと鳴っていた。恵明は、それを見つめながら、静かに考えていた。いまさっきの楊剛の言葉が、まだかれの耳元で揺れている。

「お前さん、あの人がさっき言ったとおりのことをなさるとなれば、人を出してあなたを監視させなさるでしょう!」

あの真面目で温厚な年老いた使用人が、ほの暗い部屋のなかで、低い声でこっそりと話してくれた声を聞いたような気がした。

楊剛は先ほど、あんなにも親切に忠告してくれた。意固地になってはいけない、馬鹿げたことをしてはいけないと。かれが、しばらくは陳柏陽の言葉を受け入れたふりをして、脱出を謀ろうと考えた時、楊剛はまた、脱出できない理由を話してくれた。この前の李志侖の憐れないきさつを、恵明に遠回しに教えてくれた。

恵明は深く感動した。この年老いた使用人の考えを、かれは理解した。今の恵明と陳柏陽に、昔の友好を取り戻してほしいのだ。かれには、主人の癇癪持ちの性格が今少し変わってきたことだけは分かっていた。恵明には十分注意して、主人の怒りに触れてはならないことを告げるのだった。今の主人には、うっかり逆らえないことだけは分かっていたが、二人が再び昔の友情を回復できるかどうかは、かれにも分からなかった。

「この街を半歩出ようとしても、そいつは難しい?」

恵明は、またそっと、冷笑しながらこの言葉を口にした。

「それなら、日程を少し遅らせて戻ったらいいかもしれない!」

だが、突然かれの目に、鉱山の情景が浮かんできた。冬の厳しい寒さ、夏のひどい暑さ、病気と死、坑夫たちの苦痛をこらえる顔、瀕死の眼、すべてのものが、目のなかに一瞬にひらめいた。かれは覚えている。ある日、陳柏陽がこの鉱山の持ち主だと分かった時、どんなに喜んで、仲間たちに伝えたかを。かれは李志命のあとを受け継いで、この旧友に会いに行きたいと言った。もちろん、何とかして非人間的な待遇を改善し、労働賃金をあげてくれるように、この旧友に頼みこむんだと言った。

しかし今は、こうしたことはみんな夢になってしまった。その上、もし山に戻って、搾取する側の仕事につかなければ、かれの親友は、李志命をやった時と同じように、かれを始末するであろう。恵明の罪名については、恐らくもう胸のなかで成算があるのだろう。

恵明は考えに沈むなかで、訳の分からぬ怒りの炎が身体を焼くのを覚えた。かれはまた、鉱山で、地雷が爆裂するのを聞いたように思った。大きな爆発音に混じって、その都度死んだり重傷を負う鉱夫が出る。その鮮血、呻き声、あがき、叫び、坑夫の女房たちの号泣、生きていくことへの絶望。媚び諂いの笑いと恨み、ペテンと激怒、これらが、この世の現実の地獄絵を作りあげているのだ。

ここまで考えると、若者の熱い血潮が、かれを激しく突き動かした。かれはあの古い友人を許すことはできないし、ああした豪奢で淫蕩な生活を許しておく理由はないと考えた。

「こ奴はでっかい寄生虫なんだ！」

かれは憤激しながら、もの思いと幻想のなかに浸りこんだ。

黄昏が、部屋のなかから暗闇を部屋の外まで引きずっていった。星が天空で微笑むように輝き始めた。街を流れる川が、静かに横たわっているのが目に映る。恵明は、川岸に建つ年老いた使用人楊剛の家を遠くにながめた。窓からはほのかな灯りが漏れ、土手の柳と、その逆さの影とが、横に連なってつづいていた。かれの家の裏にある菜園は、暗闇のなかでぼんやりと闇に沈んでいた。生涯苦労したこの真面目で温厚な老人は、晩年になって安穏な日々を送ることを主人から許された時、かれは豪華なお屋敷を避けて、よりによって、この川の岸辺に住むことを選択した。この老人は、気に食わぬことには妥協せぬ目と屈強な魂を持っているのかもしれない！

あるいは今頃、妻や子どもに囲まれて、いつもの夜と同じく、のんびりとした時間を過ごしているのかもしれない。

恵明は、その川の流れを見つめていると、顔色が突然冷静になり、かれの目はその暗黒の大気に釘付けにされた。顔面は醜く歪み、緊張した空気がゆらゆらと顔に立ちのぼり、長い間をおいて、悲愴な溜め息が口から漏れた。かれは歯を食いしばり、かすかに頷きながら、沈黙のなかで突然湧きあがった決意をしっかりと確認したようであった。かれの目から、知らぬうちに二粒の大きな涙が、突然こぼれ落ちた。

欠けた月が、古い街の頭の上に斜めにかかっていた。夜風のなかで太い枝や大きな葉をつけた木々の影が揺れ、月明かりのなかに、味わい深い神秘的な色調が漂い、鉄の冑や鎧を身にまとった古代の勇士の面影を思いおこさせた。もし闇夜で風の強い夜であれば、この街に敵を襲撃するいくさの太鼓が打ち鳴らされ、戦いに臨むラッパが吹き鳴らされるかと疑わせたであろう。この古い街の樹影は、胸に策略を秘めた闘将が、敵をおびき寄せる妙策をば、街中に張り巡らせた瞬間そのものであった！

三

すでに夜はすっかり更けていた。この豪邸は死んだ幽霊のように、ことりとも音のしない静けさであった。その時、静まりかえって人影もない廊下に、ある部屋から一つの黒い影が忽然と抜けだしてきた。フクロウのように敏捷で、廊下でくるりと向きを変えると、一つの部屋のなかにひらりと入っていった。

この部屋の住人は、寝る時に蒸し暑く感じたのか、夏でもあったので、ドアを開けて眠っていた。戸口には立派な白い薄絹のカーテンが掛けられていた。部屋のなかの窓格子からは、月の光が注ぎ、うまい具合にこの白紗のカーテンと敷居の床を照らしていた。

あの黒い影が跳びこみ、ほどなくすると女が夢から覚めて、驚きの声をあげた。続いて男の呻くような声と、荒々しい息を吐く声が聞こえた。また足に引っ掛けて、何かが床に転がるようなゴトンという音、あの絹のカーテンの下の敷居には、月の光がこぼれるなか、濃く濁った紫の液体が、ゆっくりと流れだしてきた。つづいて一連の細やかな動きによって、女が二度目の声をあげようとした時、その口は何かで塞がれてしまった。

その時、黒い影は窓枠の台の上に跳びあがり、痩せた人影が、はっきりと白い絹のカーテンに投影された。かれはちょっと腰を曲げ、少し時間がたっても、周囲には何の動きもなかったので、かれはそっと身を動かして、窓を開け、あの白い絹のカーテンから、かれの影は消えてしまった。

この時、廊下は漆黒で物音一つなく、窓から風が吹きこんで、あの白い絹のカーテンを音もなく揺るがせていた。

四

野良犬が遥かかなたで、遠吠えをしていた。風は通りを吹き抜け、月は白く光り、この街はぐっすりと眠りこんでいた。

あの川岸の柳のもと、一つの人影が、地上に影をおとし、そっと手をあげて、一軒のドアをせわしなく叩いた。

ノックしたあと、男はいらいらと地上を行きつ戻りつためらっていた。間もなくドアがギーッと音がして開けられた。

「どなたかな?」

はっきりとしたドアの音につづいて、年老いた声がなかから聞こえてきた。一つの提灯が外にいる男の頭上に高く差しあげられた。男は急いで一歩前に出た。

「僕です。王恵明です。楊おじさん。」

「ええっ!……お前さん、どうして……来なさった。……お入りなされ!」

二人は順になかへ入り、老人はついでに扉を閉めて、恵明を狭い部屋のなかへ案内した。

そこは清潔な客間で、床には赤い漆塗りのタンスが並んでいて、オンドルの上には大きなテーブルが置かれていた。

老人は提灯の火を吹き消すと、なぜこんな時刻にやってきたのかをたずねようとして、振りむくと、かれの身体にたくさんの怪しげな色が染みついているのが目に入った。その上若者の顔が死人のようであるのを目にして、驚いてブルッと身震いをした。それからかれは、ぼんやりした自分の目を、力を入れて揉みほぐし、眼を凝らして仔細にかれを観察し、驚き恐れて叫び声をあげた。

「お、お前さんは、どうなさったんじゃ。……恵明さん!」

この叫び声で、若者の顔付きは、一層醜く歪んだ。かれは生気が失せたように、その場に突っ立ち、呆けたもののようであった。長い時間がたち、かれの目はやっと死界から蘇った。何も語らずに、腰からべっとり血の跡がついた短刀を抜きとり、あのテーブルの上に置いた。その刀の柄は半尺ほどの長さがあった。

「おじさん、柏陽はこの刀にかかって死にました。」

かれは気を静めて、こう切りだした。老人は驚いて跳びあがった。

「何だって？　お前さんは何を言いだすんだ？」

「柏陽は、この刀で死んだと言ったんです。」かれは落ち着いた態度で答えた。

「かれは僕の手にかかって死ぬべきでなかったのかもしれませんが、しかし、誰の手にかかって死のうが同じことです。かれの死んだ原因は、かれ自身にあるからです！」

「恵明、お前さんは狂っている、お前さんは……」

「そうかもしれません。今夜の僕は夢を見ているようです。とはいえ、一匹の役立たず、一匹の寄生虫が、この刀にかかってそのやくざな生涯に終止符を打たれたこと、これは夢じゃない！」

「お前さんはあまり考えていないようだが、今度のことで、一層逃げられなくなってしまいましたぞ！」

と老人は忠告した。

「今夜の僕の行動は、完全に間違っていました。地上の寄生虫は、殺し尽くせるもんじゃない。そのことは分かっています。しかし、憤怒、狂ったような憤怒が、かれを殺させたんです！　今、怒りが収まって、僕の心は少し痛みだしました。夜が明けた時、あんたを巻き添えにすることが心配なんです。僕がここに来たのも、このことを伝えるためなんです。あんたと僕の関係は、他の奴らにははっきりしていないから、その間にあなたは逃げる必要がある。夜が明け、城門が開いたら、すぐに出ていくんです。ここに一切の費用を持ってきています！」

かれはポケットから札束を取りだして、テーブルに置いた。

「これは、不正な金なんだ！　だが僕はこれを持ってくる時、何の恥じらいも感じなかった。今は、急いで鉱山に戻って、これを仲間たちに持っていってやらねばなりません。山では今、多くの人がこれを必要としているんです。すぐに僕は出かけます！」

テーブルからあの刀を手にすると、かれは真っ直ぐに出ていった。老人は驚きでぼんやりしながらあとについていったが、それ以上ことばは出てこなかった。

かれらは入口で別れたが、若者は振り返って言った。

「さようなら、おじさん。僕は本当に申し訳ないと思っています。僕の心は、今張り裂けそうなんです。もし悪党どもに命を奪われなかったら、また顔を合わす時があるかもしれません！」

老人は心配そうにまた忠告した。

「山に戻るのは、まずいんじゃないかな！」

かれの声は震えていて、女房も出てきて、驚きながらかれのうしろに立っていた。

「おじさんの考えは分かっていますよ。あるいは、チャンスをねらえば、打つ手があるかもしれません！」

若者は遠くに去り、かれの声が柳の間を伝わってきた。

かれは、川岸に沿ってすばやく前にむかった……

ほどなく城壁の下につくと、かれは上着を脱ぎすてた。ポケットのなかの物を取りだすと、ズボンのなかに入れて、水辺で腰をかがめ、川の水に触れると、日中に陽にさらされて、水はまだ温かかった。かれはそっと水に跳びこんだ。

月の光の下で、さざ波の上に美しいしぶきが広がった。

川のなかの男の姿は、城壁の下を流れる水の勢いに任せて、街の外へ泳いでいった。

川岸の柳の木は、夜風のなかで神秘的に揺れ動き、遠くの村からは野良犬の吠える声が伝わってきた。

夜は一層静まりかえっていた。

一九四〇年哈爾濱にて

【訳　注】

① 原文は「春日的郊野」であるが、この小説を読み進めれば夏の日の出来事だと理解される。原文どおり訳しておいたが、作者のミスと判断されよう。
② 原文は「在近海両省里」。どの場所を指すかは不明。八〇年代に再録された時には削除された。ここでは仮訳としておく。
③ 原文は「湖縐稠」。絹で作られたちぢみ織りで浙江省の湖州産のものが有名であった。

作品解説

関沫南（一九一九年一一月～二〇〇三年一一月）は、本名・関東彦、吉林省永吉県小蘭屯の満族の家に生まれる。二歳の時、黒龍江省呼蘭に移った。父親は東北軍の軍人で、軍隊の移動とともに転居を重ねたが、一九三二年の春、哈爾濱に落ち着いた。家庭が困窮したため、高校を中退して郵政管理局の職員として家計を支えた。

筆名には泊丐、東雁、莫雁、路以、袁靖、季莱などがあり、短篇小説集『蹉跎』（精益印書局、一九三八年、厲戎との合集）が残されている。

一九三七年夏、関内から地下工作員として派遣されていた共産党員関毓華らの誘いを受けて、「哈爾濱マルクス主義文芸学習小組」（読書会）に参加し、思想的に大きな影響を受けた。これら党員が関内に去った後も、「読書会」は継続されていたが、一九四一年一二月三一日、当局の知るところとなりメンバーは一斉に逮捕された。「哈爾濱左翼文学事件」と呼ばれている。沫南は、一九四四年一〇月「監外執行」の身で仮釈放された。

「ある街の一夜」は「某城某夜」の翻訳であり、短篇小説集『小説家』（芸文志事務会、一九四〇年一二月）に収められている。この小説集は「芸文志別輯」と銘打っているように、古丁たちが発行していた雑誌『芸文志』（一九三九年六月～四〇年六月、全三輯）が停刊した後に、「別輯」として小説六篇をまとめて刊行された。結びつきが弱かった哈爾濱と新京を結合した貴重な企画であった。八〇年代に入って、『東北文学研究叢刊』第一輯（哈爾濱業余学院、一九八四年八月）、関沫南小説集『流逝的恋情』（北方文芸出版社、一九九二年七月）などに再録され読むことは可能であったが、今回『小説家』を手にすることができたので、翻訳することとした。やはり初出からは、細かな書き換えが見られた。たとえば、「在近海両省里」（二七〇頁）は、翻訳しながら、どの地域を指すのだろうと悩んでいたのだが、再録時には削除されている。また作者は、藤田菱花によって『満洲日日新聞』に日本語訳が連載されたと言うが、わたしの調査では確認できなかった。

哈爾濱で展開された金剣嘯、蕭軍、蕭紅、舒群、羅烽、白朗らによる、「初期抗日文化活動」がそうであったように、関沫南らの「読書会」も、左翼色を鮮明にした文学活動であった。この「某城某夜」も階級矛盾を正面に据えて描かれている。次の回想シーンは、上記「読書会」での一コマを描いたものである。

一九三九年のある日曜日に、わたしが創作中の小説について討論した。二階の開かれた窓からそよ風が吹きこむなかで、昼食のパンをかじりながら、わたしは自分が書こうとしている小説「某城某夜」――一人の鉱夫の代表と鉱山主との闘いの話を説明した。艾循は「この話の構想は魅力的だね……」と言った。

関妲さんは、笑いながらわたしにたずねた。「わたしたちの観点からすれば、かれに資本家を殺させるとするのは、正しいことかしら。それで、問題の解決になるのかしら。」

葉福は、わたしに代わって弁解し、またわたしを批判してこう言った。「沫南は、われわれがこんな手段を取るべきだと主張してないことは分かっているよ。ただ最近の作品では、筋書きに奇抜さを求めるあまり、こうした傾向が露骨になってきているんだ……」

このことで、みんなの討論は大いに弾んだ。①

王恵明が、怒りの感情に任せて陳柏陽を殺害した後、使用人楊剛の前で、みずからの行動を深く反省する場面は、この関妲さん（関毓華）の忠告を受け入れての表現であるかもしれない。しかし、この討論の場で、こうした階級闘争を真正面から描くことの危険性を危惧し、注意を喚起する声は聞こえてこないようである。この作品は、哈爾濱左翼文学の「戦闘性」を見せてくれるとともに、逮捕の罪証ともされかねない危うさを秘めたものと言えよう。

【注】

① 関沫南「〝哈爾濱左翼文学事件〟片断回憶」(『春花秋月集』遼寧民族出版社、一九九八年二月、二九、三〇頁)

〈参考文献〉

周玲玉編『関沫南研究専集』北方文学出版社(一九八九年一月)
岡田英樹「異色の哈爾濱文壇」(『位相』)

河面の秋

田兵

田　兵（でん・ぺい／ティエン・ビン）
一九一三年五月〜？。遼寧省旅順の生まれ。本名・金純斌、解放後は金湯と名を変えた。筆名に黒夢白、金閃、吠影、易水などがある。本作の原題は「江上之秋」。初出は『小説家』（芸文志事務会、一九四〇年一二月）。

灰色の雲の塊が、東北からの風に乗って西南の方向に走っている。その移動する雲の隙間からこぼれる早朝の陽の光は、あたかも何日も腹をすかせた男どもが、顔に流した涙の跡のようであった。一台の古ぼけた馬車には、馭者をふくめて三人の男が乗っており、車体に腰を下ろしているのは、背の低い鉄雄殿下[1]で、そのいかつい顔で最も目立つのは、鼻の下から口まで広がったブラシのような髭である。短い足には細身のズボンをはき、上は濃紺の地に白い線が入った三つ揃いであった。もう一人は、通訳官の王鵬で、濃い緑色の協和服を身につけ、痩せこけた顔に太い黒縁の眼鏡をかけているが、そのことで、顔付きをますます憔悴したものにしていた。どちらも声をかけるでもなく、仏頂面をしていた。この男は今の仕事をやりたくないのかもしれない。飯のため、家族に飯を食わすため、やらざるを得ないのだ。今は従っているが、将来はやらなくてもよい手立てについて、黙って思案しているのかもしれない。鉄雄の方はいつもその目の光りのなかに、自信ありげな様子が見てとれた。懸命に運動をして今の役職を手に入れたのだが、今日のようにやっておけば、かれの金儲けと出世の願いは聞き届けられるのだ。「この鉄雄さまを見ておけよ。これまで誰も俺のことなんか眼中になかったが、今度こそ、今度こそは、……」目を真っ直ぐ前方にむけ、苛立った様子で、

「スピードをあげろ」と声をかけ、急きたてた。馭者は返事をしなかったが、高く鞭を振りあげ、馬の尻尾の付け根に、二度振り下ろした。馬蹄と車輪は、一斉に黒い土煙をあげて、狭いでこぼこ道を、河岸の方にむかって疾走した。商店はちょうど眠り直しているところで、店主は女房を抱きかかえ、小僧は帳場台や吊り床で、寝言のなかで主人を罵ったり、主人を恐れたりしているのかもしれない。街には一、二軒の豆乳売りが出ているだけで、細い煙突と鍋の蓋から白い煙と蒸気が外へ立ちのぼり、立ったりしゃがんだりした数人が、茶碗をしっかり抱えこんで、冷ますために息を吹きかけたり、啜ったりする音を立てている。のろのろと、眠たげな様子で。かれらはみんな、肉体労働をするための原動力を蓄えているのだ。壁の下には、古新聞や莚を積み重ねた小山がいくつかあり、その下ではかすかに動いているのが見える。これら豆乳を飲んでいる連中は、そこから起きだしてきたのであろう。秋も深まり、すでに一、二度厚い霜も降りた。今は地面や草の葉に、海岸に隆起する硫酸ナトリウムのような霜柱はまだ見られないが、この早朝の冷えこみは、単衣の服装では堪えられるものではない。ましてや露天で寝泊まりする輩には。加えて、道行く人の服の裾を、風が何度もまくりあげているのだ。

　前方は河岸なのだが、人目をひくのは、岸辺に立つ食堂のごちゃごちゃした赤い房を垂らした看板と、黄土色の水が流れる水辺に停泊し、乾し草を積んだもの以外のほとんどは、秋白菜を積みこんだ多くの船である。船体は、かなりの部分が水に沈んでいるのだが、それでもローリングは激しく、風向きを知らせる旗は風になびいて、蛇がその舌をチロチロと伸び縮みさせているかのようである。崖を下ると、朝早くから言い争い、罵りあい、品物を見極めながら白菜を売り買いしている業者がいる。こんなに朝早くからここに駆けつけてくるとは思いもよらないだろう。いいや、実は買いそびれることを恐れて、かれらはここで一夜を明かしたのだ。かれらの心理を知りたければ、かれらの表情や顔色を見るがよい。よく見れば見るほど驚かされるであろう。さらに重要なのは、かれらの動作を観察し、かれら同士がしゃべっている言葉に耳を傾けることだ。かれらはみんな、天候の急変を予測しているのだ。それもみんな生き延びるためである。何度も白菜の品質を確かめ、白菜の価格と残った数量を計算し、根っこを切り落とし縄で縛られた白菜の一山一山をめぐりながら、言い争いをし、手を振り回して値段を取り決め、時には頭をぶん殴るものさえあらわれる。こうしたなかでひときわ注目され、恐れられているのは、拳銃を腰に吊るし、頭を揺らしている旦那方である。草をはむロバが、草叢のなかから自分の好きな草を探している姿に似ている。かれらがやってきた所では、人びとはみんなしぶしぶながら粛然となり、風雨の襲来を待っているかのようである。みんなの顔を見回して、「これは、いくらだ。」とたずねられるのを待って、ゆったりと苦笑いを浮かべながら、「ヘッ、ヘーイ、値段なんて。どうかお持ち帰りくだせえ！」

「いや、いや、ただでというわけにはいかんよ。三百斤送ってくれ、金は払うよ！」

「承知いたしやした。三百斤で足りやすか？」と、わざと嬉しげな様子をしてみせる。しかし、そいつらが立ち去ると、かれらは顔を見合わせて、その後ろ姿に罵りの目を投げつけるのだ。ちょっとでも不愉快なふりをすれば、手の内を見られてしまうからだ。よく言われる「好漢は目の前の損には手を出さぬ」というのは、すでにかれらの世渡りの鉄則となっているのだ。

　馬車が細羽家の門前に停まると、鉄雄は先に立って、なかへ入っていった。王鵬はそれを見て、腰から二十銭を取りだして馭者に与え、鉄雄の黒い革鞄を手にした。気分は不愉快ではあったが、「ここは少しの辛抱だな……」と思いなおし、抱えていくより仕方がなかった。細羽家のペンキを塗ったばかりのドアの傍にかかっている幅広い木の看板を見あげた。看板には「××県江上捜査班」という黒い字が書かれていた。心が波だち騒ぐのを覚えた。そっと扉を手で押し開けると、詳しく内部を確かめる間もなく、魚の匂いの混じった温かい空気が流れでてきた。朝食の最中であった。飯櫃や茶碗のなかから涎を誘うような——とりわけこんなに朝早く起きて、まだ飯を食っていない人間にとっては——白い湯気が立ちのぼっていた。鉄雄と細羽は、王鵬が入ってくるのを見やったが何も言わず、そのまま笑いながら二人だけの話をつづけた。王鵬はかれらの靴が並べられたオンドルの前にある腰掛けに無表情な目をやり、革鞄を膝の上に置いて腰を下ろした。部屋のなかの飾り付けをながめながら、二人の話に耳を傾けた。「ああ、なんと広い部屋なんだろう！」かれは、嘆息をもらした。頭ははっきりしているようだが、心の内では言葉にならない。いや、何を言っても無駄なんだと思った。

「鉄雄くん[2]、毎日、湖月に通っておると聞いたんじゃが、本当なのか？」

「あなたの方は本当にやり手ですから。わたしなんぞは、そうはいきませんよ。」

「どうして、どうして。お前さんは、毎日、花子③のもとに通っておるんじゃろ？　お二人は熱々で、お前さんのお髭がたいそうお気に入りという噂じゃ。」

「あれっ、そんなこと、どなたからお聞きになったんです？」

「誰からって。そういうことじゃないのかね？」

ハッ、ハッ、ハーと大笑いが起きた。鉄雄は得意そうな顔つきになり、細羽も満足そうな笑みを浮かべた。

「じつを申せば、花子はとっても良くしてくれましてね。わたしはいつもあの娘のことを思っておりまして、今しがたも、あそこからやって参った次第で。」と鉄雄。

「それはめでたいことじゃ。お前さんの精力絶倫ぶりをお祝いするよ！」細羽はそう言いながら、花子が、かれの胸のなかで横になりながら、語った言葉を思い出していた。「鉄雄という男は、本当に厭な奴なのよ。髭がいつもちくちく刺すのよ。」

「フン、いい子ぶるなよ。会えば、髭にまで食らいついて、あいつに口付けしてやっているんじゃろう！誰かがお二人さんは、ストーブのようにお熱い仲だと言っていたぞ！」花子は、うつむいて泣きそうになった。「分かったわ。あなたまでわたしをいじめるのね。あいつを愛してるって言うのね。わたしは、ちょっと前に言ったじゃない？　あいつは、公金を盗んだのよ。下らないあいつのお金を、いいと思っているの？　あなたは変わってしまったわ。どうしてわたしのことを分かってくれないの？　言ってるでしょ？　わたしはもうあなたのものだって。」細羽は、鉄雄の髭をながめて、含み笑いしながら、料理を口に運んだ。料理の味は何も感じないようであった。

「鉄雄くん、お前さんは、ひと月にどれぐらい残しておるんじゃ。」

「どれぐらい残すですって？　独り者が残せるはずないじゃないですか。こんなだから、花子には申し訳ないと思っていますよ。」

「ホオー、花子は幸せもんじゃな。お前さんのような忠実な愛人にぞっこん惚れられて。わしが花子だったら、心からあんたを愛するじゃろうし、こんなに愛されていることで、きっとお前さんの嫁になると言うはずじゃ。」

「そうなんですよ。もう何回も言うてくれました。そう、細羽さん、このことを信用していいと思われますかね？」

「わし、わしは信用していいと思うが、しかし、……」

「しかし、何ですか？」

「しかし、お前さんの忠実さは、まだ充分じゃないぞ！」

「充分じゃないと言うんなら、わたしは命がけで、足りないところを埋めますよ！　そんなことは何でもありません！」またひとしきり笑ってから、沈黙が来た。

「細羽さん、あの額は何ですか？」鉄雄は、箸で指した。

「あれ、あれは匪賊討伐でもらった功労表彰状じゃ！」

「オオッ、それは栄誉なことですね。」

「こいつは、それと一緒にもらった褒美なんじゃ！」と言いつつ、懐から金メッキの時計を取りだして、鉄雄に見せた。「話せば、この時計の由来は、じつに危ないことじゃった。あの年、東辺へ一人の現地の奴と罌粟畑を調べに行って、帰りに商売人の荷物を運搬する車に乗っていた時じゃ。黄昏どき、車が煙を吐きながら広い野原を走っていると、なんと車に乗っていた二人の男が、突然わしを押さえつけて縛りあげ、すぐにも殺そうとしたんじゃ。銃口は、冷たくわしの胸元に突きつけられた。あの現地人は、跪いてかれらにむかって頭をこすりつけておった。あいつの方はまだ縛られちゃいない。というのもあいつらと同類だったのじゃ。しかし彼奴は、わしに替わって許しを請い、『旦那さま方、どうかこちらを撃たないでくだせえ。こちらを殺せば、あっしは帰れなくなりやす！』と。そして、わしの持ち物全部を取りあげたあと、やっとのことでわしらは許してもらったんじゃ。その二人が車を降りると、すぐにわしは運転手に言いつけて車を運転させ、東咀子の駐屯隊にむかった。このころ、月はすでに高くのぼり、ちょうど九月末の気候じゃ。わしには猿股一枚が残されておるだけで、身体中寒さに震えながら、それでも唇をかみしめて辛抱した。わしは、車を降りて隊に報告した。部隊では、その車に乗っていたすべての奴ら、合わせて六人を拘束した。あの頭をすりつけた奴も含まれていたが、そいつには通匪の嫌疑がかけられていたんじゃ。いや、翌日、空がまだ明けないうちに、本当の通匪者であったことを自供した。実に狡猾な奴で、わしに恩を売った上で、論功行賞までせしめようと考えたんじゃ。同類じゃない人間は、みんな二心を持っておることを知って、これからはお前さんも気をつけることじゃな。」

「オオッ！　恐ろしいことです！　その外の奴らはどうなりました？」鉄雄は、首をひねって王鵬を見やり、細羽に眼を戻した。

「後の連中もあいつと同じように、その場で始末されてしまったよ！」

「それじゃあ、この時計も、そのことでもらわれたんですか？」

「そうじゃ。当時、わしの写真と賞品は、新聞に載ったんじゃ。」

「ハッ、ハー！　そいつは名誉なことですな！」

「フン、昨日も、三人の土匪を殺してやったよ。戻ってから、すぐお上に報告しておいたから、間もなく賞与をもらえるじゃろう？　その時には、必ず湖月に行って、お前に一杯おごってやるよ。」

「はい、ありがたいことで、わたしも必ずお祝いするために、花子の所へ招待して、一席設けますから、どうか昨日の話をお聞かせください。ハッ、ハッ、ハー……」

「簡単な話さ。大来溝に着いたのは早朝のことで、露も乾ききらない葉が長く伸びた葦の群れのなかから、一艘の小舟が漕ぎだしてきた。見ると四、五人はおる。こいつらはまともな奴じゃない、たとえ、まともな奴だってどうってことはないと、とっさに思ったんじゃ。何の因果か知らんが、禁漁区で船を操っているんじゃからな、自業自得というもんじゃ。そこで、ダビトフとスイエフスキーに発砲を命じて、三人を仕留めたが、残ったもんはみんな逃げてしまいやがった。水深が深く葦の葉にさえぎられていたからじゃ。船をつけてよく見ると、鏝と練り板を持った左官職人たちで、ぼろぼろの布団包みがいくつか残っており、真っ赤な血が船板を染めておった。間違いなく死んでおったわ。」

「アレッ、左官職人がどうして匪賊だと言えるんですか?」

「お前さんは分かっちゃいないいな。この辺りでは、匪賊と民衆は、これまでも区別がつかなかったんじゃ。その上奴らは、しばしば変装していやがるんじゃ。」

「民衆と匪賊の区別がつかないというあなたのお話で、わたしも思い出しました。十五年前、わたしは二十八歳になったばかりで、済南の役④に参加したんですが、昼間はどこへ行っても、そこの民衆は旗を持って歓迎してくれるのに、夜になって一発銃声が響くと、全部が敵になってしまうんです。この腕のこぶを見てください。奴らに撃たれたんですよ。その晩は、本当に幸運で、脱出したのはわたしと、そのほかには十八人しかおりませんでした。大使館破壊の折りには、命がけで大使のお嬢さんを背負って逃げだしたんです。……」

「そうだったのか? ホウー、そいつは本当にすごかったな。」

ハッ、ハッ、ハー
ここまでお喋りすると、二人はどちらも箸を置いた。食事を終わり、茶を飲んでいると、ダビトフが入ってきた。

「細羽先生、船の準備が整いやした。すぐ出かけられやすか?」

「出かけるぞ！」靴をはいているとき、細羽は急に顔をあげ、厨房のほうを見やって声をかけた。

「小僧！」

「ハイッ！」坊主頭の十三、四歳の子供が、厨房の扉を開けて、顔をのぞかせた。

「オイ、飯を食え。食い終わったら、奴らの所から白菜をもらってこい。聞こえたか？」

「ハイッ！」小僧は厨房からオンドルにあがり、飯を食った。


扉を開けると、ダビトフとスイエフスキーが水辺に停泊している快速艇⑤の上で船とともに揺れているのが見えた。一人は腰に手を差しこみ、一人は船の機関室の椅子に座ってタバコをふかしていた。付近の人びとは、相変わらずやたらと言い争っていた。太陽は顔を出さないばかりか、どんよりと曇っていた。濃いねずみ色に濁りきった雲は、厚く隙間なく繋がり、河面と枯れた色の島の上にたれ込めていた。河には枯れ草と野菜の葉が漂い、船縁にぶつかっていた。よく見ると油の花模様も浮いている。

一斉に艇に乗りこむと、こんなに多くの人を乗せても、艇は腹一杯飯を食っていないかのように、腹を揺すり、船の左右でバンバンと耳をつんざく音を立てたかと思うと、水面の上を疾駆していった。孟家崗の方面にむかって、船首は黄色く濁った水に逆らい、突き抜けた波は船首のガラスにぶつかり、あるいは船内に跳びこみ、時には顔や身体に激しく打ちつけた。とても冷たく、凶暴な豪雨のように激しかった。船体は激しく揺れ、毛穴は震えてかゆくなり、心臓は振動で痺れてしまった。灰色の厚い雲に押さえつけられた禿げ山が、遥か遠くに望まれた。知らず知らずのうちに、掠めて去っていく岸辺の草花に目をやると、穂が赤く色づいた水蓼、葉が黄色くなった蒲、白くなった葦の花、緑を残し紫がかった雑草など、色濃く秋の景色に染まっている。生気と青春を失ったこうした風景は、秋の哀愁に満ちている。頑強な濁った波と強い風によって、身体が揺れ、その小刻みな震えで、息がつまりそうになる。しかし船のスピードが、秋の草花の心からの悲しみを、細かく見てとることを許さなかったし、注意して観察することも許さなかった。たった今感じた悲しみ恨む気持ちも、すぐに別の場面に切り替わって新たな悲しみが生まれ、涙を落とす暇もなく、ただ度を過ぎた寒さを感じるだけであった。窓にあたる水しぶきは、相変わらずつぎつぎと風に吹かれて顔を打つ。

「オーイ、油断ならぬ所へ来たぞ！　気を付けるんだ！」鉄雄のそばに座り、話しこんでいた細羽だが、ふいに頭を持ちあげて、窓の外のダビトフにむかってこう指図した。かれは、尻の後ろにある革サックから一丁の銃身の長い拳銃を抜きだし、手に握ったまま膝の上に置いた。窓の外に見えるのは、川岸とその近くにある小島にびっしりと生えている秋草のほかは、一面の恐ろしげな深い柳の枝叢であった。船のエンジン音で振動が伝わったのか、水鳥やカラスの類が、さっと飛び立った。草叢に目を凝らし、用心していた連中は、鳥たちに驚き、肺を縮みあがらせた。ダビトフは船窓のそばに立って、外から見られないように用心していた黄色い髪の頭を戻し、手のなかの拳銃を差しあげて、左右に揺らしながら言った。

「たいしたことはございやせん。奴らは餌をあさっていたんでしょう！」彫りの深い顔に、笑いを浮かべた。

言い終わると、両手を腰にはさみ、もとどおり頭を窓の外の草叢にむけていた。

スイエフスキーも、自分の拳銃を腰から抜きだしてながめた後、またもとのところに戻した。フランス製の黒いフランネルの帽子をかぶった頭を左右に揺らしながら、フンフンと歌でも口ずさんでいる様子であった。

この時は、細羽も鉄雄とは無駄口をたたかずに、起ちあがって窓によって外をながめながら、

「オイッ、またこの場所にやって来たな！」と、声をかけた。

「ウ、ウーン！」そのあいまいな応答は、まさにスイエフスキーの胸中にある悲痛な思いを表す音声の符号であった。かれは、細羽が口にする前から、三週間前の明け方、無二の親友トリモーフがここで殺された事件に思いを致していた。顔にうっすらと付いた血のことを思い、自分の腕の傷跡のことを思い、また相手の船に付いていた無数の弾痕のことを思った。それは恐ろしく、また腹立たしく、その怒りに駆られて、自分を傷つけた奴らを皆殺しにしてやろうと思ったのだ。今日早くから、窓際に立っていたのもこのためであったろう。

「オイ、トリモーフは、前方のあの辺りで死んだんじゃろう！　お前もどんなにか……」その言葉が終わらぬうちに、

「ヤヤッ、あれは何だ?……船、船だぞー！」心臓の血が激しく騒いだ。

「そう、そうだ！　撃てー！」心臓の血が騒ぎ、唇も手もぶるぶると震えた。パン、パンと前方の柳の茂

みにむけて、銃は発砲された。硝煙、叫び声が人を縮みあがらせ、鉄雄と王鵬は、一塊になって抱きあった。相手の船は動かなくなり、何の音もしなかった。

「くたばりやがったかな?」と、ダビトフは言った。

高速艇は、水蛇のように近づき、細羽とダビトフは目を丸く見開き、拳銃を胸に構えて、何かあればすぐに撃てる姿勢をとっていた。

「何だ?——オオー、みんな死んでる!」と、ダビトフ。

「くたばっておれば結構だ! 肝がつぶれたぜ。」細羽は言い終わると、体を曲げて血だらけになった船の舷側をつかんだ。よく見ると三人の貧しい苦力⑥で、みんな弾にあたって死んでいた。一人は破れた白いシャツを身に着け、二人は青いシャツの男であった。みんな破れたズボンをはき、裸足のままであった。血の跡で顔ははっきりしないが、それでも、やつれと苦労が作りだした顔の輪郭は、見分けがつかないというほどではなかった。細羽は跳び移り、ダビトフも跳び移った。細羽は三人の腰を調べていたが、まだ何も探りだせないので、深刻そうに眉をしかめた。ダビトフは傍らに置かれた三つの袋を開けて調べていたが、二つの袋はすべてが粟であり、もう一つの袋には三個のマッチ、三箱の刻みタバコ、三足のゴム靴、三本の鋤、一本のアヘン煙管とアヘンランプが入っていた。二人は品物と粟を全部船の上にぶちまけて、足で蹴とばした。

「オヤ、オヤ、アヘン煙管じゃ! フン、匪賊じゃなくとも、まともな奴じゃないな?」

「そうじゃないみたいですよ、匪賊は裸足にはならないし、鋤も持っているから、きっと苦力でしょう。アーア、何の罪もないのに！」と、ダビトフは言った。

「そうじゃないって？　どっちみちくたばってしまったんだ！」

「やるんじゃなかった、アーア！　可哀そうに！」

「可哀そうじゃと？　急いで船に戻って、こいつらを始末するんじゃ！」

「細羽さん、匪賊なんですか？　何か獲物はありましたか？」

「見てみろ！　間違いなく匪賊だろう！」細羽は腰をかがめてアヘン煙管を取りあげ、鉄雄に見せた。鉄雄の顔には恐怖の皺が広がり、苦笑いを浮かべ、髭が鼻の穴に入るほど顔をゆがめた。

高速艇を岸辺に停泊させ、みんなは岸にあがった。細羽は署に出向いて報告し、今晩は戻らないと告げると、風のように素早く愛人宅へむかった。

鉄雄は、ダビトフとスイエフスキーに酒を飲みにいくよう言いつけたが、王鵬は革鞄を抱えて影のようにかれの後についてきた。道を二本曲がると、割とにぎやかな中心街に出た。赤や青の幟り旗がはためく多くの店が集まった街角に、門構えはほの暗いのに、多数の人が出入りする店が目についた。そこの敷居や門柱は擦れてすり減っていた。窓よりの門柱には、黒々とした看板に「大来村第一管煙所[7]」と書かれた看板が掛けられている。鉄雄はそこで、頭をあげてちらっと目をやって、

「オオッ、ここだな！」と言いつつ、まだ足を踏み入れない先から、真っ白なハンカチを取りだして鼻を

押さえた。

「支配人は？」

「エエッ、支配人。支配人は公館におられて、まだ起きてきておられません。」靴をだらしなく引っかけてきたのは帳場を預かる趙さんで、黄ばんだ無精髭に、とがった顎で、格子が開いた帳場台から跳びだしてきた。アヘンを焼く煙の臭いのなかで、アヘンを吸っている男たちは、みんな座り直し、起ちあがるものもいた。

「支配人を呼んでくるんだ！」

「こちらは指導官さまじゃ！　関どん、すぐに行ってくれ。支配人をお呼びに行くんじゃ！」ランプを手にして吸煙者の前に置こうとしている男に声をかけた。

「ヘエーイ！」眠り足らないような、ものぐさそうな態度で、声を長く引き伸ばすと、男はゆっくりとした足取りで出ていった。

「指導官さま、どうぞお座りくださいませ！　少しお待ちいただけば、すぐに参ります！」趙さんは、黒い洋服のポケットからタバコを取りだすと、一人ずつに配って、また慌てて振り返るとマッチを取り寄せた。

この時鉄雄は、タバコを吸いながら首を回して、アヘンを吸っている男どもを注視した。どの男も首筋をひん曲げて、死んだ紋白蝶の腰や足のような形で並んでいる。シーツと枕は青い布で作られているが、垢と汗にまみれて、もとの模様の見分けがつかない。さらにかれらの顔色と皮膚に目をやると、その腹と肺には汚物がべっとりと貼りつき、アヘンの煙と同じ色に変わってしまっているんだろうと、容易に想像がつく。そのアヘンの臭いと吸いこむ音は歴史、それも終末の歴史を思わせる。しかし、鉄雄は笑っていた。こうした愚かな奴どもは、蜜を作りだす蜂たちや糸を吐きだす蚕と同じように忠実な奴なのだと笑っているのだ。恨みを忘れて、享楽だけを願い、自分の知力を浪費している。毎日のように、その細い煙管の吸い口から吸いこみ、そして吐きだされる煙は、血液や肉体から変わった気体であり、日々血液や肉体をすり減らしているのだ。この月末からは、お役所がここの管理を引きとり、奴らもお役所の餌食となるのだ。これからは、奴らの命の灯を消費する薬物は、すべてこの俺さまの手に握られるわけだ。こんなことが分からないんだろうか?

「オイッ、どうして支配人はまだやって来ないんだ?」

「すぐに、すぐに参ります。……アア、お見えになりました!」

青い暖簾をはねのけて、上下サージの白い洋服を身に着けた男が、入ってくるとすぐに深々とお辞儀をした。黒くて痩せた顔つきであった。

「お早いお着きですな、指導官さま。」

「オイッ、本日は備品の調査に来たんだ。」

「備品の調査でございますか。食事をなさってから調べられてはいかがでしょう。お願いいたします!」

「いいや、俺は調査が終わってから、飯を食う。」

「いや、いや、食事をなさってからにしてください！　どうかお願いしますよ。準備はちゃんとできております。手代、車は呼んであるな？」と言いながら、鉄雄の手を取った。

「王通訳さん、あなたもどうぞ！」

先を譲り合いながら揃って表に出た。王鵬は、相変わらず鉄雄の革鞄を抱えていた。宋支配人は、敷居をまたいだところで、身を引っ込め、趙さんを手招きした。

「趙さん、ちょっとおいで！」

趙さんの耳元へ顔を寄せ、こそこそと耳打ちをしたが、趙が笑いながらうなずくのが見えただけであった。宋はすぐに向きなおって外へ出てきた。


宴会が終わって、万花居から出てくると、誰もが酒を飲んで顔を赤くしていた。特に鉄雄は、じっと立っていられなくて、ずっと口でぶつぶつ呟いていた。

「よかった、よかった。飲んだ、飲んだ！」

宋は慇懃な態度でかれを抱えながら、世話を焼いていた。

「参りましょう、王通訳。どこかで酔いを醒ましましょう。殿下は酔っぱらってしまわれた！」

「アレッ、遅くなったな。遅くなると帰れないんです。道中も物騒ですし！　やっぱり、こちらを船まで送っていかなくては！」王は、相変わらず殿下の黒い革鞄を持ったまま、時計を見て、空と河の方向をながめた。

「何も心配いりませんよ。遅いんなら、明日出かければいいでしょう！　寝るところはありますよ。もし眠れないとおっしゃるんなら、あなたのお側で寝るもんを探して差しあげますよ。いかがでしょう？」と言いつつ、鉄雄の後を押しながら進んでいく。「サア、参りましょう、参りましょう！」

「イヤー、だめです、船では二人が、まだわたしどもを待っているんです！……宋さん、こう致しましょう。わたしがまず船に戻って、二人に声をかけて参ります。あなた方は先に行っていただいて、後からわたしが、あなた方を探しに参ります。しかしどうしても、今晩は戻らなければならないんです。」王は話しながら、家のオンドルの上で病にふせっている妻のことを思うと、心は油を飲んだように辛かった。「しかし、どこへ戻って、あなた方を探せばいいのでしょう?」

「そう――あなたは帳場へ寄って、こちらの趙さんに案内するように頼んでください。」

「わたくしの方で、あなたさまをお連れしますとも、お供しますよ！」趙は、横から答えを引きとった。

「いいでしょう。それなら、そういうことで。」王は、黒い大きな革鞄を脇にはさんで河岸の方へ戻っていった。


　宋たちは鉄雄を抱えていたが、あたかも一匹の人食い熊を手に入れたような気分で、宋の妾宅までやってきた。妾宅の名前は賽粉団⑧と呼ばれていた。宋はほとんど毎日妾宅に足を運んでいた。女房は、やかましく騒ぎたて、みんなにむかって、一軒の家には十日間だけ泊まると約束せよと申し立ててはいるんだが、宋はそんなことには耳を貸さず、今では女房が、どうして早くくたばらないのかと恨めしく思っている。そればかりでなく、四、五日自宅に泊まると、必ず街の方へ出て、十日、半月と泊まり歩くことになる。街にはかれの妾がたくさんいるのだ。その妾が、かれから金を受け取るときには、「宋旦那は、本当にお金持ちだねえ！」と言う。するとかれはいつも「ヘン、こんなもん何ぼのもんじゃ。どのみち、アヘンのなかから生まれて来るんじゃから。」と、得意そうに満面に笑みを浮かべ、女の乳房や尻をなで回し、時には乳房の上にかぶさって、円い小さな乳首を、黄色い歯が並んだ口に咥えたりするのであった。

今回、かれの商売は、お役所の方から買い付けを委託されて経営することになり、一層の儲けが手に入るようになる。それを考えると、愉快極まりないのだ。昨晩も、粉団の家に泊まり、この自慢話をすると、粉団も楽しそうに、心の花をパッと開かせ、かれの首っ玉にしがみつき、その薄っぺらな頬にかじりついたまま、今朝になって手代が訪ねてくるまで眠っていたのだ。賽粉団は布団のなかで手代を罵った。「この貧乏神め、こんなに朝早くやってきやがって。宋旦那はどこにいるか分からないって言ってくれないのかい？」と恨みごとを口にし、媚びるように宋を見やった。

「早くはござえません。十二時はとっくに過ぎておりやす。奥さま！」と、手代は応えた。

「出かけるぞ！」宋支配人は、服を身に着けるとすぐ外に出た。

「宋旦那、そんなこと言わないで。関どんはお帰りよ。わたしにゃ、まだ話があるのよ！」

宋は、それには応えず出ていってしまった。彼女はそのまま、また布団にもぐりこんだ。関は、応接間の方でぐるぐる歩き回っていたが、戻っていった。自分の言い分が通じたことで、うれしくなり胸の血は踊った。宋の方では、鉄雄がやってきたと聞くと、これは福の神が飛びこんできたと、跳びはねるほどに喜んだ。数日前、鉄雄に商品券を贈った時のかれの口振りを思い出した。かれに贈った家具のこと、さらにかれの将来のことに思いをはせると、この先、自分の胸の前に大きな赤い雲が立ちこめてくるようで、酔っぱらったように足を運んだ。

今回、鉄雄を無理に酔わせ、かれを賽粉団のベッドに送りこむのも、すべてかれの計略であって、大変愉快で、その成功に大喜びであった。

王鵬は河辺にやってきたが、河の水は依然として、胸の病に苦しみ騒ぎ立てている人のように、牙をむき爪を立てて不穏な様子で波だち、激しく揺れていた。雲は重たく流れ、高速艇は水辺で花をつけた葦とぶつかり音を立てていた。

「オオッ！　二人はここで飲んでいたのか！」

「フン！　酒を飲むんでなけりゃ、何をすればいいんだ。自分たちで飲んでるよ！」ダビトフは目の周りを赤くして、コップを差しあげ、言い終わると一気に飲み干した。

「王さん、あんたたちは食ったのかい？　わしらはまだ飯を食ってないんだ！」と、スイエフスキーは、片手で缶詰の魚を摘まみだし口に入れると、もう片方の手で酒瓶を取りあげた。周りを見ると、かれらの毛深い足のそばには、四、五本の酒瓶があって、ビール、日本酒が、全部空になっていた。小さな警備艇のなかには、酒の臭いが充満していて、目が回りそうであった。

「俺たちは食ったんだが、あんたたちはまだだったのか！」

「チビの鉄雄の馬鹿野郎は、どこへ行きやがったんだ！　自分の金儲けのことしか頭になくて、他人さまのことなんぞ、これっぽっちも考えない、糞ったれめが！」と、ダビトフが言う。

「ウン、お前に何が分かるんだ。あの素寒貧野郎は、飢えた虱のような奴で、何かあれば、金儲けのことを考えていやがるんだ！」

「素寒貧だって？　素寒貧とはほかの奴に同情した時に言うんだ。おいらたちだって素寒貧だろう！」

「細羽のチビだって、人間じゃねえ。お上から賞金をたくさんもらっても、俺たちには一銭も出そうとしない。あいつは、いつも懐に貯めておいて、遣り手ババアにくれてやるのさ。あいつの遣り手ババアが誰なのかを知らねえのか？　そいつは、あの湖月[9]の花子なんだぞ。あの色気違い奴が！」

「フン、どいつもこいつもろくな奴はいねえさ！」

二人は話しながら酒を飲み、つづけて歌いだした。

温かなところ
温かな郷
そこはお前を木偶の坊に変え

お前に勇気を失くさせる
ましてや
この温かさがなければ
お前は木偶の坊に変わり
お前の勇気も失われるだろう

王鵬はここまで聞いて、黙って頭を窓につけて河の水をながめた。河の水のはるか彼方、その遠い平野の方に目をやった。

「オオ、そうだ。」王は突然、起ちあがって船から跳び下りると、鉄雄を探しにいった。

王と趙帳簿係が賽粉団の門をくぐると、趙は声を張りあげて言った。

「王通訳官が、お見えになりました。」

なかでは花模様の暖簾があがり、顔がのぞいたが、それは宋支配人だった。

「いらっしゃい、お待ちしていましたよ。」

「ここからは、わたくしはご一緒しませんよ。では王さん失礼しますよ！」趙はおどけた顔をして、くすくす笑いながら立ち去った。

王鵬は頭をあげて、入口の姿見に映っている自分の痩せこけた顔を見た。普段は鏡を見ないのだが、今日、自分の姿を見て、おのれの魂が抜けていくような悲しみを、心に感じた。

目をやると、鉄雄は女の腕のなかに寝ころびながら、アヘンを吸うのを待っていた。ランプはガラス盤のなかで、小さな舌をチラつかせている。かれはのんびりと女の手を撫でながら、

「結構じゃ、最高じゃ」と呟いていた。

その女は、王通訳が入ってくるのを見たが、起ちあがることもかなわず、頭を上下に頷かせて歓迎の気持ちをあらわした。

その女が賽粉団で、河の上流にある芝居団の女役者で、パーマをかけた長い髪、脂肪の乗った丸い顔に厚くドウラン⑩を塗り、唇は真っ赤で、上半身には桃色の胴衣をはおり、下半身には浅緑の半ズボンを身に着け、足には濃い赤の靴下をはいており、その肉体はふっくらとして美しかった。

その時、宋支配人は王通訳をオンドルの上に押しあげようとしたが、王は尻込みした。

「駄目です。遅くなっても、わたしどもは帰らなければならないんです！　鉄雄先生、あなたは帰られますか?」

宋は、鉄雄の答えを待たずに、

「今日は駄目じゃ。ここにお泊りなさい。もう人に言いつけてすっかり準備をしておりますから。」

「オヤオヤ！　あなたったら、いらっしゃったかと思ったらすぐにお帰りになるの！　何を急いでいらっしゃ

るのよ?」と賽粉団。

「駄目なんです。どうしても帰らなければなりません、鉄雄先生、出かけないのですか?」と、鉄雄にむかって言った。賽粉団は、しっかりとかれを抱きしめて、

「お帰りにならないでね。帰らないとおっしゃって!」

「帰らないよ!」と、鉄雄。

「王通訳、あなたはどうして来たばかりで、すぐに帰ろうとなさるんじゃ?」

「駄目です。こちらがお帰りにならないのなら、わたしは参ります。申し訳ありませんが、わたしは帰らなければなりませんので!」

王は向きを変えて出ていこうとした。

「あなた、本当に帰らなくちゃならないの? それじゃ、わたしがお送りするわ!……」

すると粉団にむかって「お前は動かないでいい。しっかりと鉄雄先生のお相手をしながら、一緒に寝るのじゃ!」宋は、ぴったりと王の後について いった。

「王さん、今日は粗略にして、申し訳ありませんでした! これからは、大いにご援助いたしますから、ご安心ください。あなたのご好意は決して忘れませんよ!」

「フン、誰がお前さんにそんな話をしたんだ!」と、目もくれずに去っていった。

どの家にもランプの灯が入り、河面は真っ暗で、葦の花も見えず、ただ船に当たる水音が聞こえるだけであった。

船は前に進み、心臓は激しく震えた。かなり遠くへ出ると、前方にチカッと火花がきらめき、「ポン！」と銃声がした。

ダビトフは、バネ仕掛けのようにさっと起ちあがると、窓際により、拳銃を取りだすと手に握りしめた。スイエフスキーも機敏に灯りを消した。船を河縁の方へ少し寄せて、しばしエンジンを止めた。

空は漆を塗ったように真っ黒で、星一つなかった。

「ポン！」とまた銃声がした。

【訳　注】

① 原文は「太君」。長官にたいする尊称であるが、抗日作品などでは、中国人が日本軍の将校などに、へりくだった態度で呼びかける時によく使われる。この作品でも、いくつかの場面で使われている。
② 原文は「細羽君」であるが、後ろにつづく会話の流れから、誤りだと判断した。
③ 日本人遊女の名前だと思われるが、「花子」とは中国語で「乞食」の意味もある。作者の皮肉が込められているのかもしれない。
④ 原文は「済南之役」。国民党が軍閥政権を打倒し、中国全土の統一を目指した北伐戦争の過程で、一九二八年五月三日、済

南で現地日本人に危害を加える事件が発生し、居留民保護の名目で日本軍が出動した（第三次山東出兵）。日本では済南事件と呼ばれている。

⑤ 原文は「江兎子」。意味不詳だが、高速艇と訳しておく。

⑥ 原文は「老白呆」。東北の方言で苦力の意。

⑦ 原文は「管煙所」。「満洲国」では、アヘンの私的売買を禁止して、政府が公認する「管煙所」でのみ売買・吸引が許可されていた。

⑧ 原文は「賽粉団」。宋支配人の妾の名前であるが、粉団とは、油で揚げた餅の意味で、女性の色白の顔を指すこともある。原文のままとした。

⑨ 原文は「琵琶湖」であるが、花子のいる妓楼は「湖月」とされてきたので、誤りだと判断した。

⑩ 原文は「珞玲粉」。意味不詳だが、白粉の類かと思われる。ここでは仮に「ドウラン」と訳しておく。

作品解説

田兵（一九一三年五月〜？）は遼寧省旅順の生まれで、本名・金純斌、解放後は金湯と名を変えた。筆名に黒夢白、金閃、吠影、易水などがある。旅順高等師範学校を卒業後、小学校教師となるが、一九三四年に石軍らと『泰東日報』に文芸欄「響濤」（週刊）を設けて文芸同人活動を始めた。雑誌『明明』に小説「T村的年暮」、「老師的威風」、「阿了式」などを発表している。その後、佳木斯に移った後奉天に戻るが、その折体験した「北満」を舞台とした「趙甲長」、「麦春」、「沙金夫」、「荒」などに見るべき作品が多い。翻訳した作品もその一つで、舞台となるのは松花江かと思われる。なお田兵は、第二回大東亜文学者決戦会議（一九四三年八月二五日〜二七日東京）に「満洲国」代表として参加している。

原題は「江上之秋」で、関沫南の項で紹介した『小説家』に掲載された。わたしはかつて「中国人作家が、作品のなかに日本人の登場を避ける傾向にあることは、少し作品を読めば気づくところである。それは、在満日本人作家が、意識的に中国人の生活を描き、『満洲文学の独自性』を追求しようとしたことと、みごとなコントラストを形成する。[1]」と述べたことがある。これに関して、大久保明男氏から田兵「同車者」（『文選』第一輯、一九三九年一二月）では、正面から日本人が描かれている、とのご教示をいただいた。たしかにこの作品には、警備兵を砂金鉱山にまで運ぶ日本人運転手が登場し、かれが操る日本語交じりの怪しげな中国語――「満洲ピジン語」（その後、批判の意味を込めて「協和語」と呼ばれた）が嘲笑の的とされ、その横暴ぶりが容赦なく暴露されている。また「鶉的故事」（金音編『満洲作家小説集』五星書林、一九四四年三月）にも、近所の悪ガキを集めて、飼っている鶉を手で絞め殺し、羽をむしり取った子供たちに小銭を与えるという残酷な老人が描かれる。この謎めいた男も「外国人」で、ケーキやパンを販売する「菓子店」の主だという設定である。田兵は、かなり大胆に日本人像を取りこんだ珍しい作家であった。翻訳した「江上之秋」も二人の日本人を主人公に据え、その悪辣非道ぶりを抉りだすとともに、その日本人に取り入り、懐柔策を弄して私腹を肥やす中国人の姿も暴かれる。筋書きや構成の粗さも目につき、熟成された作品とは言えないが、検閲の網を潜り抜け、「反日」のテーマを鮮明にした作品が存在し得た証として、ここに拙訳を発表しておく。

なお、作者田兵の経歴には不明な点が多いのだが、新しく発見した事実を記しておく。

「反右派闘争」のなかで、東北「在満」作家を批判するために編集された『徹底粛清反動的漢奸文芸思想』（遼寧人民出版社、一九五八年）には、古丁、山丁らを「右派分子」と決めつける論文が多く収録されているが、楊麦「清除敵視抗日志士的漢奸文芸――剖析金湯（田兵）的反動作品」は、田兵を批判した文章である。そのなかに、田兵は「治安粛清工作」の通訳官の任務に就いていたとの記述がある。もしこれが事実とすれば、この作品に登場する「王鵬通訳官」の意味づけも重要性を増す。職務には忠実でありながら（鉄雄の革鞄を抱えて、後に従う王の姿がそれを象徴する）、この仕事から離れたいと願いつつ、生活のためにそれもかなわない。矛盾した悩みを抱えながら、目の前に展開される醜悪な現実を暗いまなざしで見つめている。最後は「匪賊」の急襲に遭遇してその生命も危うい――こうした王鵬の形象は、作者の通訳官としての心象風景を多分に反映したものとして読むことも可能となる。

大久保明男氏から、この作品にはすでに藤田菱花による翻訳があることもご指摘いただいた。西田勝氏にお願いして「江上の秋」（『満洲行政』第七巻第一〇号、一九四〇年一〇月）のコピーを送っていただいた。この藤田訳と比較すると、以下のような大きな違いがあった。

① 日本人の痕跡を抹消する。

次のような重大な書き換えがある。

鉄雄→王鉄男／細羽→趙細羽／湖月の花子→双玉

堂の翠霞。さらには王鵬「通訳官」の肩書をすべて削除する。

　中国人の姓を付けるなどして、日本人としての痕跡をすべて抹殺している。その一方で、済南の役（訳注④参照）の記述はそのまま残されており、名前は変えても、この時の鉄雄の行動や街の描写からして、かれを中国人とするには無理があろう。

②　宋支配人の商売を変更する。

　鉄雄が宋家を訪れた時、店の看板は「大来村第一管煙所」（訳注⑦参照）となっていた。藤田訳では「門側窗寄りのところに『三江池』と墨黒々と書いた看板がある。ここは風呂屋の看板をかけたあいまい屋である。」とされている。宋を売春宿の支配人としたのである。しかしこれにつづく記述は、アヘン中毒者の惨めな末路や、その犠牲の上に金を儲ける宋支配人とその上前で安逸をむさぼる鉄雄の姿が暴かれており、売春宿の描写は皆無である。

　藤田訳の強引な書き換えは、検閲を慮ってのことだろうと推測しても、こうしたでたらめな日本語訳が文字として残されていては、作者としては安らかに眠りにつけないであろう。ここに拙訳を提示して、田兵氏への手向けとしたい。

【注】

①　前掲「王秋蛍の作品世界と表現技巧」（『位相』、一五一頁）

香妃

爵青

爵青（しゃくせい／ジュエチン）
一九一七年一〇月～六二年一〇月。吉林省長春の生まれ。
本名・劉佩、筆名に可欽、遼丁などがある。原題は同じ。
初出は『華文毎日』（第一〇巻第四期、一九四三年二月
一五日）。

妃の二つの瞳には憂いがあふれていた。それらは高原に咲きほこる二輪のオニク①そのものであった。唇の形をした花弁は、誇りを失わぬ姿であり、幽玄な香りは哀しみの心である。だが、オニクは西域の険しい嶺に、顕花植物に寄生して育つ。東国の王城に無理に連れてこられ、黄金と最高の愛情を惜しみなく注いで育てられても、しぼんで枯れてしまうのだ。ああ、顕花植物に寄生するオニクよ！　高原の清冽な空気と透明な陽の光のほかには、何ものもその温床とはなり得ないのか？　それ故、妃の双眸は憂鬱そのものなのだ。やつれた淡い褐色のえくぼの上部に刻まれた、深い緑色をたたえた憂いの瞳は、妃の誇りを失わぬ姿と哀しみの心を際立たせている。

乾隆二十六年秋のあるさわやかな午後、縁起の良い想像上の獣と幾何学模様が一面に彫りこまれた紫檀のベッドで、妃は午睡から目覚めた。二つの瞳には、やはり憂いがあふれていた。

北京城はすでに夕陽が傾く夕暮れどきとなっていた。そこは西苑で、樹海に浮かびあがる黄色い甍《いらか》と赤い階《きざはし》は、華麗に輝く船団が緑の大海を進んでいくようであり、西苑の内殿にめぐらされた絢爛たる刺繍は、午睡から覚めた妃にめまいを覚えさせた。妃は繊細な指で太くて黒いまつげを撫であげたので、双眸の憂いは一層はっきりと見てとれた。気だるい身体を支え、ベッドの縁に崩れるように座り、妃はしばし静かに物思いにふけった。この時、チアパン②を身にまとった奴隷が、ゆらゆら煙が立ちのぼる香料を恭しく捧げ持ってきて、ベッドのそばに控えた。右の衽《おくみ》を付けた上着と膝まで垂れた肌着を目にして、妃はいらだちがつのり、叱りつけた。

「お下がりなさい！」

これらの奴隷はいずれも伊犂城から捕らえられてきたもので、忠実な奴隷たちと話をする時のみ、回族のことばを使えるのであった。奴隷たちは、妃の心が楽しまないのを知って身を伏せて、言われるままに引き下がっていった。香料の残り香が帳《とばり》のなかをただよい、妃の限りない郷愁の念をつのらせた。

妃は端正で均整のとれた細身の身体を、ベッドの縁に預けたまま、じっと身動きしなかった。飾り窓に漆塗りの鳥籠が吊されているが、籠のなかの二羽のマミジロ③もいつものように饒舌に鳴き声をあげなかった。季節は初秋の八月、この憂いを知らぬさえずり鳥も、あるいは一年に一度、南の国に帰ることを思い出しているのかもしれない。妃は目の前の情景からあれこれの思いが湧きあがってきたが、やはり身じろぎせず、愁いに満ちた二つの眼をゆっくりと閉じた。するとなぜか、午睡のなかで見た夢の情景が、突如思い出されてきた。

それは確かに一つの夢に違いないが、むしろ少女時代の一つの事実であったと言えるだろう。しかしその事実は、すでに十数年の歳月が過ぎている。夢でありながら、どうしてこんなにはっきりとしているのであろう？　かすかな記憶であるが、それは、和卓霍集古[1]に嫁ぐ四日前のことであった。彼女はひそかに下僕をつれて、馬にまたがり、洞窟に隠れ住む予言者のもとへ占ってもらいにいった。あれは夢か、それとも事実だったのか？　しかし、ぼんやりとしてさまざまなものが入り交じる情景のなかでも、今なお妃の心に纏いつき、時としておとずれる夢のなかでは、占ってもらった当時の情景が、はっきりと胸のうちに再現されるのだ。

今でこそ東国に囚われの身であるが、幼いころは人びとから姫さまと呼ばれてきた。父は伊犂城外で最も権勢を有する玉孜巴什[2]であり、それほど小さくはない部落を統率し、堀をめぐらし要塞を築いた一方の雄という程ではなかったが、その財産と人望にたいして、伊犂一帯に住む住民からの賞賛と尊敬の声はやむことがなかった。自分は姫さまであり、その姫さまの容貌を、部落住民は永遠に目にすることはできないのであった。しかし十五歳になった秋、世間の人びとがあれこれ推測するだけで、目にすることができなかった美貌が、和卓の宮殿に送られることになった。それは幸運なことなのか、それとも悲運なことなのか？　妖艶にして氷のような蕾をつけた花の如き姫さまが、程なくして、和卓の寵愛を一身に集め、伊犂城で最も高貴な愛される妃となるのである。妃に選ばれたその日に、この世の一切の快楽と栄誉が、彼女に約束されたのである。和卓の宮殿で使われているものは、侏儒《こびと》の奴隷、絢爛たる珠玉と宝石、香り高い香料、千金の価値を有する豹と獺の毛皮、そして高級織物などである。その住居は、黄金に塗られた多くの部屋、百尺の高楼、七色の虹色ガラスがはめこまれた半円形のドームからなっていた。こうした快楽と栄誉のすべてが、彼女を待っているのである。しかしこうした快楽と栄誉に、彼女はむしろ懼れと疑惑を感じていた。彼女は姫さまと呼ばれていたけれども、玉孜巴什の家で大きくなった一人の無垢な少女に過ぎない。その絶世の美貌とおっとりとした態度は誇りにしていいのだが、宮殿に入って妃となれば、所詮はびくびくと不安におびえることになる。彼女は、生みの父母と別れ、自分付きの下僕と別れ、家畜とも、屋根越しに毎日ながめてきた部落の風景とも別れなければならない。そして十五歳の無垢な身体を和卓に献げなければならないのだ。とりわけ彼女は、部落の風景――それは砂まじりの風のなかを行き交う隊商であり、髪の色がまったく異なる種族の人びとであり、色とりどりの絢爛さに目を奪われる市場であり、晴れた空から射しこむ陽の光や、藍色と乳白色が混じり合った氷河の跡など……と別れたくなかった。姫さまの身分であればこそ、すべてを鑑賞できたのに、宮殿に入ってしまえば、二度と目にすることはできないのだ。感傷と含羞につつまれ、妃となって出ていかざるをえない自分を思い、複雑な感情にかき乱されて、泣きだしそうになった。それは宮殿にあがる四日前、月のない深夜であった。高原の気温が急に冷えこんだ深夜、彼女は下僕をつれて、馬に乗り、屋敷を囲んだ塀を抜けだし、洞窟に隠れ住んでいる予言者を訪ねていった。

それは神託を受けた予言者と言われており、隠れ住んでいる洞窟は、本当に恐ろしいところで、彼女は二つの険しい嶺を登り、山深い道を歩きとおして、やっと予言者の洞窟にたどり着いた。彼女はいきさつを説明し、暗い洞窟に静かに座り、もの言わぬ予言者を仰ぎ見ながら、敬虔な態度で身を伏せ、頭を垂れたあとで、やっと自分の結婚が幸せかどうかを予言者に占ってもらいたいと願いでた。

「おお、前途多難な運命の少女よ！　不幸な美しい姫よ！」

しばし沈黙したあと、予言者はこのような言葉を吐きだした。予言者は苦しそうに、また恐ろしそうに眼を閉じ、皺だらけの顔には神秘的な、また不吉な様相が広がった。両方の頬が盛りあがり、鼻先は少し傾き、態度は非常に畏敬すべきものであった。

彼女が洞窟に入り、自分の来意を告げてから、予言者はずっと沈黙したままであった。かれは幻界から彼女の運命を観察しているようであり、またかれが見た彼女の運命が非常に危険なので、口を閉ざし無言をとおしているかのようであった。ついに痙攣から引きつけを起こした。このような深夜に、しかも陰鬱な洞窟のなかで、予言者の満身から発せられる妖気を眼にして、彼女も少し怖くなった。しかし彼女は、予言者が真実の平坦な道を提示してくれるはずだと信じていたので、懇願するような眼差しで、ずっと予言者を見つめていた。しかし、予言者の痙攣と引きつけはいよいよひどくなった。最後に、予言者は干からびた両手を伸ばし、彼女の魂をつかもうとするかのように、彼女の目の前でゆらゆらさせて、震える声でやっと先ほどの二つの言葉を口にしたのであった。

彼女は驚愕した。静かな人気のない洞窟のなかで、予言者の声ははっきりと石の壁に響き、彼女の髪の毛は、恐怖から逆立った。しかし彼女は、みずからの多難と不幸について、質問をつづけた。

「この世の最高の知恵者、偉大な予言者よ！　どうか神の神意をお伝えください！　ああ、わたしはなにゆえに、こうした多難と不幸に遭うのでございましょう。」

予言者はまだ痙攣と引きつけを起こしながら、長い間をおいてやっとつづきを語り聞かせた。

「神の命令が下されたのじゃ！　星と獣帯の上に、天使と人の子の上に、早朝と夕暮れの上に、イチジクとオリーブの樹の上に、ヒラー山とメッカ[4]という神聖な土地の上に[3]……。神の命令は下された。寛大にして慈愛深き神は、礼拝するすべての人をお許しになる。また、叛逆するもの、信心のないもの、吝嗇なるものには、罰をお与えになる。しかし、わが少女よ、わが美しき姫よ！　汝は日々祈りをささげ、貧しきものを救済し、孤児を尊敬し、復活を信じてきた。しかし、汝は生まれた時から、大きな罪業を背負っておるのじゃ。真誠にして聡明なる神は、汝をその罪業の人質となされたのじゃ。」

　預言者の顔付きは、ますます恐ろしいものとなった。

「神さま、わたくしに憐れみをおかけください！」彼女は、恐ろしさから顔面蒼白となり、冷たい石の床にひざまずいて祈り始めた。「わたしは地獄と煉獄の炎が恐ろしゅうございます。あの悪魔の頭のような『査桂』樹[4]の実が恐ろしゅうございます。神よ！　最大にして最高の神よ！　わたしを永劫の火炎のなかへ落とすことはおやめください！」

「姫よ。」じっと彼女を見つめながら、預言者は言った。「煮えたぎる熱湯と膿と血以外に、漿水《にごりざけ》などが汝に与えられることはないであろう[5]。」

　彼女は身を伏せ、すすり泣きながら言った。

「どうかお教えください。わたしの罪業のため、わたしの罪業を雪ぐため、わたしは善人となります。天使を信じ、あの偉大な使徒である預言者[6]を信じ、来世を信じます。病人を救済し、貧者に施しを与えます。飢餓に耐え、俘虜に援助の手をさしのべます。わたしは全身全霊を神にゆだねるイスラム教徒[7]となります。」

「神は寛大ではあるが誠実なのじゃ。姫よ、どうして汝の罪業を救えると言えようぞ？　一切の罪業は、汝の美貌より大きいのじゃ。ああ、汝の美貌は、太陽と月の光を失なわしめ、山や川を暗澹たらしめるのじゃ！」

彼女はがばっと身を起こし、予言者を見つめながら、石の壁を貫くような鋭い声を放ったが、予言者は、驚き動じることなく言った。

「美しい姫よ！　汝を愛するものは幸運じゃ。しかし、汝がその美貌を相手に与えた時、そのものは直ちに破滅する。その美貌と愛情を他人に与えてはならぬ！　姫よ、人を破滅に導くことは罪あることじゃ。汝の美貌と愛情は神のもので、世間のものは受けとることができないんじゃ。汝がその美貌と愛情を相手に与えた時、そのものはキンゴウカン[5]を失い、ブドウ酒と蜂蜜の小川を失い、絹の衣装を失い、真珠の腕輪を失うであろう。ああ、災いをもたらす美貌なんじゃ。」

かくして、彼女の一生の運命を決定する予言は終わった。彼女は、二つの眼に泉のような涙をたたえ、洞窟からゆっくりと引き下がった。洞窟の外に広がる大空には、星座が一杯に広がり、彼女の未来の運命を見守っているかのようであった。西方の山々は黒い雲のように、神の宮殿と克而白[8]にむけて祈祷する視線をさえぎっていた。彼女は精悍な馬身によりかかりながら、星空を仰ぎ見ていたが、突然、みずからの運命が恐ろしいものに変わりゆくのを感じた。

夜が明ける前に、彼女は馬に乗り、下僕を連れて、屋敷のなかに戻っていった。

この予言者を訪れた四日後、妃は和卓の宮殿に送られていった。爾来十数年間、西方の国の間では、血なまぐさい争いが演じられ、和卓はついに巴達克山[9]で、首級《しるし》をあげられ、東国の大将の手に落ち、妃みずからも囚われの身となって、この万里も離れた王城に連れてこられたのであった。こうしたいきさつに思いを馳せると、自分の運命は、やはりあの予言者の言ったとおりではなかったか？　和卓の宮殿では、あの予言を信じていたわけではなかったので、美貌と愛情を和卓に献げてきた。妃は和卓を愛していた。和卓は砂漠と山岳の英雄であり、神への信仰厚い神の子であった。聡明にして剛毅な王者であった。妃は神の如くに和卓を愛してきた。果たせるかな、和卓は預言どおりみずからの一生を終わらせた。数年前、東国の大軍が伊犁を平定した時、和卓の悲惨な運命は始まったのだ。かれは兄の布爾尼特とともに独立をはかり、庫車城[10]や葉爾羌[11]を駆けめぐり、東国の大軍に追われて、巴達克山を越えようとして、ついには巴達克山の汗《ハン》によって首をはねられ、東国の総大将福徳[12]に差しだされた。自分は和卓の運命に従って、この王城に連れてこられたのであった。

妃は声をあげて泣いた。ベールで顔を覆って泣いた。宮城の夕景色が涙越しに網膜に映しだされると、それは絢爛たる刺繍のようであった。しかし、この夕景色は伊犁城の夕景色とどうして比べ得るであろうか？

奴隷がまた香料を捧げて入ってきた。妃は奴隷たちが身辺に近寄る時にはいつも、故郷への思いがつのるのだった。妃は奴隷を見やりながら、力なく言った。

「お祈り致しましょう。」

妃は東国にきてからは、飲食起居はこの国の風習に帰化していたが、毎日五回の礼拝だけは、決して忘れたことはなかった。日の出前には朝の礼拝、昼食後には昼の礼拝、夕食前に中の刻の礼拝、太陽が西に沈む時には夕暮れの礼拝、晩餐後には夜の礼拝と、その都度おろそかにしたことはなかった。今日は午睡をとったため夕食前の申の刻の礼拝を忘れていたので、奴隷をそばに侍らせて夕暮れの礼拝をおこなった。妃と奴隷は、まず身体を浄めた[13]。礼拝の時には、例の如く開布拉[14]にむかわなければならないのだが、しかしすでに、伊犂城の時のような礼拝のリーダー[15]はいなくなっていたので、多くの人びとが居並ぶこともなく、伊犂から捕らえられてきた二人の奴隷と、海蘭達爾[16]がいるだけである。妃はもう一人の奴隷と気候風土になじめず最近重い病気にかかっている海蘭達爾を呼び寄せ、すぐに礼拝を始めた。四人はまず直立し、両手をあげて経文を唱えたあと、腰を折って叩頭し、最後に跪いた。妃は跪きながら、奴隷と海蘭達爾を見やり、また涙をこぼした。もし自分が伊犂におればどうしてこのような賤しい民と一緒に礼拝することなどあり得よう？しかし今は囚われの身、ああ、西方の故郷は永久に目にすることはできないのだ。しかし妃は、同じように跪いて祈っているものたちに、その涙を見られたくなかった。そこで無理に我慢して言った。

「浴徳池[17]へ参ります。それから夜の礼拝をしなければなりません。塞爾曼は輿を準備しておくように。」

塞爾曼とは奴隷の名前である。奴隷は言い付けを聞いて、すぐに身を起こして出ていった。

浴徳池から戻ってくるころには、すでに黄昏れどきを過ぎ、暮鼓⑥の大きな響きが不吉な雷鳴のように、北京城の上に鳴り響いていた。妃はまた奴隷と海蘭達爾を連れて夜の礼拝をすませた。

黄昏を過ぎて、奴隷たちは何度も自分の身辺を行き来していたが、大きな宮殿のなかで寂しい思いに捕われていた妃はベッドの縁に腰を下ろし、とりとめもない思いにかられていた。ああ、東国の帝王は、わたしの愛を奪いとるために、多大の苦心を払われた。外部の好事家は、帝《みかど》はわたしを手に入れるためだけに西征を行なったとさえ言っている。これは事実ではないだろうが、帝が西方の新しい領土を愛したと言うより、むしろわたしの美貌が帝の心を動かしたと言うべきだろう。帝は兵を起こした時、暇乞いに参内した将軍兆恵に懇ろに申しつけた。新疆に到着したら、必ずや名高い香妃の行方を突きとめよと命じた。この逸話は帝がわたしに求愛する時に必ず言及することであった。しかし、災いの降りかかった身であるからには、亡くなった和卓を地下でどうして不安な思いにさせられよう？ そうなのだ、東国の偉大な帝王は、たしかに当代にあって唯一無二の権勢を誇っている。しかし、わたしの身体は捕らえたが、わたしの美貌と愛情は虜にはできない。玉孜巴什の娘の美貌と愛は、永久にあの和卓のものでなければならないのだ。

和卓は偉大であった。和卓の血統は高貴なものであり、和卓の聡明さは無限であり、和卓の雄図は、西方を永遠に統治し安寧をもたらすことであった。霍集古の威名は、天山の険しい嶺々と同じく、天地の間に永久に屹立していることであろう。妃はここに思い至った時、思わず賛嘆の声をあげた。

「愛するご主人さま、そして偉大なる勇者よ！」

たしかに、和卓は偉大であった。かれの聡明な自負心は、しばしば洋々たる前途を切り拓いた。かれは輝かしい玉座に座り、万里に広がる領地を支配した。冬になると、ビーバーと豹の皮でできた天幕のなかで、身体は銀製あるいは金製のストーブでいつも囲われていた。頭の上には、非常に高価で大きな冠をいただき、身には黄金の錦襴⑦をはおり、腰には宝石つきの刀の下げ紐をつるし、これらすべてが、英邁なる王者の気概をあらわしていた。時には、家臣を連れて狩猟に出ることもあった。その狩猟の豪奢、華麗さは前代未聞のものである。かれのうしろには、幾百人の赤紫の彩り鮮やかな衣服を身にまとった壮丁が従い、大きな鷹を手に捧げ持つ狩人、猟犬を連れた従者、香料と団扇を運ぶ奴隷たち、さらに馬にまたがった無数の楽士たち……すべての人がかれに付き従っている。春になると、かれの国では、高山植物が満開となる嶺々、広々とした牧場、銀色の清流、うっそうとした森……かれは女官と妃を大きな絨毯の上に集め、駱駝と駿馬を従えて山野の間を駆けめぐる、その英姿はどれだけ多くの人びとの心を動かしたことだろう？　和卓は時として、隣国と戦いを起こした。かれはいつも、駱駝の背につけた輿にのり、手兵に号令を下し、三軍を叱咤激励した。和卓が出兵して半月になるのに、まだ凱旋して帰ってこないというある夜のことを覚えている。彼女は女官を従えて、宮殿の前で祈祷をおこない、神に主君の庇護と無事の帰還を祈った。果たせるかな、夜の青い闇のなかから和卓の軍隊が、物語のなかの幻想的な天兵のようにあらわれた。和卓の軍隊のうしろには、出発当時にはなかった捕虜や家畜の行列が新たに加わっていた。軍隊はまっすぐに宮殿にむかい、神風のように宮殿の門をくぐり抜けた。和卓は駱駝の背から飛び降りて、彼女にしっかりと口づけし、捕獲した瑪瑙の首飾りを彼女の首に懸けてくれた……ああ！　こうした人生の快楽と黄金のような歳月は、みんなどこに流れ去ってしまったのだろう？

どこに流れ去ってしまったのか？　故郷の風景は和卓の運命とともに、どのように荒れ果ててしまったのか？

「故郷の山や川、そして人びとよ！」

妃は和卓を思い、また和卓の故郷の風物に思いを馳せ、一層失望してしまった。妃は和卓の王都伊犂のことはよく覚えている。城壁には、無数の壁龕と石段が残されており、また和卓が、城外の敵陣を監視するために設けた回廊もあり、さらに和卓の父瑪罕木特が、準噶爾部[18]からの干渉に抵抗した戦跡、これら一つ一つはすべて、和卓一族の歴史と耐久力を記念したものである。城壁内外の民は、子孫が父母の住居を取り巻くように、また父祖伝来の遺産を敬うかのように、粗末な小屋を建てていた。ああ、故郷伊犂の光景よ！　こうした小屋や、その小屋の近くを行き来する駱駝やロバの群れは、東国の王城では、絶対に見られないものである。城壁近くには、多くの庭園や迷宮がある。迷宮のなかの商店や旅館からは炊事の煙が吐きだされ、黒く燻された建物の石柱や屋根、これらの石柱や屋根の間に、ときたま駱駝やロバの群れがあらわれる。祭日ともなると、開斎節や犠牲節には、こうした駱駝やロバの群れはさらに数を増す。谷間に住む女性、村の猟師、ブドウ栽培人、汗にまみれた漁師、貧しくても楽しみ方を知っている遊民、これらすべてのものが王城にやってくる。かれらの顔は太陽にさらされて赤黒く、上半身裸の上に毛皮をはおり、頭上に銀や赤銅で飾った帽子をかぶり、それはあたかも風に揺れる大樹のようであった。羊脂や膏油の壺、旅に必要な食物や日用品を手に持ち、公共の建物の陰を散歩し、神殿の境内で歌を歌い、あるいは覆いのある歩道や陸橋の下で休息をとり、和卓の政治のもとで生活を送り、すべてが平和で憂いもなかった。まもなく、王城の内外はこうした旅行者と巡礼者たちによって、立錐の余地もないくらいに埋め尽くされた。あるものは大祭を準備し、あるものは沐浴で身を清め、あるものは生け贄を運び、あるものは宮殿の入り口で納税の準備をしている。そのため宮殿の財宝庫の前は、いつも人の群れがぎっしり詰めかけていた。彼女はまだ、納税時のありさまを覚えている。会計担当者が真ん中に座り、遠方から運んできた金銀宝石、絹や珍しい油脂を受けとっていた。富裕なものは寡婦や孤児のために喜捨してくれる。かれらのこうした喜捨は宮殿の財宝庫に納められ、金額が羊皮紙の登記簿に記入される。心からの寛大さと愛情が、見知らぬ無縁の人びとに施されるのである。こうしたことが終わったあとに、全国から来た人びとは、みんなこの王城で楽しむことになる。神殿と宮殿の間に幕が張り巡らされ、さまざまな店舗が開設される。鳩油を売るもの、小麦粉を売るもの、香油と香料を売るものなどが、石畳の歩道を一杯に占拠することになる。

しかし、ふたたび彼の地を訪れたとして、こうした風景を目にすることができるであろうか？　自分の故郷は現在、伯克[19]に管理されていて、剃髪を強制されているわけではなく、税金もまだ軽微なものだとはいえ、全権は東国から派遣された参賛大臣と弁事大臣の手に握られているのだ。自分は和卓一族のなかの唯一の生き残りかもしれない、いや、唯一の罪人かもしれない。東国の王城に捕らわれてきて、さまざまな辱めを受けている。妃はここまで考えると、また涙を払い、声を殺して泣き始めた。

妃は故郷のことを思い浮かべているうちに、何時とは知らずまた眠ってしまった。ぼんやりとした夢のなかで、誰かに揺り動かされた。目をこすって見てみると、なんと帝が宦官をつれてベッドの前に立っておられるではないか。妃は恐れ入って直ちに床にふれ伏した。

「わたしめの罪は、万死に値します！」

帝はいまだ妃の愛を手に入れていないとはいえ、多くの政《まつりごと》で多忙のなか、暇を見つけては、妃の起居する西苑に足をお運びになる。この日、帝は西苑に出向く旨をまずお伝えになり、妃がまだ熟睡されていると聞いて、驚かしてはならぬ、と宦官を諭したあと、西苑にある内殿にそっとお越しになった。内殿の灯りは煌々と輝き、彫刻された柱や、絵が描かれた梁《はり》の間に、ほのかな香りが漂い、御簾《みす》のなかでは、妃がしとやかな姿で眠りこんでいた。帝はしばらく眺めていたが、妃の白い腕をそっと押した。妃は驚いて目を覚まし、床に身を伏せた。

「わたしめの罪は、万死に値します！」

帝は妃の驚く姿を見て、会心の笑みを浮かべて言った。

「お立ちなさい！」

「わたしめは罪人《つみびと》です！」妃は身を伏せて動こうとしなかった。

「お立ちなさい！」

つづいて宦官が、妃を助け起こした。妃は氷のような凛とした態度で、顔色も変えず、帝に頭を下げ、帝の座っているベッドのそばにお控えした。灯りは帝のつやつやとした赤い顔に映え、崇高にして冒すことのできない気迫が、帝の周りに立ちこめていた。

帝は百代に一人としてあらわれない名君であり、帝位について以来、東国の国土は、一層輝きを放った。帝の先祖は、北方から起って、建国の大業を成し遂げた。帝は祖先のために、皇族の家系を明らかにし、先祖の宏大な計画をさらに広げ、四方の辺境を鎮圧し、前代未聞の版図と属国を造りあげた。単に武功を立てたのみならず、文化財をまとめ、隠遁していた隠者や博学の大学者を推挽し、この東国のために、絢爛たる芸術文化の花を咲かせた。要するに、この世の財宝と栄光、そして知恵のすべてが、帝の一身に集められた。

この世の財宝、栄光そして知恵を独占したのだが、帝の大事業は永遠に完成することはない。先祖が東北のわびしい山林から兵を起こし、中原の主となってからは、この宏大な国土と悠久の歴史が、いつも帝の眼に刺激を与え、帝の雄図を一層つのらせることになった。帝はこの国を治め、世界で最も豊穣な帝国にしたいと考え、この帝国の威令と権勢を、この世のすべての土地と人種に及ぼし、みずからの玉座を天下の中心にしたいと考えた。そこで即位してからは、その雄図を実現するために、三十年に及ぶ歳月をかけて、ずっと戦いに明け暮れ、また煩瑣な政務をこなしてきた。中年になってからは、文徳と武功が帝の威厳を育み、帝の生活にはようやく、聡明なる雅趣が加わり、永年の疲労を癒してくれた。歴代の帝王のなかで、かれの生涯のみが威厳と雅趣を兼備していると言えるだろう。

この世で至高至大の帝王が、敵国の王妃に心を寄せたことは、むしろ帝の余裕ある心のあらわれと言えるかもしれない。はるか離れた西方の王城に艶めかしさで世に聞こえた麗人がおり、帝はこの麗人に思いを馳せ、この麗人を独り占めしたいと考えるようになった。これは確かに偉大な帝王にしてはじめて可能となった、恋愛劇の構想であろう。その麗人は西方の宮殿に住み、万里も隔たっている。この異国の名花を東の国に移植するためには、兵馬を派遣し、万里の道のりを踏破しなければならない。これは当代にあって、おそらく最も豪放な恋愛であろう。

帝は西方の辺境の地を平定するために、すでに数次にわたって出兵していた。戦況の奏上を聞くたびに、妃の麗しさは常に帝の耳に届けられた。妃は和卓霍集古の愛人であり、絶世の美人であることを知った。その後も、妃にかかわる些細なことまで、帝に逐一伝えられた。帝が最も興味を引かれたのは、妃は生まれてから、いつも香をくゆらせて身体をいぶし、その身体からは不思議な香りが発散されると言われていることで、一層帝の心を惹きつけることとなった。乾隆二十三年の冬、西方への最後の出兵にあたり、将軍兆恵が暇乞いに参内した時、帝はあまたの役人の前で、遠征に出かける将軍に、突如として落ち着いた様子で、妃のことにふれ、兵が西方に到達したのち、必ず妃の行方を突きとめるようにと命じた。ここに、偉大な帝王と絶世の麗人とのロマンスが始まったのだ。

回彊地域はすでに平定され、兆恵の部下であった富徳は、果たして和卓の最後の地、巴達克山で、和卓の首級とともに、妃を手に入れた。妃は万里の風塵を味わいながら、東方の王城に送られてきた。

帝は妃を愛していたので、妃の運命については大変同情していた。妃が東方へやってくる時、厳しい環境のなかを跋渉する苦しみを思いやり、沿道の地方役人に、妃の起居をしっかりお守りするように、こっそりと命令を下した。王城に到着した時には、西苑にあった内殿の一角を仕切り、妃の寝殿とした。異国から囚われてきた女性にたいするには、すべての措置が寛大すぎると言えるだろう。しかし、寛大であることが何か役に立つであろうか？　帝の威名は西方の王国を押さえつけ、和卓の首級をあげることはできたが、妃の美貌と愛情を独り占めにするということから言えば、あまりにも無力であった。妃は惨めに死んだ和卓と郷土の風景のことをずっと思いつづけ、帝が内殿にお越しになっても、ほとんど話したり笑ったりしないし、お言葉を賜る場合にも、あれこれたずねられても、応えはなく、帝はこの異国の剛毅な麗人にたいして打つ手はなく、天下に号令する威名を持っていても、苦笑せざるをえないのだ。その後も如何ともしがたく、帝は言葉巧みな女官に命じて、詳しく帝の考えを伝えさせようとしたのだが、結果として、妃の心は変わらず、東国にきて二年になろうというのに、妃は泰然とした表情のままであった。帝はしばしば西苑に足を運び、しばらく座って、妃が郷土への郷愁を忘れてくれることを期待した。さらに侍従たちに命じて、日夜、妃の動静を監視させた。妃はいつも白刃をしのばせて、自決をはかろうとしていたので、帝は何か不測の事態が起こることを深く恐れていたのである。

この日、帝が西苑に足を運んだのは、妃の動静をちょっと見てみたいと思っただけなのだが、はからずも、妃の眠れる姿を目にしたのだ。この世で最も尊敬される帝王は、みだりに褒め言葉を口にしたりはできないのだが、しかしその胸の内では、愛おしみと哀れみの情は切なるものであった。帝はベッドの縁に腰掛けた妃を見やり、煌々とした灯りに浮かぶ妃の麗しい顔を眺め、にっこりと微笑んだ。

妃は、帝からの憐れみをどのように解釈すればいいのだろう？　かれは世界最大の帝王であり、黄金を積みあげた王城の主人であり、さらには宏大な国土と無数の人民の支配者である。過去二年間、この偉大な人物がみずからに注いでくれた愛情、自分は被害者の身であり、これをどう解釈すべきなのか？　また自分が身命を全うすることができたのも、帝のお考えによるものであった。巴達克山での大殺戮では、老若男女ことごとくが、血も肉も分からない死体となって、山野を一杯に埋め尽くした。ただ自分だけが帝の密命によって、余生を得る身となったのだ。もし人の情に照らして言えば、美貌と愛情を帝に捧げるべきだろう。しかし、郷土の風景と和卓の面影が、自分の心にまといついているのに、勝手に美貌と愛情を他人に与えることができるだろうか？　妃は憂鬱な眼差しで、堂々とした体躯と立派な容貌の帝をながめた。突然、愛とも恨みともつかぬ感情がこみあげてきた。妃は帝に涙を見られるのを恐れて、すぐに起ちあがり、夜露が凝結した欄干の傍らへ近寄った。

宮中の灯火が樹海をとおして、ぼんやりと妃の顔に紫色の陰影を映しだした。妃は欄干に身を伏せて、さめざめと泣きだした。帝は妃の震える肩を見て、急いで近寄った。

「どうして泣くのだ？」

帝の言葉は、いつも温かかった。

妃は声を出さずに、身体を起こし、ぼんやりとした眼で、欄干の外に広がる夜景をながめた。

「どうして泣くのか？」帝は追い打ちをかけるようにたずねた。

妃は灯火のなかにきらめき動く、連なった珠のような涙をためて言った。

「聖人の後裔は、縛についてからは、簡単に死ぬことはできないのです。」

「何だと？」帝は驚いて、愕然とした。この言葉は、征西した将軍兆恵が、上奏した時に、報告のなかで述べたものである。

「朕はかつてどこかで、この言葉を耳にしたことがある。」

「そうです。わたくしどもの国の経典ではこのように言っているのです。」

帝は思い出した。兆恵麾下の富徳将軍が、和卓霍集古を追撃して巴達克山に至ったとき、かれは巴達克山の汗に捕らえられ、富徳は人を遣わして汗に和卓の首級を献上するように求めた。汗は富徳の要求を拒絶して、この言葉を述べたのであった。兆恵は凱旋して帰り着くと、当時の状況を奏上し、回族が経典を深く信じていることを示すために、帝にこの言葉を奏上したのであった。思いもかけずに、この言葉が今また、妃の口から語られたのであった。

帝は、妃の方を見たが、言葉はなかった。

妃はまだ灯火のなかで涙をこぼしていたが、どこからともなく鈴の音が伝わってきて、わびしげに虚空にたゆたっていた。

帝はしばし沈黙していたが、妃を見て、言った。

「どうしてまだ泣いているのか？」

妃は相変わらず、宮中の夜景をながめていた。

「わたしどもの国では、今がちょうどラマダン[20]なのです。」

帝は学識博淵であり、回族ではラマダンは斎戒の月であることに思い至った。毎年この月になると、回人は斎戒しなければならない。ラマダンの新月の夜から、翌月の新月の夜まで、この三十日間は生殖行為や死の汚穢を避けなければならず、一切の悪徳のなかから、身体各部の欲望を浄化して、俗心を敬虔な心に昇華し、思念を俗物から遠ざけ、深夜に起きて食事をとり、礼拝する。あの偉大な使徒である予言者はこう言ったことがある。「神聖な月に摂る一日の斎食は、ほかの月の三十日分にまさる」と。今はそのラマダンにあたり、妃の郷愁には、根拠のないものではなかったのである。

「そうだ、朕はそなたの国の風習は、よく存じておる。和卓の宮中では、この礼拝はさだめし荘厳で盛大であったことだろう。」帝は、郷土に思いを馳せる妃を思い、しんみりとした。

　妃は涙を流して、そっと頷いた。

　帝は大変聡明であったので、妃の郷愁の思いを消す術がないことが分かった。階に置かれた日時計と嘉量[8]、その前にある十八の鼎、天子の位が無窮であることを示す黄金と鉄、長寿無窮を祝う鶴と亀、黄金の光が天空を貫く玉座、そして玉座の藻井[9]と茄子形の文様。これらの装飾は、神霊の尊厳と帝王の権威をあらわし、かつそれらの尊厳と権威はすべて帝の所有するものであったが、しかし、東国の帝王の所有であっても、どうして妃の郷愁を打ち消すことができようか？

　帝はいよいよ妃にたいする愛おしさと憐れみの情をつのらせ、そっと妃の肩を撫でて言った。「人生、至るところに故郷がある。朕の国に、そなたの国の女性がおったことがある。元の時代、武昌の県長馬録丁の娘は西域のもので、幼いころから聡明でもの静かなことで、巷で有名であった。妃は異国に生まれ、和卓に付き添っていたとはいえ、どうして、朕の国をそなたの郷土とできないのか？」

帝は、古くに東国に住んだ回族の女の実例を挙げ、妃の郷愁を打ち消そうとしたが、思いもよらぬことに、妃の涙はまた泉のように流れ落ちた。

帝は妃の心が動かされないのを見て、妃の心を傷つけることを恐れ、口を閉ざした。

宮中の夜景は次第にぼんやりとしてきた。帝は妃を見守っていたが、そのすすり泣きは非常に痛ましく、今夜もいつもの如く、興ざめしたまま、宮殿に帰っていかなければならないことを悟った。

妃は敬虔な気持で、絨毯に身を伏せ、静かに帝のお帰りを待っていた。しかし帝は、すぐに動こうとせず、妃の傍に立って言った。

「妃よ、朕は帝王じゃ、そなたの最大の願いを聞き届けてやりたい！」

妃は身を伏せたまま、涙まじりに言った。

「願わくば陛下、わたしを釈放して、郷里に返してくださいませ。わたしは終生、神に祈りを捧げ、陛下の大帝国の庇護を祈り、いつまでも隆盛することをお祈りいたします。」

帝はこの哀願を聞いて、にっこり微笑んで言った。

「和卓は生涯にわたって妃を手に入れることができた。死んでも瞑目すべきであろう。朕は礼の国の帝王である。そなたの胸の内は推測できるが、郷土に戻ったからとて、何のよいことがあろうか？　妃よ、朕はそなたの視界のなかにいる。そなたのために、西方風の大きな城を建造してやった。そなたが故郷を思うなら、そなたの郷土を東方へ持ってくることも可能なんじゃ。」

妃は、帝が自分を釈放して、故郷へ帰してはくれないことを知った。しかし、軽率に願いを口にしたのに、帝は不快になることはなく、災いを受けたわたしのために、さらに大きな愛をかけてくださった。妃の女ごころでは、真と偽、是と非を見分け難かった。絨毯に身を伏せたまま、一層激しく泣き声をあげた。

まもなく身辺が静かになり、妃は頭をもたげて、帝がすでに内殿の回廊を出ていかれたことを知った。四本の灯りが、帝の身の周りで揺曳し、帝は侍者に前後を囲まれ、帰っていかれた。

秋の夜の冷たい風が、宮殿の前にある梧桐をかすめ、欄干の方へ吹いてきた。妃は絨毯から身を起こすと、ちょうど一陣の風が、精緻な彫刻を施した灯明台に吹き寄せ、炎がゆらゆら揺れ動くと、妃の影が、幽霊のように伸びたり縮んだりして壁に映った。妃の前髪が、白い額に垂れ下がり、壁には蛇が目の前でうごめくように映され、妃は驚いて飛びあがり、急いで身体を起こした。

妃はまた、こっそりと欄干に近寄っていった。宮中の夜景はさらに濃厚となっていた。下弦の月が宮楼の一角からのぼり、無限の哀愁をたたえて、妃はこの秋の月をながめ、また和卓の宮殿からよくながめた月のことを思い出した。ああ、変化常なく、満ち欠ける神秘な月よ。あのころ、自分は和卓に付き添い、こうした月の下で、宴を開いて夜の遊びを楽しんだ。色彩の入り交じった灯り、目の前のおいしい肴、身を伏せて言い付けを待つ奴隷たち、恍惚として夢幻のような宮廷の舞、そして和卓の豪快な笑い声と情のこもった内緒話……同じような月なのに、当時の風景はみんなどこに消えてしまったのであろう? 今夜帝は、わたしのために西方風の大きな御殿を、気前よく建造してやったとお答えになった。しかし果たして、伊犂城の風景や自分がお仕えした和卓の思い出が、目の前の東の国の王城で再現できたと言えるのだろうか？

人生は残酷な夢である。いや、どうして夢でありえよう。すでにあの予言者によってはっきりと喝破されていたではないか？　予言者はこう言った。「前途多難な運命の少女よ！　不幸な美しい姫よ！」と。

妃は頭をあげて西方に目をやったが、天山の幾重にも重なった険しい嶺々は見えず、目の前には、ただ東国の宮殿が、一面の漆黒の垂れ幕となって、秋の夜に際限なく垂れ下がっていた。

【原　注】

1 「和卓」回族（イスラム教を信仰する中国の少数民族）の教長。
2 「玉孜巴什」回族の百戸の長。
3 原文は「神的命令……神聖的領域上」。回教予言者の慣用語。
4 原文は「「査桂」樹的果実」。回教では罪人がこの果実を食すると信じられている。
5 原文は「除了沸騰……漿水給你嚐的」。回教の教義で罪人が受けねばならないとされる報い。
6 原文は「偉大的使徒的予言者」。ムハンマド（モハメッド）の意味。
7 原文は「伊斯蘭」。回教徒の意味。
8 「克而白」神の宮殿にある庭園の意味。回教徒が祈祷する時には、必ずこの克而白の方向にむかわなければならないとされる。
9 「巴達克山」和卓霍集古が最後に葬られた地。

10 「庫車城」和卓が清の兵に騙されて、この地で道に迷ってしまった。
11 「葉爾羌」同右。
12 「福徳」回族を平定した清軍の将軍。
13 原文は「小浄」。回教徒が祈祷の際に、下半身や手足を洗い清めることを言う。
14 「開布拉」祈祷するときの方向。
15 原文は「伊嗎目」。祈祷するときのリーダー。
16 「海蘭達爾」祈祷を専らにしている教徒、道士に似ている。
17 「浴徳池」清の宮廷内で香妃が沐浴するところ。
18 「準噶爾部」清代に新疆で、回族と対立していた準部。
19 「伯克」清が回族を平定した後で派遣された土着の官吏。
20 原文は「拉瑪丹」。回族の暦で九月にあたる。

【訳　注】

① 原文は「肉蓯蓉」。キムラタケとも呼ばれ、中央アジアに野生し、ミヤマハンノキの根に寄生して育つと言われている。
② 原文は「袷袢」。チアパン、丈の長い前合わせのウイグル族の民族衣装。
③ 原文は「白眉」。ツグミ科の鳥でマユジロとも言う。
④ 原文は「西諾山和麦加」。いずれもイスラム教徒の聖地とされている場所。
⑤ 原文は「金合歓」。ネムの木科の常緑小高木。

⑥　夕暮れ時を告げる大太鼓。
⑦　錦織の上着と裳（もすそ）がつながった単衣の着物。
⑧　原文は「日圭和嘉量」。日時計と容積を計る計量器。いずれも清王朝の基準を示すものであり、帝国の権威を象徴している。
⑨　原文は「井藻」であるが、「藻井」の誤りであろう。正方形の小さな枠のなかにさまざまな絵や模様を施した装飾を言う。

作品解説

爵青（一九一七年一〇月～六二年一〇月）は吉林省長春の生まれ。本名劉佩、筆名に可欽、遼丁などがある。満鉄経営の公学堂を卒業後、新京交通学校、奉天美術学校などで学んだ。一時期、関東軍司令部で通訳の任に就いていたとも言われている。一九四〇年に満日文化協会に就職した。創作は一九三三年、奉天『民報』文芸欄「冷霧」への投稿に始まるが、旧友古丁と再会してからは、「芸文志派」を代表する作家として、健筆を振るうこととなる。小説集『群像』（城島文庫、一九三八年）、『欧陽家的人們』（芸文書房、一九四一年一二月）、『帰郷』（芸文書房、一九四三年一一月）、長篇小説『黄金的窄門』（『泰東日報』、一九四三年連載）などがある。第一回、第三回大東亜文学者大会に代表として選ばれた。

「香妃」（原題同じ）は、『華文毎日』一〇巻四期（一九四三年二月一五日）に、「満洲文芸特輯」の一つとして掲載され、上記『帰郷』（未見）に採録されている。さらに、中国現代文学百家叢書『爵青代表作』（華夏出版社、一九九八年八月）に収録されたことで、比較的容易に読めるようになった。

前掲「在牧場上」と同じく歴史小説の範疇に入れるべき作品だろう。清朝乾隆帝の時代、新疆ウイグル族が滅ぼされ、絶世の美女と言われていた王妃が囚われの身となり、北京の王宮に送られてきた。その身体からかぐわしい芳香を放つことから香妃と呼ばれていた。乾隆帝の熱意にもかかわらず貞節を貫き、最後は太后から死を賜ったと言われている。容妃がモデルだとされるが、史実ではなく伝説によってつくられた物語である。しかし、詩歌や絵画、民間芸能をとおして、異民族に捕われながら節を曲げなかった女性として、広く人口に膾炙してきたお話である。この時期にも、上海で同名の通俗小説『香妃』（王峋孤、大方書局、一九四〇年七月）が出版されていたことが確認できる。

磊磊生「在牧場上」のように、鋭い政治的メッセージは読み取れないが、装飾品の細やかな描写や、ウイグル族の風習、イスラムの教えなど十分に興趣あふれる作品となっている。そして何よりも、綿々と綴られる望郷の思い、亡き夫への節操を貫こうとする王妃の健気な胸のうちは、「満洲国」の読者には共感を持って読まれたことだろう。

訳者あとがき

「序」でも述べたように、これら翻訳作品は『植民地文化研究』に掲載したものを中心にまとめた作品集である。まず、その初出を示しておく。

血の報復	王 秋蛍	第一号（二〇〇二年六月）原訳題「血の償い」
本のはなし	舒 柯（王 秋蛍）	第七号（二〇〇八年七月）
ユスラウメの花	疑遅	第三号（二〇〇四年七月）原訳題「山丁花」
山海外経	古丁	第四号（二〇〇五年七月）
臭い排気ガスのなかで	山丁	第五号（二〇〇六年七月）
荒野を開拓した人たち	山丁	未発表
掌篇小説三篇	但 娣	
風		未発表
柴を刈る女		第六号（二〇〇七年七月）
忽瑪河の夜		第六号（二〇〇七年七月）
放牧地にて	磊磊生	第八号（二〇〇九年七月）

十日間　袁犀　第一一号（二〇一二年七月）
ある街の一夜　関沫南　第一二号（二〇一三年七月）
河面の秋　田兵　第一四号（二〇一五年七月）
香妃　爵青　未発表

一〇数年の歳月をかけてこつこつ翻訳してきたものだが、貴重な誌面を提供してくださった編集委員会に感謝したい。また、原文の意味不明の箇所にぶつかるたびに、身近な中国人をつかまえては教えを請うてきた。李青、胡玉華、鄧麗霞さんらのお顔が浮かぶ。古丁「山海外経」に出てくる「三克有」の誤訳を指摘して「サンキュー」の意味だと教えてくれたのは、台湾大学の受講生であった。さらに畏友大久保明男くんには、翻訳のみならず作家・作品にかかわるご教示も頂戴した。翻訳には長い年月をかけて来ただけに、その時々にいろいろな方がたからご助力をいただいてきた。改めてお礼の言葉を申し述べておきたい。

今回、この「翻訳作品集」を出版するにあたって最も苦労したのは、著作権処理の問題であった。生前の老作家がた幾人かとは、面識もあり手紙のやり取りもあったのだが、その旧住所はほとんど役に立たなかった。この分野の若手研究者にお会いするたびに、情報の提供をお願いしてきた。その結果、牛耕耘、陳言、蒋蕾さんらから、ご遺族の連絡先をお教えいただき、なんとか翻訳・出版の了解を取りつけることができた。この場を借りて感謝申しあげる。しかし、疑遅（劉遅）、但娣（田琳）両氏のご遺族とは最後まで連絡が取れないままであった。何か情報があればご連絡いただければ幸いである。

出版社ゆまに書房を紹介し、仲介の労を取ってくださったのは西原和海氏であった。おかげで、高井健氏という有能な編集者の手で立派な装丁の本に仕上げることができた。両氏にも厚く御礼申しあげたい。

④爵青「青服の民族」（小説）大内→『新満洲』42（連載）
⑤李喬「血刃図」（脚本）大内→『文選』2　40.10
⑥石軍「牽牛花」（小説）大内→『文選』2　40.10
⑦石軍「橋」（小説）石田達系雄→『芸文志』1-3　44.1
⑧呉郎「豆腐生涯」大内

趙俊錫

①教育と漫々的『建国教育』40.5

趙慶路

①満洲文芸素描『建国教育』40.4

征駝

①与農夫朝談（詩）『農事合作社報』3-4　40.4

鄭孝胥（1860～38　福建省閩侯県）

①満洲国新国歌（歌詞）『新天地』13-3　33.3

周国慶

①演員傀儡化と傀儡演員『満洲映画』日語版3-7　39.7

周暁波

①風潮（映画脚本）大内『満洲国語』日語版9、10　41.1、2

周郷博

①満洲観察の収穫『満日』41.3

周毓英

①満洲国の実在的意義『満洲公論』3-7　44.7

朱秉建

①現代青年の性格『満新』41.2

朱名

①古い文化と衣冠（E）

荘開永

①満系青年に寄す『満洲公論』4-1　45.1

鄒希良

①冬（詩）編纂係『農事合作社報』3-1　40.1

左蒂（左希賢／羅麦　20.9～76.9　遼寧省瀋陽）

①柳琦（小説）（H）→『麒麟』2-10　42.10

掲載誌・年月日不明の作品

①金昌信「五馬路」（詩）『新京日日新聞』

②金音「教群」（小説）→『大同報』／『教群』五星書林　43.11

③爵青「山民」（小説）奥野信太郎『時局雑誌』改造社

務会版3　40.6／『風雪集』

⑫明日を語る　大内『満日』42.1.14

⑬塞上行（小説）藤田菱花（D）→『小説家』／『風雪集』

⑭日本雑誌と満洲雑誌『書光』43.6

⑮寒流（小説）大内『芸文』聯盟版1　44.1→『芸文志』1-1　43.11

⑯渡し（小説）大内（G）→＊『天雲集』芸文書房　42

⑰幼きたたかひ（小説）石田達系雄『芸文』聯盟版11　44.11→敵愾与童心『芸文志』1-8　44.6

乙卡（田環）

①老鉄（小説）『月刊満洲』10-10　41.10

②安娜の懺悔（小説）（H）→『新満洲』42.10

衣雲（張慶吉　19.4～　遼寧省鉄嶺）

①文壇十年印象記　大内『満洲文学二十年』44.10→＊『泰東日報』

用韋

①魚骨寺の夜（小説）大内『満洲浪曼』2　39.3

裕振民

①七巧図（映画脚本）矢原礼三郎『満洲映画』日文版2-3　38.3→『満洲映画』満語版2-4　38.4

②赤魔（映画脚本）大内『満洲映画』日文版2-5　38.5

袁犀（「作品解説」参照）

①隣り三人（小説）大内『満洲浪曼』2　39.3／（A）→『明明』3-1　38.3／『泥沼』文選刊行会　41.10

②片目の齊宗とその友人（小説）岡本隆三『満蒙』22-7　41.7→＊『文頴』文選刊行会　41.2／『同上』

張漢仁（03～　遼寧省金州）

①口腔と発音『満洲国語』日語版10　41.2

張露薇（張文華）

①投降（小説）田中善一『文藝春秋時局増刊』16　39.1→生路『文学』2-4　上海生活書店　34.4

趙鳳

①不思議なクツ（お伽話）『満新』39.1.8～13（全4回）

楊野（楊維興 21～52 遼寧省鉄嶺）

①愛の歌（詩）『満洲詩人』2 41.7

②夜行列車（詩）『満洲詩人』3 41.9

楊葉

①春宵（詩）古川賢一郎『大陸の相貌』41.1

②来去（映画脚本）大内『満洲映画』4-4 40.4

姚鷺

①生活所感 大内『満洲行政』7-11 40.11

也麗（劉雲清 02.12～86 遼寧省金県）

①三人（小説）大内『三田文学』16-1 41.1

②讃歌（詩）『満日』42.1

③終らぬ歌曲（小説）古川賢一郎『新天地』22-2 42.2→唱不完底歌曲『新満洲』3-7 41.7

④人間劇（小説）大内『新天地』24-8 44.8

疑遅（「作品解説」参照）

①（夷馳）黄昏の後（小説）大内『新天地』19-1 39.1／（A）→『明明』3-4 38.6／＊『風雪集』芸文志事務会 41.7

②西城の柳（小説）大内『満洲行政』6-5 39.5→＊『花月集』城島文庫 2 38.5

③雁は南へ（小説）大内『満洲行政』6-10 39.10／（B）→雁南飛『明明』1-5 37.7／『同上』

④荒地（小説）大内『大陸』改造社 39.12

⑤梨花落つ（小説）大内『満洲浪曼』4 39.12/（B）→『同上』

⑥（夷馳）郷仇（小説）大内『満洲行政』7-3 40.3／（B）→『芸文志』事務会版 2 39.12／『風雪集』

⑦東亜操觚者大会参加雑記 大内『満洲文話会通信』32 40.4

⑧月落ちたれど（小説）大内『満洲行政』7-6 40.6→月亮雖然落了『明明』2-3 37.12／『花月集』

⑨北荒（小説）（B）→『明明』1-2 37.4→『同上』

⑩熱を失つた光（小説）大内『満洲行政』7-8 40.8→失了熱的光『同上』

⑪（夷馳）回帰線（小説）森谷祐三『満洲浪曼』6 40.11→『芸文志』事

⑲火（小説）大内『婦人公論』27-1　42.1→＊『苦瓜集』興亜雑誌社 43.11
⑳日本礼賛－東亜文学者大会を終へて『満日』42.11.10
㉑美と力の日本－国民錬成大会参観記『満日』42.11.14
㉒十年（小説）大内『芸文』2-1 43.1
㉓仏語教師とその愛人（小説）大内（G）→法文教師和他的情人『新満洲』4-9　42.9／『苦瓜集』
㉔砿山旅館（小説）石田達系雄『芸文』聯盟版10　44.10→『芸文志』1-8 44.6
㉕褚魁と陳遠と小珍珠（小説）趙福善『佐賀大国文』32　2003.12→『華文毎日』10-5　43.3／『苦瓜集』

信風（張伯彦　17～44　黒龍江省呼蘭）

①郷居散記（小説）大内『満洲経済』3-3 42.3→郷居雑記＊『新満洲』41

辛嘉（陳松齢）

①冬夜劄記　大内『文藝春秋時局増刊』27　39.12
②松江六日『新天地』19-12　39.12
③志賀・武者小路両氏を訪ふ　大内『満洲文話会通信』29　40.1
④古丁に就て　大内『満洲浪曼』5　40.5
⑤随筆談　岡本隆三『満日』40.9.20～22（全3回）
⑥心の静謐　大内『満日』42.1.11

許可（許恩煕　遼寧省義県）

①春の夜の人々（映画脚本）大内『満洲映画』4-3　40.3

徐鉄軍

①炉辺三題『新天地』20-1　40.1

旋風

①性格と情緒　大内『満洲映画』日文版2-11 38.12

楊根

①一夜（映画脚本）大内『満洲映画』日文版4-7　40.7

楊絮（楊献芝　18.6～　遼寧省瀋陽）

①手紙（小説）（H）

愁苦『大公報・文芸』125　36.4.10／『橋』文化生活出版社　36.11

蕭軍（劉鴻霖　07.7～88.6　遼寧省義県）

①広田君（散文）大内『満洲行政』6-2　39.2→『十月十五日』上海文化生活出版社　37.6

②薬（散文）大内『満洲グラフ』8-3　40.3→『緑葉的故事』同上　36

小松（趙孟原 12.10～　遼寧省黒山）

①（孟原）古丁著「一知半解集」『満新』38.10.20

②人造絹糸（小説）大内『満洲行政』6-1　39.1／（A）／『満洲文芸年鑑』3→人絲『明明』3-4　38.6／『人和人們』芸文書房　42.1.30

③洪流の陰影（小説）（A）→『明明』3-1　38.3／＊『蝙蝠』城島文庫 3　38.6

④施忠（小説）大内『新天地』19-11　39.11／（B）→『芸文志』事務会版 1　39.6／『人和人們』

⑤妻（小説）大内『満洲行政』6-12　39.12→『蝙蝠』

⑥一生の大事　大内『文藝春秋時局増刊』27　39.12

⑦東部国境線を行く『協和』40.2

⑧夕暮時の来信（小説）大内『満洲文話会通信』31　40.3

⑨夷馳とその作品　大内『満洲浪曼』5　40.5

⑩蒲公英（小説）（B）→『芸文志』事務会版 2　39.12／＊『野葡萄』芸文書房　43.3

⑪鉄檻（小説）大内『文学者』41.1→『芸文志』事務会版 3　40.6

⑫本（小説）大内『月刊満洲』10-3　41.3

⑬夜語（小説）大内『三田文学』16-1　41.1→夜談『明明』3-7　38.9／『人和人們』

⑭文化機関に希望す　藤田菱花『満日』41.5.6～8（全 3 回）

⑮満系小説人の当面の問題『満日』41.9.6、7

⑯全聯と“私訪”－全聯傍聴記『満日』41.10.21／『協和運動』3-11　41.11

⑰鈴蘭花（小説）岡本隆三『満洲経済』2-12　41.12→『学芸』1　41.2／『人和人們』

⑱高尚なるもの『満日』42.1.10

⑫従来の暗さを脱却　大内『朝日新聞』43.8.28
⑬北辺鎮護は盤石－建国精神の認識徹底『文学報国』3　43.9.10
⑭満洲青少年と文学『文学報国』4　43.9.20
⑮満洲の伝統と満系文学　大内『芸文』聯盟版5　44.5
⑯咆哮する鶴岡　大内『満洲公論』3-11　44.11

呉明
①躍進の佳木斯『満新』40.9.8～10（全3回）
②健やかに育つ街（E）

呉瑛（呉玉英　15～61　吉林省吉林）
①翠紅（小説）大内『満洲行政』7-2 40.2／（B）→『文選』1　39.12
②両極（小説）岡本隆三『満新』40.5.20～26（全7回）→『両極』文叢刊行会 39.10
③白骨（小説）森谷祐二『満新』40.10.9～23（全12回）／（C）
④職場の雑筆　大内『満洲行政』7-11 40.11→『華文大阪毎日』5-6　40.9
⑤滄海（小説）『月刊満洲』10-6　41.6→『学芸』1　41.2
⑥心の言葉『満日』42.1.7
⑦墟園（小説）大内『芸文』1-3 42.2／（H）→『中国文芸』6-5　42.7
⑧望郷（小説）岡本隆三（D）
⑨夏の蛆（小説）大内『満洲経済』3-7　42.7→六月的蛆『新満洲』4-9 42.9
⑩前夜の誓ひ『満日』42.10.28
⑪心魂一如－東亜文学者大会を終へて『満日』42.11.10
⑫奈良の古都にて思ふ　林秋『婦人画報』37-1　43.1
⑬旅（小説）石田達系雄（G）→『新満洲』3-6　41.6
⑭文学の栄涸－序に代へて（H）
⑮小さな犯人（小説）（H）→『華文大阪毎日』7-4 41.8
⑯満系女流文学を語る（H）

呉哲夫
①下郷雑記（詩）『農事合作社報』3-4　40.4

蕭紅（張乃瑩　11.6～42.1　黒龍江省呼蘭）
①（哨吟）ソフイヤの嘆き（小説）大内『満洲行政』6-8 39.8→索非亜的

⑥勤労　大内『満新』43.8.3

王天穆

①日満両系理解の問題『満新』41.9

②献げる－逝ける同伴者を記念する（小説）大内『満蒙』23-11　42.11／（G）→献＊『青少年指導者』20　42.9

王文忠（～46　遼寧省瀋陽）

①（石青）兄ちゃん（小説）『新天地』23-11　43.11→哥哥『華文毎日』10-1　43.1／『農業改進』41

王則（王義孚　16～44　遼寧省営口）

①悼念（小説）大内『新天地』19-6　39.6→『明明』3-7　38.9

②烈女伝（脚本）大内『協和』40.1→『芸文志』事務会版1　39.6

③満系文学雑談『満日』40.2

④満日文学交流雑談　大内『満洲浪曼』5　40.5

⑤酔（小説）大内『満洲経済』2-4　41.4

王振経

①田舎の交際と贈答品（F）

王洲

①放送おもしろ噺『電々』40.5

呉郎（季守仁　～61）

①満系文学展望『新京日日新聞』40.1

②満洲文学一談　大内『文学界』7-8　40.8

③満洲文壇縦横談『満日』40.8.18～23（全5回）

④新春の瞑想『満新』41.1

⑤社会時評『満新』41.4

⑥我々の民族　岡本隆三『大陸の相貌』41.4

⑦満洲文学を私は斯く観る　岡本隆三『満日』41.4.29～5.4（全4回）→満洲文学之如是我観『新満洲』3-1　41.1

⑧満文誌“芸文”発刊への熱望　岡本隆三『満日』41.11.12、13

⑨熱情の幻想『満日』42.1.9

⑩激しい躍動　大内『満新』43.8.8

⑪精神的建設へ　大内『朝日新聞』43.8.15

⑦新歌謡（詩三篇）古川賢一郎『満洲詩人』9　42.9
⑧筆を以つて参戦『朝日新聞』43.8.15
⑨文学者大会の感想『満日』43.8.29
⑩爵青と石軍『文学報国』2　43.9.1
⑪肇国精神の顕現に－大東亜文学建設要綱の設定『文学報国』3　43.9.10
⑫勤労増産と満洲文学『文学報国』5　43.10.1

田鴻昌

①楊家屯にて『満洲行政』7-2　40.2

田瑯（于明仁／白拓方　17.8.16～　黒龍江省通河県）

①大地の波動（小説）緒方一男『支那及支那語』1940.4、5、7→『華文大阪毎日』4-6～5-9　40.3～11（全16回）
②江辺の少女（小説）岡本隆三『満洲経済』2-5　41.5→『学芸』1　41.2
③山の印象『芸文』聯盟版2　44.2
④中国の印象　石田武夫『芸文』聯盟版3　45.3

外文（単庚生　13～　山東省文登）

①無言　大内『満洲文話会通信』33　40.5
②半生雑詠（詩）大内『文芸』8-8　40.8→『芸文志』事務会版3　40.6／＊『長吟集』興亜雑誌社　44
③“相争”と“対立”の真相を語る　藤田菱花『満日』40.11.20～23（全3回）
④愛国詩輯－必勝（詩）『芸文』1-4　42.3
⑤私と田舎　大内（F）

王秉鐸

①新京音楽院に寄せて『新京音楽院月報』40.5

王秋蛍（「作品解説」参照）

①新聞風景（小説）『月刊満洲』10-7　41.7→『小工車』文選刊行会　41.9
②書的故事（小説）青木実『新天地』22-2　42.2→『華文大阪毎日』5-7　40.10／＊『去故集』文叢刊行会　41.1
③没落（小説）大内『満洲経済』3-6　42.6→沈落『新満洲』41.2
④砿坑（小説）大内『満蒙』23-8　42.8→『文選』2　40.10／『去故集』
⑤満洲文芸史話　大内『観光東亜』9-10　42.10／『満洲文学二十年』

⑥窪地（小説）藤田菱花『満洲行政』7-9　40.9 →『芸文志』事務会版 3　40.6
⑦春節の旦に『満新』41.1
⑧隠疚（小説）岡本隆三『満蒙』23-1、-3　42.1、3 →『小説家』益智書店　40.12
⑨黄昏の江潮（小説）藤田菱花（D）→『明明』3-6　38.8
⑩非超人（小説）大内『満洲経済』4-6　43.6 → ＊『新青年』
⑪増産雑話『満新』43.9.2 ～ 4（全 3 回）
⑫『沃土』（長篇小説）大内　満洲雑誌社　44.3 →『沃土』東方国民文庫 26　41.8

宋毅
①満系芸文当面の問題『満新』41.11

頌平
①追懐断片（詩）大内『高粱』35.9 → ＊『暁鐘』34

蘇冷
①文士業績（小説）『月刊満洲』10-10　41.10

孫鵬飛
①民族協和映画の重点『満洲映画』日語版 3-6　39.6

孫暁林
①元気を出せ『農事合作社報』2-5　39.5

譚復
①映画に対する満人の観念　大内『満洲映画』日語版 2-9　38.10

田兵（「作品解説」参照）
①（吠影）前路（詩）大内『満洲行政』2-7　35.7
②（吠影）湖畔の朝・外四篇（詩）大内『満蒙』16-10　35.10
③アリヨーシヤ（小説）大内『満洲浪曼』1　38.10／（A）／『満洲文芸年鑑』3 →阿了式『明明』3-1　38.3
④砂金夫（小説）大内『文芸』8-4　40.4／（B）→沙金夫＊『新青年』39.11
⑤江上の秋（小説）藤田菱花『満洲行政』7-10　40.10 →『小説家』40.12
⑥出荷歌謡（詩）『満日』42.1

③現地随筆『満新』41.8
④満系芸文界の貧困に就て　岡本隆三『満日』41.10.23、24
⑤霊魂の瑣語『満日』42.1.13
⑥満洲文学閑談　大内『満新』42.1.21 ～ 23（全 3 回）
⑦墟性地帯（小説）大内『芸文』1-1　42.1 ／（G）→『学芸』2　42.1
⑧一日（小説）岡本隆三『満洲経済』3-2　42.2 →『郷愁』興亜雑誌社 43.5
⑨『緑なす谷』（長篇小説）大内＊『哈爾賓日日新聞』42.7 ～連載／『緑なす谷』吐風書房　43.7 →緑色的谷『大同報』42.5.1 ～ 10.31 ／『緑色的谷』文化社　43.3
⑩狭街（小説）大内（D）→『文選』1　39.12 ／『山風』
⑪□□する父の代　大内『満新』43.7.24
⑫新世紀の暁鐘は鳴る！！（詩）大内『満蒙』24-7　43.7 →新世紀的暁鐘響了『盛京時報』43.6.16
⑬北票鉱坑　大内（F）
⑭砿坑巡礼　大内『満洲評論』26-5　44.2 →＊『旅情』芸文書房
⑮満洲文学閑談　大内『満洲文学二十年』44.10
⑯狭谷（小説）梅定娥『佐賀大国文』32　2003.12 →『郷愁』
⑰土爾池哈小鎮で－一人の馬夫その馬の故事（小説）浦田千晶『佐賀大国文』33　2004.12 →『豊年』新民印書館　44.6

尚元度

①雷雨－新京公演に就て『満新』40.6.9、10

石輯

①日本視察記　大内『満洲文話会通信』40　40.12 →日本之旅　同『通信』

石軍（王世浚　12 ～ 50　遼寧省金州）

①（文泉）邂逅（小説）大内『満洲行政』2-8　35.8
②（玫泉）祖母（小説）大内『満蒙』16-8　35.8
③（玫泉）小さな店で（小説）大内『新天地』15-8　35.8
④窓（小説）大内『満洲浪曼』4　39.12 ／（B）→『芸文志』事務会版 1 39.6
⑤離脱（小説）大内＊『文学者』40.3 ／（B）→擺脱『文選』1　39.12

馬象図（1895.2～　遼寧省双遼県）

①満洲国語を論じて放送用語に及ぶ『満洲国語』日語版 1、2　40.5、6 →『満洲国語』満語版 1　40.5

梅娘（孫家瑞　20.12～2013.5　ウラジオストク）

①蓓蓓（小説）大内『新天地』21-3　41.3／（H）→『第二代』文叢刊行会　40.10

②時代姑娘（小説）『月刊満洲』10-8　41.8

③旅（小説）大内『観光東亜』10-3　43.3 →＊『五月文園』42.5／『魚』新民印書館　43.6

④異郷の人（小説）尾崎文昭『中国現代文学珠玉選　小説 3』二玄社　2001.3 →僑民『新満洲』3-6　41.6

⑤僑民（小説）岸陽子『植民地文化研究』13　2014.7 →『同上』

梅震

①豊かなもの『芸文』聯盟版 1　45.1

欧陽博

①満洲文芸史料　大内『満洲文学二十年』国民画報社　44.10 →＊『鳳凰』2-2、-3　34.5、6

盤古

①老劉の正月（小説）大内『新京』38.1／（A）→＊『新青年』1-6～8 合併号　36.1

蒲文学

①満洲楽部の満洲音楽『新京音楽院月報』40.5

銭稲緑

①翻訳遊戯『満新』41.1

栄厚（1874～）

①満洲国語研究の重要性－本会発会式に於ける挨拶　杉村勇造『満洲国語』日語版 1　40.5 →『満洲国語』満語版 1　40.5

山丁（「作品解説」参照）

①北極圏（小説）大内『満洲行政』7-9　40.9 →＊『国際協報』34 連載／『山風』文叢刊行会　40.6

②双生児（小説）岡本隆三『満蒙』22-8　41.8 →孿生『同上』

②（今明）雨や風（小説）大内『満洲行政』7-4　40.5
③風の夜（小説）大内『大陸』3-9　40.9→『風夜』
④男鬼女鬼（小説）大内『満洲経済』4-2、-3　43.2、3→『新満洲』4-4　42.4

里雁（李世鈞　21～62　遼寧省西豊）
①雨（小説）大内『満洲行政』6-7　39.7
②小鳳（小説）岡本隆三『満洲経済』3-1　42.1
③黒穂病（小説）石田武夫『芸文』聯盟版12　44.12→『芸文志』1-9　44.7

劉殿福
①雪『農事合作社報』3-4　40.3

劉漢（劉泰東　25～　遼寧省遼陽）
①浪花（小説）大内『月刊満洲』10-5　41.5→『学芸』1　41.2
②海角（小説）岡本隆三『満洲経済』2-8　41.8→『新満洲』3-7　41.7
③旱魃（小説）『月刊満洲』10-11　41.11→『斯民』41.1
④大青（小説）大内『満洲経済』3-8　42.8→『学芸』2　42.1
⑤林則徐（小説）『新天地』23-5　43.5→『新満洲』4-6　42.6
⑥山火（小説）大内『満洲公論』3-1　44.1→『新満洲』5-1、-2　43.2、3
⑦七道溝の印象　大内『満洲公論』3-11　44.11→『麒麟』3-1　45.1

劉木風（劉毅　16.6～　遼寧省新金）
①端午節短唱『満洲詩人』2　41.7
②満系文壇に於ける詩運『満洲詩人』2　41.7
③廃墟の歌（詩）『満洲詩人』3　41.9
④満系文壇の諸様相『新天地』21-10　41.10
⑤神国之派生（詩）大内『芸文』1-10　42.9

劉永綸
①童謡と人間教育『満日』38.10.29
②満洲郷土詩考『満日』38.11.16、17
③長期建設と国民教育『満日』39.1.25

②雑記篇（短詩 15 篇）『満洲詩人』2　41.7

老漢

①日本映画の満系館上映問題の検討　大内『満洲映画』2-10　38.11

老翼（高雋武　～48　遼寧省）

①姉の事（小説）大内『満洲行政』7-1　40.1

②前途無限（小説）大内『満洲行政』7-7　40.7

冷歌（李廼賡　08.2～　吉林省吉林）

①東亜に光明復る（詩）大内『旅行雑誌』10-8　43.8→東亜復光明『盛京時報』43.6.18

李季風（「作品解説」参照）

①青春の新京　岡本隆三『満新』40.9.11～14（全 3 回）

②（季瘋）雑感の感『新天地』21-5　41.5→『華文大阪毎日』5-7　40.10／『雑感之感』益智書店　40.12

③浪漫詩人の都新京（E）

李雋

①小さな奴ら（映画脚本）大内『満洲映画』4-5　40.5

李夢周

①春の復活（小説）大内『満洲浪曼』3　39.7→『芸文志』事務会版 2　39.12

李明芳

①灯をかかげる『哈爾賓日日新聞』41.3.8

李順輔

①美男子（小説）『新京日日新聞』40.3

②入院するまで　大内『満洲行政』7-11　40.11

③秋去冬来『満新』41.11

李台雨

①民族別映画製作の必要『満洲映画』日語版 3-6　39.6

②福地万里『満洲映画』40.5

励行建（馬尹明／馬環　17～　吉林省長春）

①（今明）雷同的人物三種（小説）大内『満洲行政』3-4、-5　36.4、5／（A）→＊『風夜』　35

㉔凍つた園庭に降りて（小説）大内『中央公論』57-9　42.9／（I）
㉕白痴の智識（小説）大内『満洲経済』3-9　42.9→『文選』1　39.12
㉖仲秋雑話『芸文』1-11　42.10
㉗日本文学精神の導入『満新』42.10.26
㉘アジアを蔽ふ愛情『朝日新聞』42.11.2
㉙われ等の心構へ－八紘一宇の顕現『朝日新聞』42.11.3
㉚偶感－東亜文学者大会を終へて『満日』42.11.10
㉛睡眠継続願望の夢『満新』43.3.21、23
㉜無碍の話術－武者小路先生の印象『満新』43.4.28、30
㉝国立繙訳館の設立を望む『書光』5　43.9
㉞島崎藤村の文学『芸文』2-10　43.10
㉟日満系作家の交遊『芸文』聯盟版1　44.1
㊱賭博（小説）大内（G）
㊲魏某の浄罪（小説）大内『芸文』聯盟版4　44.4→『芸文志』1-11　43.11
㊳帰郷（小説）武田泰淳『文芸』12-4　44.4／『帰郷』
㊴満洲文学の性格と使命『芸文』聯盟版11　44.11
㊵激しい精神『芸文』聯盟版1　45.1
㊶欧陽家の人々（小説）（I）→『学芸』1　41.2／『欧陽家的人們』
㊷喜悦（小説）（I）→『新満洲』5-3、-4　43.3、4／『帰郷』
㊸遺書（小説）（I）→『帰郷』
㊹風土（小説）（I）
㊺『黄金の窄き門』（長篇小説）大内　満洲公論社　45.7→『泰東日報』43連載

君頤（傅蓮芬）

①霽れる（小説）大内『満洲行政』6-6　39.6→霽『明明』3-4　38.6

苦土

①皮鞋（小説）大内『僻土残歌』満洲浪曼叢書　41.5／（H）→『明明』1-5　37.7

藍夢

①偶感（詩）『満洲詩人』1　41.5

爵青（「作品解説」参照）

①（遼丁）哈爾濱（小説）大内『満洲行政』3-11、-12　36.11、12／（A）→＊『新青年』10-12 合併号　39.2／『欧陽家的人們』芸文書房　41.12

②吾等の文学的散歩『満新』38.11.27、12.2

③露人オペラを観る『満新』38.12.11、17

④（可欽）妓街と船上（小説）大内『満洲行政』6-4　39.4→『新青年』61　37.9／＊『群像』城島文庫 6　38

⑤廃墟之書（小説）大内『満洲行政』7-5　40.5→『芸文志』事務会版 2　39.12

⑥満系作家たち　大内『満洲文話会通信』34　40.6

⑦大観園（小説）安東敏『満新』40.8.11～22（全 10 回）／（C）→＊『新青年』40／『欧陽家的人們』

⑧不満といふこと『満新』40.10.1

⑨我們的作家和作品（ワレラノサクカトサクヒンヲカタル）『哈爾賓日日新聞』41.1.12～16（全 4 回）

⑩驕児（小説）岡本隆三『満洲経済』2-2　41.2

⑪官員（小説）藤田菱花『観光東亜』8-3　41.3

⑫芸文政策に対応して『満新』41.4

⑬吃らない文学／石軍の“沃土”『満日』41.9.26、27

⑭全聯傍聴記『満新』41.10

⑮国家への真の協力（全聯傍聴記）『満日』41.10.23

⑯土に生きる幸福（全聯傍聴記）『協和運動』3-11　41.11

⑰痔の話から『満日』42.1.6

⑱新興満洲文学論－建国精神より出発せよ　大内『芸文』1-4　42.3

⑲建国十周年を迎へて（アンケート）『芸文』1-4　42.3

⑳横へてゐる人生（小説）公綽『作文』54　42.3

㉑悪魔（小説）大内『芸文』1-5　42.4→『新満洲』4-9、-11　42.9、11／＊『帰郷』芸文書房 43.11

㉒山民（小説）大内『満洲経済』3-4　42.4→＊『読書人』芸文志事務会 40.7

㉓祝福の旋律『満日』42.8.28

～18（全4回）

③（未明）新年と文壇其他　大内『満新』42.1.11、12

姜緒

①夜の潮騒（小説）大内『軍人援護』40.5

姜学潜

①共栄圏と道徳『満日』42.3.11～15（全5回）

②満系青少年への文化浸透『芸文』1-11　42.10

③世界戦争と認識『満日』42.11.14～19（全5回）

④大東亜に還れ『満洲公論』4-1　45.1

解半知

①第一建国より第二建国へ『芸文』1-4　42.3

金昌成

①白日囈言『建国教育』40.5

金昌信

①東遊記の脚本家高柳春雄に寄する『新京日日新聞』40.2

金小天

①虎皮駅春秋『観光東亜』8-4　41.4

金音（馬家驤／馬尋　16.9～　遼寧省瀋陽）

①玩具と幼児『満日』40.2

②卒業群女（小説）大内『月刊満洲』10-2　41.2

③非詩詩章（詩）『大陸の相貌』満洲文話会編　41.4→『塞外夢』学芸刊行会　41.7

④認誤／生命の焔（詩）『満洲詩人』1　41.5

⑤愛国詩輯－愛土記（詩）『芸文』1-4　42.3

⑥人生のなかのある日（小説）橋本雄一『植民地文化研究』2　2003.7→生之一日『牧場』44.11

金永禧

①教育者の精神『建国教育』40.4

錦波

①或る感謝（小説）『新京日日新聞』40.3

『竹林』芸文書房　43

関沫南（「作品解説」参照）

①二人の船頭（小説）大内『観光東亜』10-5　43.5→船上的故事＊『濱江日報』39.5.1～7.10／両船家『新満洲』4-3　42.3

②夜の店の中で（小説）王玲玲『佐賀大国文』32　2003.12→在夜店中＊『大北新報』37／『蹉跎』精益印書局　38

関毅

①日本印象記『満新』39.1.7～15（全8回）

韓護

①満系映画監督に就て　大内『満蒙』22-5　41.5→満系導演縦論『満洲映画』5-1　41.1

②文化工作者の信念－満系主張『新天地』21-6　41.6

③思想の貧困　大内『満洲評論』21-25　41.12

④満洲文化観の確立－満洲文化のために　矢間恒耀（大内）『満洲評論』22-18　42.5

何醴徴

①彼の蓄へ（小説）（A）→他的積蓄＊『泰東日報』34.12.17～連載

②嫁（小説）大内『満洲行政』4-12　37.12／（A）

何什格図

①興安東省の密境（E）

黒風

①青春（戯曲）大内『満蒙』24-5　43.5→『興亜』43.1

黒逝

①香火　大内『新天地』19-6　39.6

胡良

①紅葉（小説）『月刊満洲』10-4　41.4

華

①楽土満洲の新年（児童劇）炎『満洲行政』4-2　37.2

姜霊菲（姜琛　13～43.9　遼寧省遼陽）

①満系が語る奉天『満新』40.10.25～27（全3回）

②（未名）おとなしい男が天国に行つた話（小説）大内『満日』41.6.13

㉘鏡花記（小説）岡本隆三『満蒙』22-11　41.11 →＊『新青年』／『竹林』芸文書房　43.9
㉙芸文日新『満日』42.1.5
㉚日本文学の摂り方『芸文』1-3　42.2
㉛建国十周年を迎へて（アンケート）『芸文』1-4　42.3
㉜武者小路実篤先生の印象『満日』42.5.8 ～ 11（全 3 回）
㉝日本は太陽『朝日新聞』42.10.28
㉞百戦百勝於此事見一般『朝日新聞』42.11.3
㉟同軌－大東亜文学者列車『満日』42.11.4
㊱若き大丈夫－東亜文学者大会を終へて『満日』42.11.10
㊲作品主義の効果－満洲文学に就ての走り書き『朝日新聞』中鮮版 42.11.10
㊳満洲文学に就ての走り書き『満日』42.11.10、11
㊴アジアの文学は一つ『朝日新聞』42.11.15
㊵大東亜文学者大会行『満日』42.11.17
㊶万葉源氏と載道言志『満日』42.12.2 ～ 5（全 4 回）
㊷北辺鎮護の任務『文芸』10-12　42.12
㊸大東亜文学賞に輝く日満華受賞作品について－「黄金的窄門」、「沃土」『毎日新聞』43.8.28
㊹次回は満洲で『朝日新聞』43.8.31
㊺満洲文学の基調『文学報国』3　日本文学報国会　43.9.10
㊻文学者の決戦　大内『満洲公論』2-11　43.11
㊼協和会文芸賞の設定－新人輩出の契『満新』44.4.16
㊽「暗さ」に就いて『芸文』聯盟版 8　44.8
㊾新生（小説）大内『満洲日報』44.5.25 ～連載→『芸文志』1-4　44.2／＊『新生』芸文書房　44.12
㊿西南雑感　田中辰佐武郎『芸文』聯盟版 11　44.11 →『芸文志』1-9 44.7
(51)皮箱（小説）王玲玲『佐賀大国文』32　2003.12 →『明明』1-3　37.5／『奮飛』
(52)竹林（小説）梅定娥『佐賀大国文』33　2004.12 →『麒麟』2-6　42.6／

③百霊著「火光」跋『満新』38.10.21
④大同劇団－訪日記念公演を観る『満新』38.10.22、23
⑤「蜜月列車」を観る『満洲行政』5-11 38.11
⑥灯火雑記　大内『満洲行政』6-1 39.1
⑦暗（小説）大内『日本評論』14-4 39.4→『明明』1-6 37.8／『奮飛』月刊満洲社 38.5
⑧昼夜－一人の詩無き詩人の日記（小説）大内『満洲浪曼』3 39.7→一個無詩的詩人的日記『新青年』64 37.10／『同上』
⑨変金（小説）大内『満洲行政』6-9 39.9／（B）→『同上』
⑩小巷（小説）（A）→『明明』1-5 37.7／『同上』
⑪原野（小説）（A）→『明明』3-1 38.3／『同上』
⑫満洲国文学雑記『文藝春秋時局増刊』27 39.12
⑬康徳六年に於ける満系文学－思ひ出のままに『満新』39.12.22、23
⑭芸文志同人新春漫談会　古丁『満洲文話会通信』29 40.1
⑮東京散記／日本の農民『朝日新聞』40.2.26、27
⑯日本便り（書簡4通）『満洲文話会通信』31 40.3
⑰満洲文学通信『文学界』7-4 40.4
⑱バイコフ氏の啓示　大内『満洲文話会通信』33 40.5
⑲人間的結合、友人的激励－満・日系文人の提携に関して　大内『満洲文話会通信』34 40.6
⑳『平沙』（長篇小説）大内　中央公論社 40.8→『芸文志』事務会版2 39.12／東方国民文庫 40.11
㉑「話」の話『満洲国語』日語版5 40.9→『満洲国語』満語版3 40.8／『譚』芸文書房 42.11
㉒西安行『満洲文話会通信』38 40.10
㉓閑談　大内『新天地』21-1 41.1→＊『新青年』98号／『譚』
㉔社会時評『満新』41.4
㉕満洲文芸家協会の設立に際して『満日』41.7.31、8.3
㉖皮箱（小説）『日本の風俗』41.10
㉗“国是日新”“協和翼賛”（全聯傍聴記）『満日』41.10.16／『協和運動』3-11 満洲帝国協和会 41.11

43.6.20

而已（劉大海　20.11.14～　遼寧省瀋陽）

①樹緑となる頃（小説）大内『満蒙』22-8　41.8→樹緑的時候＊『新青年』

方砂

①永遠の凱歌（詩）大内『北窗』5-3　43.7

斐文泰

①時局と文化戦士『書光』1　43.5

高悟度

①満映のニュース映画『新天地』20-8　40.8

②讃嘆と恥辱と－「民族の祭典」ノート『新天地』20-10　40.10

③映画雑考『新天地』20-12　40.12

高遵義（12～　遼寧省大連）

①俚諺より観たる満支民族の社会相『満蒙』21-5　40.5

②民謡からみた満支の女性『新天地』20-6　40.6

③旧正月の序幕から大詰まで『観光東亜』8-2　41.2

④詩の重陽説『観光東亜』8-10　41.10

⑤「雷雨」の公演に際して『大連日日新聞』42.1

⑥満洲建築の特質『観光東亜』9-3　42.3

⑦興亜の理念と儒教『芸文』1-7　42.6

⑧『満洲風土記　土俗篇』満洲日報奉天支社　43.11

戈禾（張我権）

①三遷（小説）『月刊満洲』10-1　41.1／＊『大凌河』40

②隄（小説）大内『満洲経済』2-10　41.10→『新満洲』3-7　41.7／『同上』

③大凌河（小説）大内『芸文』1-7　42.6→『新満洲』5-4、-5　43.4、5／『同上』

共鳴（顧承運）

①文壇夢遊小記『満日』42.1.8

古丁（「作品解説」参照）

①（史之子）注音符号のこと『月刊満洲』11-8　38.8

②京劇雑記『満新』38.10.13、14

成弦（成駿　16.6～83.11　遼寧省瀋陽）

①眠れぬ夜－於東京客舎（詩）『満洲詩人』1　41.5

②北京（詩）『満洲詩人』2　41.7→『新青年』75　38.5／『青色詩鈔』詩歌叢刊1　39.12

③北京（詩）『満洲詩人』3　41.9→『文選』1　39.12／『同上』

遅二郎

①文化に関して三題　大内『新天地』19-4　39.4

遅鏡誠

①日本文化の特質『北窗』3-4 41.7

②宣戦と文化人『満新』41.12.28～31（全3回）

③十二月八日の倫理『芸文』芸文社　1-13 42.12

④大東亜戦争と我等『北窗』5-3 43.7

⑤満系文化人の日本研究『書光』4　43.8

但娣（「作品解説」参照）

①血を售る者（小説）（H）→售血者『華文大阪毎日』9-2　42.7／『安荻和馬華』開明図書公司　43.12

綽綽

①魔手（放送脚本）大内『満蒙』23-4 42.4

杜白雨（王度／李民）

①（林適民）決算と展望　大内『満洲文芸年鑑』3　満洲文話会　39.11→『明明』3-7　38.9

②標準語の問題について－北京語は標準語だらうか『満洲国語』日語版6　40.10→関於標準語『満洲国語』満語版4　40.9

③満洲文学と作家に就て　安東敏『満日』40.11.5～9（全4回）

④満洲の生活文化を語る　大内『満洲評論』20-23 41.6

⑤開拓事業（小説）『月刊満洲』10-9　41.9

⑥帰郷記『北窗』3-6 41.11

⑦華北記遊　大内『満洲評論』21-25 41.12

⑧生活力（小説）大内『満洲経済』3-5 42.5

噩疋

①征旆の歌（詩）大内『旅行雑誌』10-7　43.7→征旆之歌『盛京時報』

<目　録>

安犀（安鳳麟　16.8～72.9　遼寧省遼陽）

①猟人の家（戯曲）大内『満洲行政』7-10　40.10→『猟人之家』興亜雑誌社　44.7

②帰去来（戯曲）岡本隆三『満蒙』22-5　41.5→帰去来兮『学芸』1　学芸刊行会　41.2

巴寧

①馬（小説）大内『満洲行政』6-11　39.11／（B）→『明明』3-2　38.4

白銘章

①元曲と錦絵『月刊満洲』月刊満洲社　40.4

百霊（徐百霊）

①新京紀行『新天地』19-6　39.6

氷壺（朱湘芸　遼寧省）

①遭遇（小説）（H）→『華文大阪毎日』7-4　41.8

歩南（蒋義方）

①新しき満文大衆雑誌『満洲新聞』（以下『満新』）41.12.16

陳邦直

①（少虬）北京閑話『新天地』20-8　40.8

②（英三）興亜頌（詩）『満洲日日新聞』（以下『満日』）43.3.29

陳博道

①農村雑話　徐夢銘／編輯室『農事合作社報』2-2～-9、3-3　39.2～9、40.3（全9回）

②麦秋（小説）編輯室共訳『農事合作社報』2-5　39.5

③或る村道にて－農村報告『新天地』21-4　41.4

④屯子に生きる（E）

陳基芬

①満洲音楽序説『満洲浪曼』5　40.5

陳荘

①歳朝口占（詩）『満日』42.1.9

ことになる。ここでは、芸文聯盟発行の『芸文』を「聯盟版」として区別している。

④中文雑誌『芸文志』は、39年6月、芸文志事務会の手で月刊満洲社から発行された。3輯で停刊となるが、43年11月、同じ誌名を使って、上記芸文聯盟中国語機関誌として芸文書房から発行されることになった。この目録では前者を「事務会版」として区別している。

⑤関内作家の作品がいくつか翻訳されているが、ここでは採用しない。ただし、関内へ脱出した「東北作家」蕭軍、蕭紅の作品については、「満洲国」発行の雑誌に限って取りあげる。日本国内では、数多く翻訳・紹介されているが、「満洲国」で翻訳されることは珍しいからである。

⑥未確認資料は＊をつけて示している。

⑦刊行されたアンソロジー（単行本）は以下の通りで、所収の作品は、その記号で表示している。

A 『満人作家小説集　原野』大内隆雄（以下大内）　三和書房　39.9.15

B 『満人作家小説集第二輯　蒲公英』大内　三和書房　40.7.30

C 『日満露在満作家短篇選集』山田清三郎 編　春陽堂書店　40.12.22

D 『満洲国各民族創作選集一』川端康成ほか 編　創元社　42.6.30

E 『現地随筆』山田清三郎 編　満洲新聞社　43.5.10

F 『続　現地随筆』山田清三郎 編　満洲新聞社　43.8.30

G 『満洲国各民族創作選集二』川端康成ほか 編　創元社　44.3.30

H 『現代満洲女流作家短篇選集』大内　女性満洲社　44.3.30

I 『欧陽家の人々』（爵青短篇小説集）大内　国民画報社　45.5.20 →『欧陽家的人們』芸文書房　41.12.20

【附　録】

「在満」中国人作家の日訳作品目録

これまでに日訳された「在満」中国人の文芸作品をまとめておく。「これまでに」といってもそのほとんどが、「満洲国」時期に翻訳されたもので、日本の敗戦・「満洲国」の崩壊とともにこれらの作品はまったく顧みられることはなかった。しかしわたしは、「満洲国」の中国文学を研究するにあたって、中国語の原文資料はほとんど目にすることができず、日本語文献を渉猟することから始めざるを得なかった。そうして作成した「日訳作品目録」の「初稿」・「第2稿」は、『立命館大学外国文学研究』第62号（1984年7月）、『同上』第78号（1987年11月）に掲載されている。いわばわたしの研究の出発点であり、今ではなつかしい代物である。しかし、それから30年近くがたち、研究環境は大きく変化した。日本語文献についても、発掘・復刻が進み、新聞雑誌の目録作りも盛んである（『植民地文化研究』など）。このたび翻訳小説集を刊行するにあたり、これらの労作の助けを借りながら、30年前の「目録」を補充して花を添えたいと思いこの作業を始めた。確かに旧目録より飛躍的に多くの項目を補充でき、内容も精緻になった。とは言え、完璧なものとは程遠いことは、わたしが一番分かっている。しかし、この翻訳小説集を読まれて、もう少し別の作品にもあたってみたいと思われた方には、一つの手掛かりとなるであろう。

＜凡　例＞

①作家の通称名を見出しに使い、本名／現在名、生年～没年、出生地を加えた。配列は拼音順とする（なお、1900年代については19を省略する）。

②作品の提示は以下のとおりである。
（筆名）訳題（ジャンル）訳者名『掲載誌』出版社、出版年月日／転載→原題『掲載誌』出版社、出版年月日／転載

③41年12月、芸文社から日文雑誌『芸文』が創刊されるが、43年10月第2巻第10号で停刊し、第2巻第12号からは『満洲公論』と改題して継続された。満洲芸文聯盟がこの『芸文』という誌名を引き継ぎ、44年1月に創刊される

訳者紹介

岡田英樹（おかだ・ひでき）

1944 年 4 月、京都府向日市生まれ。1970 年、京都大学大学院文学研究科修了。1972 年、大阪外国語大学、1976 年、立命館大学文学部。2010 年、同大学退職、立命館大学名誉教授。主な著作に、『文学にみる「満洲国」の位相』（研文出版、2000 年 3 月）、『続　文学にみる「満洲国」の位相』（研文出版、2013 年 8 月）、『留日学生王度の詩集と回想録』（「満洲国」文学研究会、2015 年 7 月）などがある。

＊作品の一部に、現在から見て人権にかかわる不適切と思われる表現・語句が含まれていますが、作者の意図はそれら差別を助長することにはないこと、そして執筆時の時代背景と、文学的価値を鑑み、そのままとしました。

血の報復——「在満」中国人作家短篇集

2016 年 7 月 25 日　第 1 版第 1 刷発行

［著者］　王 秋蛍 ほか

［訳編］　岡田英樹

［発行者］　荒井秀夫

［発行所］　株式会社ゆまに書房

〒 101-0047　東京都千代田区内神田 2-7-6

tel. 03-5296-0491 / fax. 03-5296-0493

http://www.yumani.co.jp

［組版・印刷・製本］　新灯印刷株式会社

　ISBN978-4-8433-5031-7 C3093